GOM GOM GOM BEAR

Contents

곰곰곰베어 7

저자 쿠마나노
일러스트 029
옮긴이 김보라

스킬

▶이세계 언어
이세계의 언어가 일본어로 들린다.
이야기를 하면 이세계의 언어로 상대방에게 전달된다.

▶이세계 문자
이세계의 문자를 읽을 수 있다.
글자를 쓰면 이세계 문자가 된다.

▶곰의 이차원 박스
흰 곰의 입은 무한으로 벌어지는 공간이다.
어떤 물건이라도 넣을(먹을) 수 있다.
단, 살아 있는 것을 넣는(먹는) 건 안 됨.
들어가 있는 동안에는 시간이 멈춘다.
이차원 박스에 넣은 물건은 언제든 꺼낼 수 있다.

▶곰 관찰경
흑백 곰 옷의 후드에 있는 곰의 눈을 통해 무기와 도구의 효과를 볼 수 있다.
후드를 쓰지 않으면 효과는 발동되지 않는다.

▶곰 탐지
곰의 야생의 힘으로 마물이나 사람을 탐지할 수 있다.

▶곰 지도 ver.2.0
곰의 눈이 본 장소를 지도로 만들 수 있다.

▶곰 소환수
곰 장갑에서 곰이 소환된다.
검은 곰 장갑에서는 검은 곰이 소환된다.
흰 곰 장갑에서는 흰 곰이 소환된다.
소환수 꼬맹이화(化) : 소환된 곰을 아기 곰으로 변화시킬 수 있다.

▶곰 이동 문
문을 설치하여 서로의 문을 왔다 갔다 할 수 있게 된다.
문을 3개 이상 설치한 경우에는 행선지를 상상하여 이동할 곳을 정할 수 있다.
이 문은 곰 장갑을 사용하지 않으면 열리지 않는다.

▶곰 폰
먼 곳에 있는 사람과 대화할 수 있다.
곰 폰을 만든 후, 술자가 없앨 때까지 존재한다. 물리적으로 망가뜨릴 수 없다.
곰 폰을 건넨 상대를 상상하면 연결된다.
곰의 울음소리로 착신을 알린다. 소지자가 마력을 주입해 전원을 켤 수 있고 통화가 가능하다.

마법

▶곰 라이트
곰 장갑에 모은 마력으로 곰 형태의 빛을 생성한다.

▶곰 신체 강화
곰 장비에 마력을 통하게 함으로써 신체를 강화할 수 있다.

▶곰 불 속성 마법
곰 장갑에 모은 마력으로 불 속성의 마법을 사용할 수 있다.
위력은 마력, 상상에 비례한다.
곰을 상상하면 위력이 더욱 올라간다.

▶곰 물 속성 마법
곰 장갑에 모은 마력으로 물 속성의 마법을 사용할 수 있다.
위력은 마력, 상상에 비례한다.
곰을 상상하면 위력이 더욱 올라간다.

▶곰 바람 속성 마법
곰 장갑에 모은 마력으로 바람 속성의 마법을 사용할 수 있다.
위력은 마력, 상상에 비례한다.
곰을 상상하면 위력이 더욱 올라간다.

▶곰 땅 속성 마법
곰 장갑에 모은 마력으로 땅 속성의 마법을 사용할 수 있다.
위력은 마력, 상상에 비례한다.
곰을 상상하면 위력이 더욱 올라간다.

▶곰 전격 마법
곰 장갑에 모은 마력으로 전격 마법을 사용할 수 있게 된다.
위력은 마력, 상상에 비례한다.
곰을 상상하면 위력이 더욱 올라간다.

▶곰 치유마법
곰의 상냥한 마음에 의해 치료가 가능해진다.

장비

▶검은 곰 장갑(양도불가)
공격 장갑. 사용자의 레벨에 따라 위력 UP.

▶흰 곰 장갑(양도불가)
방어 장갑. 사용자의 레벨에 따라 방어력 UP.

▶검은 곰 신발(양도불가)
▶흰 곰 신발(양도불가)
사용자의 레벨에 따라 속도 UP.
사용자의 레벨에 따라 장시간 걸어도 피로도가 오르지 않는다.

▶흑백 곰 옷(양도불가)
겉모습은 인형 옷. 양면으로 입을 수 있음.
겉면: 검은 곰 옷
사용자의 레벨에 따라 물리, 마법 내성 UP.
내열, 내한 기능 있음.

안면: 흰 곰 옷
입으면 체력, 마력이 자동 회복된다.
회복량, 회복 속도는 사용자의 레벨에 따라 변한다.
내열, 내한 기능 있음.

▶곰 속옷(양도불가)
오랫동안 입어도 더러워지지 않는다.
땀, 냄새도 배지 않는 훌륭한 아이템.
장비자의 성장에 따라 크기도 변한다.

149 곰 씨, 광산으로 향하다 (용사, 광산으로 향하다)

마녀(엘레로라)에게 붙잡힌 신세가 된 공주(피나).

마녀(엘레로라)는 공주(피나)에게 예쁜 방을 주고, 예쁜 옷을 입히며, 폭신폭신한 침대를 주겠지.

게다가 마녀(엘레로라)는 공주(피나)에게 맛있는 음식을 주어 마음(위)마저 무너뜨릴 심산이다.

용사(유나)가 돌아올 때까지 공주(피나)는 왕도를 관광하며, 마녀(엘레로라)의 딸(시아)과 놀게 되겠지. 분명 공주(피나)는 울며 기뻐할 거야.

공주(피나)를 되돌려 받는 조건은 마녀(엘레로라)가 지배하는 광산에 자리 잡고 사는 골렘을 토벌하는 것이다.

"공주(피나), 기다려 주세요. 반드시 골렘을 쓰러뜨리고 돌아오겠습니다."

용사(유나)는 붙잡혀 있는 공주(피나)와 약속했다.

얼른 구해야 한다. 그렇게 마음속으로 맹세했다. 용사(유나)는 마녀(엘레로라)의 저택을 뒤로하고 걷기 시작했다.

……농담은 여기까지 하고, 나는 피나와 함께 엘레로라 씨네 저택에서 하룻밤을 묵고 다음 날 아침 그곳을 뒤로했다.

모험가 길드의 길드 마스터인 사냐 씨에게 들은 이야기로는 광산은 왕도에서 출발하는 게 가장 가깝다고 했다.

왕도에서 나오자마자 곰돌이를 소환하고 광산을 향해 출발했다.

중간중간 쉬기도 하고, 곰순이로 바꿔 타는 등 앞으로 계속 향하자 마을이 보였다.

광산 근처에 있는 이 마을에 사는 사람들 대부분이 광산의 관계자였다. 광석을 캐는 사람, 광산에서 일하는 사람을 상대로 장사를 하는 사람 등 사람들이 모이면 가게도 늘어나기 마련으로, 그렇게 만들어진 게 이 작은 마을이었다.

나는 소동이 일어나지 않도록 곰순이에서 내려와 걸어서 마을로 향하기로 했다.

마을 안으로 들어서자 역시나 주목을 받았다. 나는 곰 후드를 깊게 눌러 써서 얼굴을 가리고, 되도록 주위에 신경을 쓰지 않고 숙소를 찾았다.

마을 안에는 활기가 없었다. 크라켄에게 습격을 당했을 때의 미릴러 마을과 비슷했다. 이것도 광산에 골렘이 나타난 탓인 건가. 광산의 위치와 상황을 알고 싶은데……. 숙소에서 들을 수 있으려나?

그렇게 앞으로의 일을 생각하면서 걷고 있는데 뒤에서 누군가가 말을 걸어왔다.

"혹시, 유나?!"

그 부름에 뒤를 돌아보자 학생들을 호위했을 때 만났던 제이드 씨와 멜 씨가 있었다. 그 옆에는 다른 남자와 여자가 한 명씩 있었다. 제이드 씨와 멜 씨는 지난번 호위 때 일로 기억이 났지만, 나머지 두 사람은 크리모니아의 모험가 길드에서 만난 적이 분명 있을 텐데 기억에는 남아 있지 않았다.

"역시, 유나였구나."

멜 씨가 매우 기뻐했다.

"누가 봐도 알 거야."

약간 무표정한 스무 살 정도의 여자가 멜 씨를 진정시켰다.

"이런, 오랜만이야. 곰 아가씨."

다른 남자 모험가가 말을 건네 왔다. 나이는 이 중에서 가장 젊은 듯했다. 하지만 오랜만이라고 해도 기억나지 않는데……. 흥미 없는 것은 기억 못 하는 성격이다.

"유나는 어째서 여기에 있는 거야?"

"일단, 일이라고 해야 하나?"

"혹시, 유나도 골렘을 토벌하러 온 거야?"

"『도』라는 말은 제이드 씨 일행도인가요?"

뭐, 여기에 있는 시점에서 그럴 가능성은 높다. 랭크 C 모험가인 제이드 씨와 그의 일행들이니까.

"의뢰를 받아서 며칠 전부터 골렘을 토벌하고 있어. 오늘도 갱도에 잠입했다가 돌아가는 길이야."

"상황은 어때요? 끝난 것 같으면 돌아갈까 하는데."

그렇게 된다면 편하고 좋을 텐데. 어렴풋한 기대로 물어봤다.

"아직 안 끝났어."

"그래요?"

랭크 C인 모험가여도 고생하는 건가.

멈춰 서서 대화를 시작한 나와 제이드 씨 사이에 멜 씨가 끼어들었다.

"제이드, 이런 곳에서 이야기하지 말고 숙소로 돌아가서 식사라도 하면서 하는 게 어때?"

내가 주위를 보자 많은 시선이 쏠리고 있었다. 눈에 띄는 모험가인 제이드 씨의 파티. 게다가 함께 있는 곰 인형 옷차림의 나. 눈에 띄지 않는 게 이상하지. 그리고 아마 이 대부분의 시선은 나에게로 향해지고 있는 것이리라.

"그렇지, 이동할까?"

응, 나도 찬성. 그리고 얼른 숙소를 확보하고 싶었다. 빈방이 없으면 여행용 곰 하우스를 설치해야 하니까.

나는 제이드 씨 일행이 묵고 있는 숙소로 향했다. 함께 걸으면서 제이드 씨의 파티 멤버들과 간단하게 자기소개를 나눴다.

남자 검사는 토우야. 어쩐지 가벼워 보이는 남자였다. 그리고 날쌔 보이는 무표정의 여자가 세니아라고 했다. 무표정 미인이란 건 이런 사람을 말하는 건가.

제이드 씨 일행의 안내로 숙소에 도착했다.

정리가 되면 광산의 정보를 수집해야겠다. 그러고 보니 이 마을에는 모험가 길드라는 게 있나? 숙소에서 그 부분에 관해 이야기를 들어야겠다.

제이드 씨가 숙소로 들어서자 여주인으로 보이는 사람이 말을 건네 왔다.

"제이드, 어서 와. 오늘도 무사히 돌아왔네."

"다녀왔습니다."

"그래서, 어땠어?"

여주인의 말에 제이드 씨는 고개를 좌우로 저었다.

"그렇군. 그럼, 그 뒤에 있는 곰 복장을 한 아가씨는 제이드네 친구려나?"

"이 아이는 유나예요. 이런 복장을 하고는 있지만 제대로 된 모험가죠. 이 아이도 광산에 나타난 골렘을 토벌하러 왔대요."

제이드 씨는 웃음을 지으며 대답했다.

"모험가?!"

잘 생각해보면 나를 소개하는 건 어렵겠다. 곰 인형 옷을 입은 모험가 같은 건 없는 것 같기도 하고.

"이렇게 귀여운 옷차림을 한 아가씨가 모험가라니 안 믿겨."

여주인이 의심하듯 빤히 나를 쳐다봤다.

"실력은 우리가 보장해요. 그래서 이 아이의 방을 준비해 주셨으면 하는데 빈방 있나요?"

"제이드가 그렇다면 그런 거겠지. 방은 하나 비어 있어."

아무래도 마을 밖에 곰 하우스를 세우지 않고 끝날 것 같다.

"으~, 아쉽다. 방이 없으면 우리 방에서 자라고 하려 했는데."

"우리 방은 2인실이야."

멜 씨의 말에 세니아 씨가 딴죽을 걸었다.

"뭐~, 어때. 내가 유나와 같이 잘 거야. 유나는 작으니까 그 곰 옷을 벗으면 같이 잘 수 있어."

아뇨, 안 벗을 건데요. 내 집이라면 또 모를까, 이런 무슨 일이 있을지 모를 곳에서 곰 장비는 벗을 수 없었다. 게다가 호위용 곰돌이와 곰순이도 소환할 수 없게 된다.

아무튼 방도 확보했으니 식사를 하면서 조금 전 이야기를 이어 나가기로 했다.

"그래서, 골렘은 어떤 상황이에요?"

"『몰라』, 가 현 상황이야."

"골렘을 쓰러뜨리긴 했지만 시간이 지나면 원래대로 돌아와. 일정 이상은 늘어나지 않는 것 같은데, 다음 날이 되면 거의 원래의 수로 돌아와 있어."

무한 리젠인 건가. 게이머가 들으면 기뻐할 만한 이야기네. 드롭 아이템에 따라서는 경험치를 얻기에도, 돈을 벌기에도 좋다. 물론 나도 게임에서의 이야기라면 기뻐했을 것이다.

"우리는 갱부가 가장 안쪽에서 발견했다는 골렘과 관련 있을 거라고 생각하고 있어."

제이드 씨의 이야기에 따르면 갱부가 구멍을 파다가 커다란 동굴을 발견했고, 그 공간 중앙에 골렘이 있었다고 한다. 골렘이 움직이기 시작하자 갱부는 도망쳤고, 그 뒤로 광산의 동굴에 골렘이 나타나게 됐다고 했다.

이야기를 들으니 충분히 그럴 가능성은 있었다. 아니면 그 골렘이 있었던 동굴이 수상했다. 골렘을 만들어 내는 무언가가 있는 것일지도 모른다.

"그 골렘을 쓰러뜨리러 가진 않았나요?"

우선은 그 가장 수상한 골렘을 쓰러뜨리는 게 가장 좋다. 골렘을 쓰러뜨리고도 문제가 계속된다면 그때 가서 다른 방법을 찾으면 된다. 그렇게 하나씩 쓰러뜨려 가는 게 해결로 나아가는 방법이다.

"그게, 그렇게 간단하지 않아. 안으로 가면 갈수록 골렘이 강해져."

"아이언 골렘이요?"

"알고 있었구나."

"그것 때문에 의뢰가 랭크 C로 올랐다고 들었어요. 제이드 씨 일행이라면 쓰러뜨릴 수 있지 않나요?"

"못 쓰러뜨리는 건 아니지만 성가셔."

그 말엔 동의다. 좁은 공간에서는 공격 방법이 제한된다. 아이언 골렘을 쓰러뜨리는 것은 성가실 것 같다.

"그렇지만 쓰러뜨릴 수 있잖아요. 그대로 나아가면 되는 거 아닌가요?"

"갱부가 발견한 동굴 앞에 커다란 공간이 있는데, 그곳에 아이언 골렘이 다섯 마리 있어. 한두 마리라면 문제는 없지만, 아무래도 아이언 골렘 다섯 마리는 손이 많이 가."

즉, 그 다섯 마리의 아이언 골렘 때문에 안으로 갈 수 없다는 건가.

으음, 아이언 골렘이라……. 갱도를 무너뜨리지 않고 쓰러뜨릴 수 있으려나?

그 뒤, 제이드 씨 일행은 내가 묻지 않은 정보까지 알려주었다.

"이렇게 알려줘도 돼요? 보통 정보는 알려주지 않잖아요?"

같은 의뢰를 받은 상대에게 추월을 당하면 보수가 손에 들어오지 않게 된다. 말하자면 나와 제이드 씨는 사업상 경쟁자다.

"이번엔 긴급 사태니까. 시간이 걸려도 괜찮은 의뢰라면 여러 방법을 시도해 볼 테지만 이번엔 길드에서 재촉하고 있어. 그러니 지금은 조금이라도 더 많은 전력이 필요하지. 게다가 이대로라면 의뢰에 실패한 취급을 받게 될 거야. 그건 곤란하니까."

"제가 토벌에 성공하면 제이드 씨 일행도 달성 취급을 받나요?"

"토벌은 어디까지나 토벌자의 것이야. 그렇다고 해서 의뢰에 실패한 취급을 받지는 않아. 협력자 취급이 되어서 보수도 조금이지만 나와. 물론 그만큼의 일은 해야 하지만 말이지. 게다가 이번에는 잘 팔리는 아이언 골렘이니까 소득도 커. 그래서 유나에게 알려줘도 문제는 없지."

"오히려 쓰러뜨려 주는 쪽이 도움받는 거야."

아무래도 내가 쓰러뜨려도 문제는 없는 것 같다. 그렇다면 제이드 씨 일행을 신경 쓰지 않고 골렘을 쓰러뜨릴 수 있다.

"여러 가지로 알려주셔서 고마워요. 도움이 됐어요."

만약, 나 혼자서 정보를 손에 넣으려고 했다면 이렇게 간단하게는 모으지 못했을 거다. 꽤나 시간이 단축됐다. 공주(피나)의 구출도 빨라질 것 같다.

식사도 끝나서 방으로 돌아가려고 하는데 입구가 소란스러워졌다.

"아~, 지쳤네, 지쳤어."

"그러게 말이야. 아이언 골렘과의 연전은 그만했으면 좋겠어."

"그래도 돈이 되잖아."

"아이언 골렘 님들이야."

"그것보다도 얼른 밥 먹자, 배고파."

목소리가 들리는 쪽을 바라보니 다섯 명의 모험가들이 들어왔다. 처음 본 순간, 얽히고 싶지 않은 부류의 인간들이라고 판단했다(남 얘기 할 처지는 아니지만).

가장 먼저 드는 생각은 하나— 그 복장은 뭐야?

맨 앞에 선 남자는 진짜 자신의 머리인 건지 머리카락이 새빨갰고, 방어구도 빨갰다. 소가 있었다면 틀림없이 공격당했을 거다.

그리고 두 번째 사람은 어째선지 파란 방어구. 세 번째 사람은 녹색 방어구. 네 번째 사람은 검은 망토를 뒤집어쓴 마법사. 마지막으로 홍일점? 서른 살 전후의 여자가 하얀 망토를 두르고 있었다. 멋지게도 5색 전대였다.

흑과 백이 아니라 옐로와 핑크였다면 완벽했을 거다. 하지만 이 세계에서 옐로는 아슬아슬하게 허용되어도 핑크 망토는 아웃일지도……?

그 5색 부대가 우리가 있는 곳으로 다가왔다.

"여어, 제이드. 언제부터 곰 펫을 키운 거야."

빨간 남자는 나를 보고 그렇게 말했다. 그 말에 뒤의 네 사람이 웃기 시작했다.

좋아, 경의를 담아 바보 레인저라고 부르자.

"이 아이는 모험가야. 그것도 우리와 같은 랭크 C지."

"거짓말이지? 그 곰이 모험가라니, 웃기지 마."

웃기는 부분이 거기냐?! 보통, 랭크 부분을 트집 잡지 않나? 트집 잡는 부분이 틀렸잖아. 아니지, 맞는 건가.

"게다가 랭크 C라고? 웃기려거든 좀 더 말도 안 되는 말을 해야지. 뭐, 존재 자체로 웃긴 했지만 말이야."

바보 레드는 더욱 크게 웃었다.

"뭐, 곰에 관한 건 됐어. 그것보다도 오늘은 어땠나? 우리는 아이언 골렘을 세 마리 쓰러뜨려서 꽤 짭짤했거든."

아니, 좋지 않아. 사람을 펫 취급을 해놓고, 시비라면 받아주겠어.

그런 내 마음을 제쳐놓고 이야기는 진행되어 갔다.

"우리도 세 마리 처치했어."

"그렇군. 너희들도 열심히 하는 모양이네. 그래도 안쪽에 있는 다섯 마리의 골렘은 우리가 쓰러뜨릴 거지만 말이지. 그리고 그 안에 있는 골렘도 우리가 쓰러뜨려서 의뢰를 끝내 주겠어."

바보 레드는 웃으면서 자리를 떴다. 태풍이 지나가고 정적이 남았다.

아무래도 방금 한 이야기로 보아 바보 레인저도 갱도 가장 안쪽에 있는 골렘이 수상하다고 생각하고 있는 모양이다.

"저 남자의 이름은 바볼드. 우리와 같은 골렘 토벌을 하러 온 모험가들이야. 랭크는 C, 성격이 모나지만 나쁜 녀석들은 아니야. 게다가 실력도 있어."

그러고 보니 사냐 씨가 파티는 두 그룹 있다고 했었던가.

분명 성격은 나빠 보이지만 아이언 골렘을 쓰러뜨리고 있다면 저 바보 레인저도 나름 실력자인 모양이다.

"그건 그래도 유나를 펫 취급을 하다니 너무하네. 펫이 아니라 마스코트인데."

아뇨, 그것도 아닌데요. 저는 펫도, 마스코트도 아니에요. 멜 씨의 말에 마음속으로 지적했다.

"하지만 바볼드의 이야기를 들으니, 꽤 좋은 값으로 팔리는 모양이네."

"그런가 봐."

골렘도 마물로 취급되니 쓰러뜨리면 모험가의 것이 된다. 생각한 것만큼 꽤 금액이 될 것 같다.

"제이드 씨·일행은 안 팔았어요? 아까 세 마리 쓰러뜨렸다고 했잖아요."

"우리는 정규 루트로 팔고 있으니까 그렇게까지 비싸게 팔리지는 않아. 그렇다고 해도 보통의 20퍼센트 정도는 비싸게 팔리고 있지."

"들은 이야기대로라면 저쪽 사람들은 50퍼센트는 비싼 것 같네."

철의 값어치가 얼마인지는 모르지만 득을 보고 있는 모양이다. 게임과 달리 쓰러뜨리면 그대로 형태가 남으니까 돈이 되는군.

150 곰 씨, 광산에 잠입하다 1

마녀(엘레로라)로부터 공주(피나)를 되찾기 위해 광산에 도착한 용사(유나).

그 용사(유나)의 눈앞에는 골렘이 있었다. 골렘이 팔을 뻗자 자갈 정도 크기의 무수한 돌멩이들이 날아왔다. 용사(유나)는 피했지만 전부를 피할 수는 없었다.

툭툭, 툭툭.

날아온 돌멩이에 얼굴을 맞았지만 아프지 않았다. 부드러운 물체가 닿는 느낌. 그런 공격으로는 용사(유나)를 쓰러뜨릴 수 없다.

용사(유나)는 골렘을 향해 달리기 시작했다. 골렘은 다가오지 못하도록 돌팔매질을 계속 했다.

툭툭, 툭툭.

그런 약한 공격 같은 건 아프지도, 간지럽지도 않아. 용사(유나)는 발을 멈추지 않았다.

툭툭, 툭툭.

용사(유나)는 돌멩이들을 무시하면서 골렘을 베었다. 하지만 벤 감촉이 느껴지지 않았다. 용사(유나)는 마법을 사용하려고 했다. 하지만 갑자기 숨쉬기 버거워지기 시작했다.

무언가의 공격인 건가?!

무언가가 얼굴을 억누르고 있는 감각이 느껴졌다.

숨을 못 쉬겠어…….

용사(유나)는 미지의 공격에 대항하지 못했다. 이렇게 뭐가 뭔지도 모르는 공격으로 죽는 건가…….

용사(유나)는 정신을 잃었다.

"……우왓~! 괴로워!"

툭.

내가 몸을 일으키자 얼굴에서 무언가가 떨어졌다.

"곰순이?"

눈앞에서 꼬맹이로 변한 곰순이가 고개를 갸웃거리고 있었고, 배 위에는 곰돌이가 있었다.

자고 있을 때만큼 무방비한 경우은 없다. 방범을 위해 꼬맹이로 변한 곰돌이와 곰순이를 소환해 두었는데…….

"설마, 지금 꿈, 너희 작품이니?"

아무래도 그 부드러운 공격은 곰 발바닥이었고, 숨을 쉬기 힘들었던 건 곰순이가 얼굴을 뒤덮고 있었기 때문인 것 같았다.

"왜 이런 짓을 한 거야?"

내 물음에 곰순이와 곰돌이가 작게 「크~응」 하고 울며 창문 쪽을 바라봤다.

창문에서 햇빛이 들어오고 있었다. 아무래도 아침이 되어서 깨

워줬나 보다. 분명 자기 전에 아침이 되면 깨워달라고 부탁하긴 했지만…….

"깨워줘서 고마워. 그렇지만 다음부턴 숨 쉴 수 있는 방법으로 부탁할게."

깨워준 건 고맙지만 얼굴에 올라타는 건 안 했으면 좋겠다. 조금만 더 했으면 질식사할 뻔했다. 일어나는 게 조금이라도 늦어졌다면 사회면 기사에 실렸을 거다. 타이틀, 『인형 옷 소녀 죽다』. 생각하는 것만으로도 창피해!

하지만 늦잠 잘 뻔했는데 곰돌이와 곰순이가 깨워줬다. 감사는 못할망정 원망하는 건 곰의 도리에 어긋나는 법.

곰돌이와 곰순이에게 고맙다는 말을 하고 그대로 송환했다. 나도 흰색 곰 옷에서 검은색 곰 옷으로 갈아입고 아침 식사를 하러 식당으로 향했다.

혼자 아침 식사를 하는데 멜 씨와 세니아 씨가 왔다. 제이드 씨와 토우야의 모습은 보이지 않았다.

"좋은 아침이야, 유나."

멜 씨는 말로 인사를 했고 세니아 씨는 가볍게 손을 올렸다.

"멜 씨, 세니아 씨, 좋은 아침이에요."

"유나는 이제부터 광산으로 갈 거야?"

"일단 상황을 보러 가려고 생각 중이에요."

얼른 의뢰를 끝내고 붙잡혀 있는 공주(피나)를 구하러 가야 하니 말이지.

"그렇다면 우리와 같이 가지 않을래?"

"멜 씨네 분들과요?"

"유나가 강하다는 건 알고 있지만 겉보기에는 말이야……."

"귀여운 곰으로밖에 보이지 않아."

두 사람은 그렇게 말하더니 내 머리를 쓰다듬기 시작했다.

"강해 보이지 않아서 걱정이란 말이지."

"그래서 어제 멜과 의논을 했어."

두 사람이 나를 걱정해 주고 있다는 건 전해져 왔다. 하지만 개인적으로는 혼자인 편이 행동하기 쉬운데……. 하지만 한편으로는 멜 씨 일행의 실력을 보고 싶은 마음도 들었다.

어떻게 할까…….

일단은 머리를 쓰다듬는 건 그만둬 줬음 하는데…… 라고 생각하고 있는 사이, 두 사람은 쓰다듬기를 그만두더니 내 옆자리에 앉아 식사를 주문했다.

"하지만 제이드 씨에게 물어봐야 하는 거 아니에요?"

"그런 거 딱히 제이드에게 묻지 않아도 괜찮아."

멜 씨가 딱 잘라 말했다.

아니지, 아니지. 제이드 씨는 리더잖아요. 그 부분은 의논을 해야 하지 않겠어요? 그렇게 이야기를 나누고 있는 사이 제이드 씨와 토우야가 2층에서 내려왔다.

"모두들, 빠르네."

"너희가 늦은 거겠지. 그리고 유나도 광산 탐색하러 같이 가기로 했어."

잠깐, 나 아직 대답 안 했는데? 이미 확정이야?!

"그래, 알았어."

"나도 괜찮아."

이봐, 두 사람 모두 그걸로 끝이냐!

그런 건 보통, 상의를 한다거나, 상담을 한다거나, 여러 가지 있잖아.

내 마음의 소리는 누구에게도 닿지 않았고, 결국 얘기가 흘러가는 대로 같이 가게 됐다.

광산에 도착해 보니 갱도의 입구가 여러 개 있었다.

몇십 년, 몇백 년을 파왔는지 알 수는 없지만, 광산의 갱도는 낡은 것은 물론이고 새로운 것도 있었다.

골렘이 나타나는 건 가장 최신의 갱도로, 최근 몇 년간 계속 팠다고 했다. 새로운 갱도에는 입구가 두 군데 있었고, 어디로 들어가든 도중에 합류해서 골렘이 나타난 장소인 가장 깊숙한 곳에 도달한다는 모양이었다.

바보 레인저는 항상 같은 입구로 들어가고 있고, 제이드 씨 일행은 트러블을 피하기 위해 그들과 다른 입구로 들어간다고 했다. 포획물을 가로채거나 시비에 휘말리지 않게 하기 위함이란다. 올바른 바보 대처법이다. 바보는 줘 패서 무너뜨리는 것보다는 엮이지 않는 것이 제일이다.

바보는 자기중심적이고 타인의 이야기를 듣지 않으며, 자아도취에 빠져 자기에게 좋은 쪽으로 바꿔 생각하고, 폭주를 하거나, 실패하면 남 탓을 한다. 게임에서도 그런 바보는 많이 있었다. 그런 바보에게는 다가가지 않는 편이 좋다.

갱도의 입구는 마을에서 조금 떨어진 곳에 있었다. 들어가 보니 갱도 안은 캄캄했다. 마법의 빛이 필요한가 생각했는데 제이드 씨가 입구 부근의 벽에 손을 가져가자 내부가 빛으로 밝아져 갔다.

아무래도 베어 터널과 같은 시스템인 모양이다.

마력선이 빛의 마석과 연결되어 있어서 스위치 같은 것을 누르면 갱도 전체에 빛이 비춰지게 되어 있었다.

뭐, 어느 가정에서나 사용되고 있는 일반적인 점등 방식이다.

갱도는 커다란 마차가 여유롭게 지나갈 수 있을 정도로 넓었다. 꽤 깊은 곳까지 이어져 있는 것 같았고, 어디까지 이어져 있는지는 입구에서 파악할 수 없었다.

스킬인 곰 지도를 사용해봤다.

갱도의 입구 부분이 표시되었다. 무사히 사용할 수 있는 것 같다. 내가 지나간 곳만 표시가 되지만 자동 맵핑이라고 생각하면 편리하다.

다음으로 곰 탐지를 사용해봤다.

이 앞에 몇몇 골렘의 반응이 있었다. 하지만 지도가 만들어지지 않은 상황에서는 깜깜한 맵 너머에 골렘이 있다는 것밖에 알 수 없었다. 이 반응이 진행 방향 앞 통로인지 옆 통로인지, 혹은 지하에 있는 골렘의 반응인지 현 상황에서는 알 수 없었다.

제이드 씨를 선두로 두 번째 줄에 멜 씨와 나, 세 번째 줄에 세니아 씨와 토우야의 순서로 갱도 안을 나아갔다.

"처음엔 흙으로 만들어진 머드 골렘, 더 앞으로 가면 바위로 만들어진 록 골렘이 나와."

"머드 골렘과 록 골렘은 쓰러뜨리는 건 간단해서 괜찮지만 마석만 돈이 된다는 게 난점이지."

머드 골렘이라……. 우리 곰 골렘과 겨뤄 보는 것도 괜찮겠다. 그런 생각을 한 탓인지 머드 골렘이 나타났다. 조금 전 골렘 반응이 있었던 곳이었다.

크기는 2.5미터 정도 되며, 팔다리도 두꺼웠다. 저런 두꺼운 팔로 얻어맞으면 장난 아닐 거야. 더구나 일반인이라면 위험하겠어.

제이드 씨가 파티 멤버들에게 지시를 내리더니 달리기 시작했다.

항상 있는 행동인지 멜 씨는 바람 마법으로 머드 골렘의 팔을 잘라냈다. 하지만 머드 골렘은 걸음을 멈추지 않았다. 제이드 씨가 검으로 머드 골렘의 다리를 잘라냈다. 다리가 잘린 머드 골렘은 그 자리에서 상체가 앞으로 고꾸라졌다. 세니아 씨가 움직이지 못하게 된 머드 골렘의 등 위로 뛰어올라 등에 나이프를 내리꽂아 구멍을 내더니 그곳에 손을 집어넣어 마석을 빼냈다.

그러자 머드 골렘은 그 자리에서 쓰러졌다. 물 흐르는 듯한 연계였다.

토우야라고 아무것도 안 하고 있던 게 아니다. 토우야는 동료들이 싸우는 동안 주위의 경계를 섰다.

몸에 있는 마석을 꺼내면 몸을 구성하는 흙은 부스러지는지 머드 골렘은 단순한 흙으로 돌아갔다.

아무래도 마석이 동력이 되어 움직이고 있는 모양이다. 골렘을 멈추려면 마석의 파괴가 가장 편할 것 같았다.

151 곰 씨, 광산에 잠입하다 2

그 뒤에도 제이드 씨 일행은 머드 골렘을 간단하게 쓰러뜨려 갔다.

지켜본 결과, 머드 골렘은 바람 마법을 사용하면 간단하게 쓰러뜨릴 수 있는 것 같았다. 다리와 팔만 잘라내면 움직일 수 없게 됐다. 뭐, 그야 어느 마물이건 공통적인 부분이지만 머리를 잘라내 버리면 어떻게 되려나? 멈추나? 아니면 계속 움직이나?

하지만 제이드 씨 일행이 머리가 아니라 다리를 잘라냈다는 건, 머리를 잘라도 의미가 없다는 건가? 제이드 씨 일행의 싸움을 참고하면서 갱도를 나아갔다.

제이드 씨와 토우야는 검을 다뤘고, 멜 씨는 마법을 사용하며, 세니아 씨는 단도를 사용했다.

역시, 랭크 C라는 건가. 머드 골렘을 별 탈 없이 쓰러뜨렸다. 내가 나설 일은 없었다.

곰 지도를 보니 지나온 만큼의 갱도 지도가 완성되어 있었다.

갈림길에는 간판이 붙어 있었다. 출구는 어디인지, 앞으로 가면 어디로 향하게 되는지 알 수 있게 되었다.

갱도로 들어서고 알게 된 점은 입구마다 A, B 라고 번호가 나뉘어 있었고, 길이 갈릴 때마다 1, 2, 3이라는 숫자가 배정되어 있었다.

제이드 씨의 말에 따르면 일을 하는 장소를 파악하기 위함이라고 했다. 오늘은 「B-1-2-1」에서 일을 한다고 하면 주위에서도 장소를 파악하기가 쉬워진다.

그건 그렇고 따분하다. 골렘의 힘도 알고 싶은데 한 마리 정도는 내가 쓰러뜨릴 수 있게 안 해주려나?

제이드 씨 일행이 간단하게 쓰러뜨려 버리니까 내가 나설 일이 없잖아. 내가 먼저 말을 꺼내기도 뭣하고…….

제이드 씨 일행은 주위를 확인하면서 앞으로 나아갔다.

이 앞에는 네 마리의 골렘 반응이 있었다.

계속 나아가니 조금 빈 공간이 나왔다. 그곳에는 머드 골렘 세 마리가 있었다.

어라, 다른 한 마리는?

탐지 스킬로 확인해보자 오른쪽 방향에 있는 커다란 바위 그늘에 있는 모양이었다.

여기서 봤을 때 사각지대로 되어 있군.

제이드 씨 일행은 사각지대에 있는 골렘의 존재는 눈치채지 못하고 있었다.

그들은 눈앞에 있는 골렘 세 마리를 향해 갔다. 세 마리라도 파티의 연계 공격에 문제는 없었다.

머드 골렘 정도라면 여러 마리여도 간단하게 쓰러뜨렸다.

하지만 다른 한 마리의 존재는 눈치채지 못한 것 같으니 내가 공격해도 되는 건가?

제이드 씨 일행이 마지막까지 눈치를 채지 못했기 때문에 공격하도록 하겠습니다.

사각지대에 있는 골렘을 갑자기 공격하는 것도 이상하니까, 조금 더 앞으로 가서 시야에 들어오면 공격하기로 했다.

머드 골렘 세 마리를 어려움 없이 쓰러뜨린 제이드 씨 일행은 앞 통로로 가기 위해 걸음을 옮기기 시작했다. 그들은 커다란 바위를 특별히 신경 쓰지 않았다. 바위 그늘에 골렘이 있다는 사실을 눈치채지 못했다. 나는 공격 태세에 들어갔다. 골렘이 내 시야에 들어온 순간 내 앞을 걷고 있던 제이드 씨와 내 옆을 걷던 멜 씨도 동시에 반응했다. 반응 속도가 빠르네. 하지만 이미 나는 바람 마법을 날리고 있었다. 커다란 바위 뒤에서 나오려고 하던 머드 골렘의 몸에 바람 마법을 날려 머리와 양쪽 팔다리를 잘라냈다.

역시 부드럽네. 머드 골렘은 그대로 부스러져 마석만이 남았다.

머드 골렘은 그다지 딱딱하진 않은 모양이다. 뭐, 흙이기도 하니 한도가 있겠지. 곰을 상상한 곰 마법을 사용할 정도는 아니었다.

"유나, 대단해."

멜 씨가 목소리를 높였다. 아니, 제이드 씨와 멜 씨도 알아차리기도 했고 반응도 빨랐다. 뒤에 있던 두 사람의 반응은 볼 수 없었지만, 앞의 두 사람이 반응할 수 있었다는 건 뒤의 두 사람도 반응했을 가능성이 있었다.

"하지만 지금 유나의 행동, 조금 이상했어. 시야에 들어오기 전에 공격 태세에 들어갔어."

뒤에서 나를 보고 있던 세니아 씨가 나에 대해 논평했다. 잘도 봤네.

"곰 아가씨가 움직인다고 생각한 뒤에 골렘이 나왔지."

"움직임이 빨랐어."

아무래도 토우야에게도 들킨 모양이다. 하지만 곰 탐지에 관해서는 말할 수 없으니…….

"여자의 감이라고나 할까?"

……라고 속여 봤다.

"여자의 감?"

제이드 씨가 의아한 얼굴을 했다. 그러자 그런 제이드 씨의 반응에 반대한다는 듯 멜 씨가 내 곰 장갑을 잡고는 이렇게 대꾸했다.

"맞아. 여자의 감은 있어. 하지만 제이드와 토우야는 그런 거 없다고 한단 말이지."

"여자의 감은 있지."

세니아 씨도 동의했다.

"그렇지만 근거도 없는데 갑자기 저기에 마물이 있다든가, 이쪽에 마물이 있다고 한들……."

제이드 씨의 말에 토우야가 고개를 끄덕였다.

"어째서 알았냐고 물어보면 여자의 감이라고만 하고."

"그렇지만 과거에 그 여자의 감으로 도움 받은 적 있잖아?"

여자의 감이라고 설명하는 여성들. 그 여자의 감을 믿을 수 없다는 남성들. 내 말 한마디로 파티를 분열시켜 버렸다. 뭐, 서로 진심으로 말싸움하고 있는 건 아니지만. 이대로라면 이야기가 끝날 것 같지 않아서 화제를 바꾸기로 했다.

"그러고 보니 골렘은 머리를 잘라내도 움직이나요?"

검증이 되지 않았기 때문에 물어봤다.

"움직여. 골렘은 기본적으로 어디를 잘라도 움직여. 못 움직이게 하는 방법은 두 가지. 하나는 마석을 제거하는 것. 다른 하나는 일정 이상의 대미지를 입히는 것이지."

"일정 이상의 대미지요?"

"골렘의 동력이 마석이라는 건 알고 있지?"

어렴풋하게나마 알고 있기 때문에 수긍했다.

"대미지를 주면 마석의 힘이 줄어들어. 그 마석의 힘이 0이 되면 골렘은 움직일 수 없게 되지."

과연. 즉, 물리 공격이어도 몇 번이고 대미지를 주면 움직이지 않게 된다는 거네. 그렇다면 록 골렘과 아이언 골렘도 물리 대미지를 계속 주면 쓰러뜨릴 수 있다는 뜻이 된다. 마법을 사용하지 못하더라도 힘으로 눌러버리는 건 가능할 것 같다. 나는 곰 장갑을 꽉 쥐었다.

나는 쓰러진 머드 골렘에서 마석을 손에 넣었다. 그리고 계속해서 갱도의 안쪽으로 나아가 완만한 언덕을 내려갔다. 곰 지도를 보면서 걷고 있는데 지도에 변화가 일어났다. 조금 전까지의 지도가 사라지고 새로운 지도가 나온 것이다. 그렇군, 이대로 앞으로 나아가면 조금 전 층의 지도가 사라지고 새로운 층의 지도가 만들어지는 모양이다. 이런 부분은 게임과 같네.

지도도 바뀌었기 때문에 탐지 스킬을 사용하자 진행 방향에 골렘의 반응이 있었다.

"유나라면 괜찮겠지만 조심해. 이 부근부터 록 골렘이 나올 거니까."

나는 순순히 고개를 끄덕였다.

"록 골렘이라는 거 강해요?"

"록 골렘의 단단함은 바위를 마력으로 조금 강화한 느낌이려나? 그 바위가 움직인다고 생각하면 될 거야."

바위가 마력으로 조금 강화되어 있다고 한들 잘 모르겠는데……. 결국은 보통의 바위보다 단단하다는 것이겠지. 아무리 그래도 곰 마법으로 쓰러뜨리지 못하는 일은 없겠지만. 연습 상대로 한 마리 받을 수 있으려나?

앞으로 조금 더 나아가자 록 골렘과 조우했다. 록 골렘은 돌과 바위가 붙어서 만들어진 골렘이었다. 어쩐지 때리면 간단하게 무너질 것 같은데?

록 골렘은 우리의 존재를 눈치채고는 팔을 휘둘러 야구공 크기 정도의 돌을 날렸다.

시속 160킬로미터(내 제멋대로의 상상이다)의 호속구가 선두에 있던 제이드 씨를 덮쳤다.

그러자 멜 씨가 제이드 씨의 앞에 나서더니 흙 마법으로 벽을 조금 비스듬히 만들어 돌이 누구에게도 맞지 않도록 막았다.

록 골렘이 다시 한 번 돌을 날리려고 하자 제이드 씨가 벽에서 빠져나갔다.

록 골렘은 제이드 씨에게 정신이 팔려 그쪽을 향해 움직였다. 그러자 멜 씨가 돌에는 돌이라는 듯이 마법으로 축구공만 한 돌을 만들어 날려 록 골렘의 다리를 파괴했다. 록 골렘은 균형을 잃었지만 팔을 휘둘러 돌을 날리려고 했다. 하지만 세니아 씨가 록 골렘의 팔 관절 부분에 나이프를 날려 그것을 막았다. 그 틈을 놓치지 않고 제이드 씨와 토우야가 단숨에 거리를 좁혀 공격을 가했다.

일정 대미지를 입히자 록 골렘은 움직이지 않게 되었고, 접합 부분 모두가 무너져 내려 바위와 돌이 산처럼 쌓였다. 어쩐지 평범한 마물과 다른 이상한 느낌이네.

그 후 록 골렘이 여러 번 나타났지만 제이드 씨 일행이 쓰러뜨려 갔다.

멜 씨의 마법으로 다리를 무너뜨리고, 세니아 씨가 관절 부분에 나이프를 날려 골렘의 움직임을 둔하게 했다. 마지막으로 그곳에 제이드 씨와 토우야가 공격을 했다. 모두들 당황하지 않고 각자가 할 일을 이해하고 있었다. 단계별 작업 같은 공격 방법을 보고 있으니 게임을 자주 했을 때가 떠올랐다.

싸움을 패턴화하여 효율 좋게 경험치를 얻기. 나도 자주 했었다. 물론, 파티를 맺어서 했지.

가끔이긴 하지만…… 내게도 경험은 있다고.

나도 록 골렘과 한 번 정도는 싸워보고 싶은데……. 그런 생각을 한 탓인지 조금 커다란 공간으로 나오자 록 골렘이 다섯 마리 나타났다. 내게도 콩고물 떨어지려나?

"제이드, 어쩔 거야?"

멜 씨가 물었다. 이제껏 록 골렘은 많아도 두 마리까지였다. 그게 배 이상으로 늘어났다. 제이드 씨가 나를 봤다.

"유나, 한 마리 부탁할 수 있을까?"

"딱히 상관없어요."

오오, 드디어 왔다. 게다가 부탁을 받았다. 이거, 신용 받고 있다는 거겠지? 여러 가지로 시험해보고 싶지만 우선은 내구도를 알고 싶으니 곰 펀치를 날려 볼까? 하지만 마법도 시험해보고 싶은데.

"고마워. 다른 것들 다 쓰러뜨리면 바로 올게."

전원이 각자 록 골렘을 향해 달렸다. 내가 공격 방법을 정하지 못하고 있자 록 골렘이 다가왔다. 우선 록 골렘이 뻗는 팔을 피하고, 있는 힘껏 곰 펀치를 가슴에 꽂았다.

록 골렘은 날아가 벽에 부딪히더니 그대로 무너져 내렸다. 어라? 곰 펀치 한 방으로 끝이야?

주위를 보자 어이를 상실한 네 사람이 있었다. 싸우는 도중에 흘깃거리면 위험해요. 네 사람은 바로 눈앞의 록 골렘에 집중했다.

일단 도와주는 게 낫겠지. 나는 그들이 싸우고 있는 록 골렘으로 다가가 곰 펀치를 내리꽂았다. 남은 네 마리의 록 골렘도 벽까지 날아가더니 무너져 내렸다.

약하네.

"유나, 정말 강했구나."

"소문대로야"

두 여성이 다가왔다.

"블랙 바이퍼와 타이거 울프를 혼자서 쓰러뜨렸다는 게 사실이었어."

"설마, 곰 아가씨가 이 정도로 셀 줄은 몰랐어."

으음, 록 골렘이 이렇게 약하다면 아이언 골렘도 괜찮으려나?

152 곰 씨, 광산에 잠입하다 3

록 골렘을 원 펀치로 쓰러뜨린 후 나를 보는 제이드 씨 일행의 시선이 바뀌었다.

"이 꼬맹이의 어디에 그런 파워가 있는 거지?"

키가 큰 토우야가 내 머리를 톡톡 치면서 말했다.

"같은 여자라고는 생각할 수 없어."

세니아 씨가 곰 인형 옷 너머로 내 팔뚝을 만졌다.

"음~, 부드러워."

부드럽다니, 어느 쪽이? 곰 옷인가요? 내 팔뚝인가요?

일단 두 사람을 밀어내고 앞으로 나아가기로 했다. 조금 전 내 활약으로 갱도를 나아가는 순서가 바뀌었다. 어찌된 일인지 약한 내가 제이드 씨와 같이 선두로 걷게 되었다.

멜 씨는 「원호할 테니까 안심해」라고 말하더니 한발 물러섰다.

갑자기 파티의 대열을 바꾸는 건 안 좋지 않나? 라고 속으로 생각하면서도 선두에서 걸었다.

하지만 록 골렘은 생각보다 약했다. 그렇게 간단하게 쓰러뜨릴 거라고는 생각 못 했다. 문제는 그 이상의 힘을 담아 공격할 수 없을 것 같다는 것이다. 조금 전의 힘 정도로도 록 골렘이 벽에 충돌하자 갱도 위에서 작은 돌과 흙들이 떨어져 내렸다.

“갱도는 일단 흙 마석으로 강화되어 있으니까 약간 힘을 준 정도라면 무너지지 않을 거야.”

베어 터널처럼 흙 마석으로 강도를 올리고 있는 모양이었다.

하지만 조금 전의 위력으로 갱도가 조금 무너졌다. 갱도가 붕괴할 가능성이 높기 때문에 이 이상 힘을 담아 싸울 수는 없었다.

결국 록 골렘은 벽에 피해가 가지 않도록 신경을 쓰면서 곰 펀치로 끝냈다.

“완전히 입장이 역전됐네.”

제이드 씨가 곰 펀치 한 방으로 록 골렘을 쓰러뜨리는 나를 보고 말했다.

“그때, 놀리지 않길 잘했어.”

“그런 짓을 했었다면 토우야는 골렘처럼 되었을 거야.”

“묘비에 『토우야, 곰에게 죽임을 당해 이곳에 묻히다』라고 제대로 써 줄게.”

“멋대로 죽이지 마!”

토우야를 제외한 세 사람이 웃었다.

순조롭게 갱도를 나아가 층이 바뀌었다. 제이드 씨 일행의 이야기로는 여기서부터는 아이언 골렘이 나온다고 했다. 층마다 다른 골렘이 나온다니, 던전에 들어온 것 같네. 이 세계에서도 던전이라는 게 있나?

있다면 한 번쯤은 가보고 싶다.

층이 바뀌었기 때문에 탐지 스킬을 사용했더니 아이언 골렘의 반응이 있었다.

가장 안쪽으로 보이는 곳에서는 아이언 골렘 다섯 마리의 반응도 있었다. 이게 제이드 씨와 바보 레인저들이 말했던 아이언 골렘인가? 이 아이언 골렘 뒤로 제일 처음 발견됐다던 골렘이 있는 거겠지?

하지만 그 안쪽에 있을 것이라 여겼던 골렘의 반응은 없었다. 층이 또 달라지나?

갱도를 나아가자 널찍한 공간이 나왔다. 중앙을 보니 아이언 골렘이 서 있었다. 커다란 록 골렘과 별다르지 않았다. 다만, 몸 전체가 철로 뒤덮여 있었다.

팔은 두꺼웠고 거대한 해머 같았다. 저런 걸로 맞으면 틀림없이 죽겠지. 만약 말이 통한다면 대장장이로 전직을 추천하고 싶다.

그건 그렇고 단단해 보이네. 때려도 록 골렘과 달리 간단하게는 쓰러뜨릴 수 없을 것 같았다. 화염 곰이라면 철을 녹이는 것도 가능하겠지만, 그런 마법을 갱도에서 사용한다면 자살 행위와 마찬가지였다. 눈 깜짝할 사이에 갱도 내부가 찜통이 되고 산소가 부족해져서 죽어버릴 거다.

머리를 물로 에워싸면 질식사해주려나? 그럼 이건 어떨까. 염수를 끼얹으면 녹슬어서 움직일 수 없게 된다거나? 하지만 녹슬어 버리면 팔리지 않게 될 거야. 그 이전에 녹스는 데 어느 정도의 시간이 걸리느냐의 문제인 건가?

다음으론 바람 마법인데, 철을 잘라낼 수 있을지가 문제다. 이야기에 따르면 보통의 철보다 강도가 높다고 했다. 곰 바람 마법이라면 잘라낼 수 있을까?

흙 마법의 경우엔 곰 골렘을 만들어서 짓누른 다음 그동안에 물리 공격을 하는 방법도 있었다. 단지, 그『공격 방법』이 지금은 없었다.

마지막으로 싸우지 않고 구멍을 파서 막는 방법도 있지만 구멍을 잘못 팠다가는 지반이 무너질지도 모른다는 난점이 있었다. 그리고 이 방법으로는 철 소재를 손에 넣을 수 없게 된다.

게다가 덮는다고 해도 지면 속에서 계속 살고 있으니 파고 올라왔을 때가 무섭다.

일단은 제이드 씨 일행이 아이언 골렘과 싸우는 모습을 보고 참고하기로 했다.

제이드 씨 일행은 전투 준비에 들어갔다.

우선은 멜 씨가 흙 마법으로 만든 볼을 아이언 골렘에게 날렸다. 흙도 압축하면 단단해진다. 단단함은 마법사의 기량에 따라 다르며, 압축이 클수록 강도도 올라간다.

멜 씨가 아이언 골렘에게 흙 마법을 날리자 움직임이 한순간이지만 둔해졌다. 움직임이 둔해졌을 무렵에 토우야가 공격을 시전했지만 아이언 골렘의 무쇠 팔에 튕겨져 나갔다. 쇠기둥을 공격하고 있는 꼴이다. 검으로 쇠기둥이 잘릴 리가 없었다.

아이언 골렘이 토우야를 향해 있을 때 아이언 골렘의 등 뒤로 세니아 씨가 돌아갔다. 세니아 씨는 양손으로 나이프를 쥐고 있었다. 이도류?

하지만 토우야가 검으로도 잘라내지 못한 걸 나이프로 달려드는 거야?

세니아 씨는 한순간에 아이언 골렘과의 간격을 좁혀서 다리를 잘라내려 했다. 다리는 잘리지 않았지만 아이언 골렘의 허벅지 부근에 나이프로 잘린 흔적이 남았다. 틀림없이 세니아 씨가 나이프로 자른 흔적이었다.

아이언 골렘을 나이프로 자른 거야?

"세니아가 가지고 있는 건 미스릴 나이프야."

놀라고 있는 내게 멜 씨가 알려주었다. 미스릴 나이프 같은 걸 가지고 있었구나. 하긴, 랭크를 생각해보면 가지고 있어도 이상하지 않았다. 토우야와 멜 씨가 시선을 끌어 세니아 씨가 사각에서 공격을 가했다. 세니아 씨는 같은 부위를 두 번, 세 번 연달아 베어 다리를 절단시켰다.

한 발을 잃은 아이언 골렘은 균형을 잃고 쓰러졌다.

대단해, 나이프로 저 두꺼운 다리를 절단시켜 버렸어. 세니아 씨는 다리를 잘라내고 만족스런 표정을 지었다.

다리를 잃고 움직임이 둔해졌을 때 제이드 씨가 달려들었다. 아이언 골렘은 팔을 들어 올려 막으려고 했지만, 제이드 씨의 검에 의해 팔이 잘려 나갔다.

오오, 대단해.

"제이드 씨가 가지고 있는 검도 미스릴이에요?"

"맞아. 하지만 미스릴 검이라고 해서 전부 저렇게 아이언 골렘을 잘라낼 수 있는 건 아니야. 제이드의 검 기량이 있으니까 할 수 있는 거지. 이게 토우야였다면 튕겨져 나갔을 거야."

멜 씨가 설명해줬다.

하긴, 미스릴 검을 가지고 있다는 이유로 간단하게 아이언 골렘을 잘라낼 수 있다면 랭크 D, E 모험가라도 검을 빌리면 되는 이야기였다.

미스릴 검과 제이드 씨의 기량이 있기에 가능한 일이었다. 그렇기 때문에 제이드 씨 일행은 랭크 C인 거겠지. 그걸 생각해보면 나이프로 절단을 한 세니아 씨의 기량도 꽤나 대단하다는 거네.

"그럼, 토우야가 가지고 있는 검은요?"

"좋은 검이긴 하지만 미스릴은 아니야."

그래서 튕겨져 나간 거군. 뭐, 기량의 문제도 있겠지만. 그렇게 되면 내 검의 기량은 어떠려나? 게임을 할 시절엔 검도 사용하긴 했었다. 어시스트 기능도 있어서 게임 안에서는 꽤 기량을 익혔었다.

지금은 곰 장비 덕분에 게임과 비슷한 느낌으로 검과 마법을 사용하고 있다. 하지만 검의 기량이라는 건 어떠려나?

일단, 게임 때와 똑같이 검을 다루는 건 가능하지만…… 기량이라고 하면 잘 모르겠네. 내가 미스릴 무기를 가지고 있다면 게임에서 얻은 검의 기술로 아이언 골렘을 절단 내는 게 가능할까?

시험해보고 싶은데 그 미스릴 무기가 없잖아.

으으, 어째서 없는 거야.

팔과 다리가 잘린 아이언 골렘은 한 손으로 일어서려고 했으나 일어서지 못했다. 그저 한쪽 손을 휘둘러 제이드 씨를 내리치려 했다. 하지만 제이드 씨는 골렘의 팔을 피하고 후방으로 몇 걸음 물러났다. 그리고는 나머지 한쪽 팔을 피하면서 공격할 뿐이었다.

"아아, 내게도 미스릴 검이 있다면 아이언 골렘 정도는 잘라낼 수 있는데 말이야."

토우야가 억울한 듯 제이드 씨를 바라봤다.

"무리야."

세니아 씨가 한마디로 토우야의 말을 부정했다.

그런 세니아 씨의 말에 토우야가 무언가 말하려고 입을 열었으나 세니아 씨는 그렇게 두지 않았다.

"일전에 제이드의 검을 빌렸지만 잘라내지 못했잖아."

세니아 씨가 먼저 입을 연 바람에 토우야는 입만 뻐끔거렸다.

"토우야에게 미스릴 검을 주는 건 보물을 썩히는 격이지."

그렇게 말하면서 세니아 씨는 최후의 일격을 가했고, 그 사이에도 제이드 씨는 아이언 골렘의 공격을 피하면서 골렘을 잘라내고 있었다.

점차 아이언 골렘의 움직임은 둔해져 갔고, 드디어 무너져 내렸다.

아이언 골렘은 갈기갈기 잘려진 무참한 상태였다. 이래서야 골렘 오브제로 장식은 못 하겠네.

제이드 씨 일행이 싸우는 모습을 보고 든 생각은…… 응, 미스릴 무기가 갖고 싶다. 사용 가능할지 어떨지는 모르겠지만 마법과 곰의 힘 기술을 쓸 수 없을 때는 도움이 될 것 같았다.

세니아 씨가 쇠 구슬이 된 아이언 골렘을 아이템 봉투에 담았다. 파괴된 아이언 골렘을 보고 있는데 마석이 팔 쪽에 있었다.

마석을 팔 생각이 없다면 마석을 파괴하는 것도 하나의 방법일지도 모른다.

"하지만 마석의 위치는 골렘마다 달라서 노려서 무찌르는 게 어렵단 말이지."

"그래요?"

"그게 가능하다면 앞쪽에 있는 다섯 마리의 골렘은 이미 무찔렀을 거야."

그렇다면 검으로 한 번에 찔러 죽일 수는 없는 모양이군.

블랙 바이퍼를 쓰러뜨렸을 때처럼 겉을 상처 내지 않고 체내를 파괴하는 기술 같은 건 안 되려나? 바람을 세세하게 흔들어서 체내를 진동시킨다든가?

일단 하나의 방법으로 머릿속에 담아두자.

153 곰 씨, 광산에 잠입하다 4

아이언 골렘의 회수를 마친 제이드 씨는 잠깐의 휴식을 지시했다. 앞으론 아이언 골렘이 이어지기 때문에 한 번 몸을 쉬게 한다고 했다.

"제이드, 오늘은 어디까지 갈 거야?"

토우야가 음료를 마시면서 물었다.

"가능하다면 가장 안쪽까지 가고 싶어. 어쩌면 그 다섯 마리의 아이언 골렘이 없을 가능성도 있으니까 말이지."

유감스럽게도 탐지 스킬에 골렘들이 제대로 표시되고 있었다. 게다가 신경 쓰이는 표시를 발견했다. 사람의 반응이 다섯 개. 혹시, 그 바보 레인저인가?

반응은 우리와 조금 떨어진 위치에 있었다. 이대로 가면 맞닥뜨릴 수도 있겠는데?

아직은 곰 지도가 새까매서 어느 부근에서 길이 이어지는지 알 수 없었다.

하지만 바보 레인저 쪽이 다섯 마리의 아이언 골렘과 더 가까운 위치에 있었다. 이대론 우리가 도착하는 것보다도 먼저 바보 레인저가 아이언 골렘과 조우할 것 같았다.

다른 사람들에게는 보이지 않는 곰 지도를 보며 생각에 잠겨 있는데 제이드 씨가 말을 걸어왔다.

"조용한데, 무슨 일 있어?"

"미스릴 무기가 갖고 싶어서요."

곰 탐지에 대해서는 말할 수 없어서 다른 대답으로 속였다.

"사실은 해체용으로 미스릴 나이프를 얻고 싶어서 왕도에 왔는데 제이드 씨와 세니아 씨를 보고 있으니 미스릴 무기도 가지고 싶어졌어요."

나는 이 일을 받아들이게 된 이유를 설명했다.

"미스릴을 구하러 왕도로 왔더니, 이야기가 돌고 돌아 길드 마스터에게 부탁을 받았다라……."

사실은 엘레로라 씨에게……이지만, 사냐 씨에게 부탁받은 거로 해두자.

"그것보다도 우리가 골렘을 토벌하지 않으면 왕도의 병사들이 온다는 게 사실이야? 그게 언제쯤이야?"

멜 씨가 추궁하듯 물어왔다.

"시기는 듣지 못했지만 성에서 서두르고 있었으니까 시간은 없을 것 같은데……."

아마도 내 보고에 따라서일 테지만 그 부분은 말하지 않기로 하자.

"그렇다면 진짜로 서두르는 편이 좋겠는데."

제이드 씨가 일어섰다.

“아~, 내게 미스릴 검이 있다면 아이언 골렘 정도 손쉽게 쓰러뜨렸을 텐데~.”

토우야는 일어서면서 그렇게 투덜댔다.

“그 타령은 그만 됐어. 아무도 안 웃어.”

“토우야, 그런 자학 개그를 하면서까지 모두를 웃길 필요는 없어.”

“누굴 웃기려고 하는 말이 아니야!”

토우야는 농담이라고 생각하고 있는 멜 씨와 세니아 씨를 향해 소리쳤다.

“미스릴 검은 토우야가 조금 더 기술을 연마한 후려나.”

“쳇.”

하지만 제이드 씨가 하는 말에는 순순히 받아들이고 조용해졌다.

미스릴 검이라……. 만약 내가 가지고 있다면 어떻게 될까. 미스릴을 손에 넣기 위해 왔는데 미스릴 무기가 필요하다니 이 무슨 망할 게임이야.

우리는 휴식을 끝내고 안쪽으로 향하기로 했다.

아이언 골렘이 나오면 멜 씨가 마법을 날리거나 토우야가 시선을 끌었다. 그리고 그 틈을 타 미스릴 무기를 가진 제이드 씨와 세니아 씨가 달려들었다. 이 방법으로 두 마리의 아이언 골렘을 쓰러뜨렸다.

이대로 갱도를 나아가면 다른 길과 합류한다. 혹시 이 길이 바보 레인저가 지나온 길인 건가?

나는 탐지 스킬로 확인했다.

어라?

다섯 마리의 아이언 골렘의 반응이 사라지고 없었다. 전에 확인했을 때에는 틀림없이 있었는데, 그게 없어졌다. 혹시 바보 레인저가 쓰러뜨렸나? 하지만 그 바보 레인저의 반응도 없었다. 설마 층이 다른 건가?

제이드 씨 일행은 천천히 앞으로 나아가 다섯 마리의 골렘이 분명 있었던 빈 동굴의 상태를 엿봤다. 「아무것도 없으니까 괜찮아요」라고는 말할 수 없는지라 모두의 뒤를 따라갔다.

"없네."

"그러게."

"하지만 싸운 흔적이 있어."

확실히 여기저기에 싸운 흔적이 보였다. 벽이 뭉개져 있었고, 지면은 구멍이 파여 있기도 했다. 이 빈 동굴, 무너지진 않겠지? 생매장만큼은 피하고 싶다.

"혹시, 바볼드 일행인가?"

바볼드? 아, 바보 레드의 이름이었지. 내 마음속에는 바보 레드라고 새겨져 있어서 순간적으로 누구를 말하는지 몰랐다.

"그렇게밖에 생각이 안 드네."

"그 다섯 마리를 쓰러뜨린 건가?"

"성격은 나쁘지만 실력은 있으니까."

바보 레인저인 주제에 강한 모양이다. 조금 더 빨리 왔다면 싸우는 장면을 볼 수 있었을 텐데 아쉽다.

"제이드, 어쩔까?"

멜 씨가 주변을 경계하면서 앞으로의 행동에 대해 물었다.

"그러네. 모처럼 바볼드가 만들어 준 길이잖아. 앞으로 가보자. 정보는 조금이라도 많은 편이 좋으니까 말이야."

"하지만 바볼드에게 들키면 뭐라고 하지 않을까?"

"바볼드에게 들키지 않도록 하면 되지."

"성가신 일은 싫지만 모험가로서는 가야겠지."

"뭐라고 하면 돌아오면 되잖아."

뭐지? 같이 싸워서 의뢰를 해결하자는 이야기는 일절 나오지 않네. 뭐, 나 같아도 바보 레인저와는 같이 싸우고 싶지는 않아. 같이 싸우면 잘못해서 바보 레인저의 후두부에 마법을 날려버릴 자신이 있었다.

앞으로 가기로 결정하고 갱도를 나아가자 층이 바뀌었다. 곰 지도도 바뀌었다. 그리고 바보 레인저로 여겨지는 다섯 개의 반응과 마물의 반응이 나타났다. 마물을 확인하니 미스릴 골렘이라고 표시되어 있었다.

갱도를 내려가자 싸우는 소리가 들려왔다.

"젠장, 뭐가 이렇게 단단해!"

"마법이 통하지 않아!"

"엔가이, 어떻게든 해봐!"

"무리야!"

펼쳐진 동굴에서는 바보 레인저가 싸우고 있었다.

바보 레드가 검으로 달려들지만 미스릴 골렘에게 튕겨져 나갔다.

바보 블루가 스피어로 찔렀지만 미스릴 골렘에게 튕겨져 나갔다.

바보 그린이 거대한 해머로 공격을 했지만 미스릴 골렘에게 튕겨져 나갔다.

바보 블랙이 흙 마법을 날렸지만 미스릴 골렘에게 튕겨져 나갔다.

바보 화이트가 바람 마법을 날렸지만 미스릴 골렘에게 튕겨져 나갔다.

바보 레인저의 공격은 먹히지 않았다. 물리 공격도, 마법 공격도 튕겨져 나갔다.

그럼에도 바보 레인저의 공격은 이어졌다. 그들의 레벨이 낮은 건 아니었다. 랭크 D인 데보라네와 비교해서도 움직임은 좋았고, 파티의 연계도 확실한 것처럼 보였다.

다만, 대미지를 입히지 못하고 있었다. 그럼에도 바보 레인저는 포기하지 않고 미스릴 골렘을 상대로 싸우고 있었다.

"저거, 아이언 골렘이야?"

"그렇다고 생각하는데……."

"바볼드가 가지고 있는 건 미스릴 검이지?"

"마력으로 강화되어 있을지도 몰라."

제이드 씨 일행은 미스릴 골렘과 바보 레인저의 싸움을 보고 놀라고 있었다. 아무래도 미스릴 골렘이라고는 눈치채지 못하고 있는 모양이다.

바보 레드의 무거운 일격이 들어갔지만 튕겨져 나갔다.

"젠장! 뭐야, 이 단단함은!"

이어서 바보 블랙이 옆에서 커다란 바위를 내던졌지만 바위가 가루가 될 뿐이었다. 아무 상처를 내지 않았다고 해도 과언이 아니었다. 이건 마법사에게는 불리했다. 갱도 안에서 마법은 제한적이었다. 게다가 동료들에게도 신경을 써야 했다.

물리 공격도 안 돼. 마법도 안 돼. 어떻게 해서 미스릴 골렘을 쓰러뜨리라는 거지?

그런 상황에서도 포기하지 않고 싸우고 있는 바보 레인저 일행을 지켜보고 있자, 바보 레드가 우리의 존재를 눈치챘다.

"뭐 하러 온 거지?"

"보러 온 것뿐이야. 혹시 너희가 당하고 있으면 내가 대신 쓰러뜨려 줄까 하고 말이야."

"웃기지 마! 내가 당할 리가 없잖아. 네 녀석이 나설 일 같은 건 없어! 돌아가서 잠이나 자! 만약 이 이상 싸움을 보려거든 관람료를 받겠어!"

바보 레드가 검을 우리에게로 들이댔다.

“게다가 펫 곰도 같이 있는 거냐!”

펫이라는 거 나를 말하는 거지? 곰돌이라도 소환해서 등 뒤에서 덮쳐버릴까 보다.

“일단 확인하겠는데, 도움이 필요한가?”

“필요 없어!”

제이드 씨의 말에 바보 레드는 즉답했다.

“알았어. 우리는 돌아가도록 하지. 만약 너희가 죽어도 싸움에 관해서는 길드에 보고해 둘 테니까 안심해.”

“죽을까 보냐!”

바보 레드는 미스릴 골렘을 향해 달리기 시작했다.

개인적으로는 조금 더 싸움을 지켜보고 싶었지만, 바보 레드가 시끄러울 것 같으니 이쯤에서 떠나기로 했다.

음, 그건 그렇고 미스릴 골렘이라……. 성가신 마물이 나타났네. 힘으로 누르는 내 공격으로는 바보 레드와 같아질 거다. 게다가 나는 미스릴 무기를 가지고 있지 않았다.

그렇게 되면 마법밖에 방법이 없는데, 갱도 안에서는 제한을 받게 된다.

“저건 못 쓰러뜨리겠어.”

걸음을 옮기면서 제이드 씨가 입을 열었다.

“응, 무리야.”

“저건 뭐였던 거야?”

토우야가 전원에게 물었다.

"이제껏 싸워 왔던 아이언 골렘보다 단단한 건 확실해."

"아이언 골렘보다 단단하다니 상상하기도 싫네."

"바볼드의 미스릴 검으로도 안 잘렸잖아."

"기량이 없는 거 아냐?"

"성격은 최악이지만 미스릴 검을 가지고 있을 만큼의 실력은 있어."

"그 바볼드의 힘으로도 잘라낼 수 없었어."

"그렇다면 손을 빌리는 편이 낫지 않았나요?"

나는 물었다. 혼자서 안 된다면 둘이서, 라는 생각도 있었다.

"그 녀석이 거절했으니까. 그렇다는 건 도움을 빌려줄 수도 없다는 말이지."

"내 말이 그 말이야. 도와달라고 부탁하면 도와줄 텐데. 그렇지 않으면 도울 수 없어. 그게 모험가들의 암묵적인 룰이니까."

"도와준 후에 얻은 소재, 의뢰 보수의 건으로 트러블이 일어나거든. 물론, 목숨이 걸려 있다면 신경 쓰지 않고 돕는 경우도 있지만 말이지."

"바볼드를 도우면 오히려 불만을 들을 뿐이야."

모험가는 정의의 편이 아니었다. 곤란에 빠진 자를 무보수로 도울 리 없었다. 이번 골렘 토벌도 의뢰를 받은 일이었다. 당연한 말이지만 돈을 위해 일을 하고 있다.

그러니 바보 레인저에게는 같이 싸운다는 생각이 없었다. 바보 레인저는 도움을 요청하려고 하지 않았다. 같이 싸우면 쓰러뜨릴 가능성도 있지만 묵살했다. 게임에서도 그랬지만 인원이 적으면 적을수록 보수의 할당량은 많아진다. 그래서 어쩔 수 없다고 한다면 어쩔 수 없는 것일지도 모른다.

나에게도 미스릴 골렘을 혼자 독차지하고 싶은 마음이 있었다.

우리는 바보 레인저가 싸우고 있는 장소를 뒤로하고 오늘은 돌아가기로 했다. 지도를 완성시키고 싶어서 바보 레인저가 지나온 길로 돌아가는 것을 부탁해봤더니 제이드 씨 일행은 흔쾌히 허락해줬다.

광산에서 돌아온 우리는 숙소에서 식사를 했다.

"그래서, 제이드, 어쩔 거야?"

"어쩔 거냐니?"

"그 골렘 말이야. 바볼드 일행이 쓰러뜨릴 것처럼은 안 보였는데."

"그건 못 쓰러뜨려."

"내게 미스릴 검이 있어도 무리겠지."

토우야의 말을 전원이 무시했다.

"바볼드 일행이 쓰러뜨려 준다면 의뢰는 종료야. 만약 못할 것 같으면 길드에 연락해야지."

"그것밖에 없겠지."

"분하지만 어쩔 수 없어."

미스릴 골렘을 쓰러뜨리는 방법이라…….

갱도 안이 아니라면 완력으로 쓰러뜨릴 텐데, 그런 짓을 하면 갱도가 무너질 가능성도 있었다. 폐쇄적인 장소에서는 곰 능력이 도움이 되지 않았다.

묻어버려도 쓰러뜨린 게 되지 않겠지. 게다가 묻는다 한들 골렘은 질식사하지 않을 거고. 또 그래서는 골렘이 계속 생성되는 원인을 밝혀냈다고도 할 수 없었다.

무엇보다도 미스릴의 소재를 얻고 싶었다. 그것이 여기까지 온 이유였다.

식사를 마치고 차를 마시면서 쉬고 있는데 숙소의 입구가 소란스러워졌다.

"젠장, 그딴 걸 쓰러뜨릴 수 있냐고!"

"마법이 통하지 않다니, 도대체 뭐야."

"너무 단단해."

"더는, 마력이 없어."

"배고프니까 밥 먹자."

바보 레인저가 들어왔다. 아무래도 살아서 돌아온 모양이다.

"바볼드, 살아 돌아온 거냐."

내가 생각하고 있는 것과 제이드 씨의 말이 겹쳤다.

"죽을까 보냐!"

"그래서, 쓰러뜨렸나?"

조금 전의 대화와 바보 레인저의 얼굴을 보면 알 수 있는데 제이드 씨는 굳이 물었다.

"네 녀석들이 와서 집중력이 떨어졌잖아. 그래서 이번엔 눈감아 주고 왔어."

어느 쪽이 눈감아 줬으려나.

"그건 미안하게 됐군. 바볼드 정도의 실력자라면 우리가 나타난 정도로 집중력이 떨어질 거라고는 생각하지 못했거든."

"쳇!"

그런 말을 들으면 조용해질 수밖에 없겠지. 반론을 한다면 모험가로서의 레벨이 낮다고 여겨질 것이다.

"농담은 여기까지로 하고, 실제론 어땠어?"

바볼드 일행은 근처에 비어 있던 자리에 앉았다.

"그건 무리야. 물리 공격도, 마법도 통하지 않아. 먹혀 들어가고 있을지도 모르지만, 그 녀석의 마석의 힘이 다하기 전에 우리의 체력과 마력이 다해 버려."

"역시, 무리인 건가."

"그 녀석과 싸우려거든 각오해두는 게 좋아."

"너는 이제 안 싸울 거야?"

"얻는 게 없어. 그 녀석을 상대하느니 차라리 다른 아이언 골렘을 상대해서 돈을 버는 쪽이 나아. 그러는 너희는 어떻게 할 건데? 우리의 싸움을 봤잖아?"

"우리도 패스려나. 쓰러뜨릴 수 있는 방법이 없어. 사실은 너희가 쓰러뜨려 주면 좋겠다고 생각해고 있었는데……."

"그 부분은, 기대를 저버려서 미안하게 됐군."

"이건 길드에 보고를 해야겠어."

제이드 씨는 내게 들은 이야기를 전했다.

"왕도의 병사와 마법사라……, 기사 클래스가 나서 준다면 쓰러뜨릴 수 있으려나?"

"인재도 도구도 있으니까 괜찮겠지."

"그럼 우리는 왕도에서 병사가 올 때까지 아이언 골렘으로 돈을 벌도록 하지."

"바볼드, 정보 고마워. 주인장! 바볼드 일행 쪽에 맥주 한 잔 주세요, 제가 쏘겠습니다."

"겨우 한 잔이냐!"

"쓰러뜨릴 수 있는 정보라면 더 쏠게."

"그런 정보가 있다면 네 녀석에게 말하지 않고 내가 쓰러뜨리지!"

바볼드와 제이드 씨가 서로를 향해 웃었다. 사이가 좋은 건지 나쁜 건지 잘 모르겠네. 모험가라는 건 이런 건가?

그 후, 제이드 씨 일행과 바보 레인저 일행은 늦게까지 술잔을 나누었다고 한다.

나? 물론 방으로 돌아가서 잤지요.

154 붙잡혀 있는 공주 1

유나 언니가 가버렸습니다.

곰의 동그란 꼬리가 멀어져갑니다.

어째서, 이렇게 되어버린 걸까요.

사건의 발단은 유나 언니가 쓰러뜨리고 가져온 블랙 바이퍼의 해체를 부탁받은 것부터입니다.

블랙 바이퍼는 단단해서 제가 가지고 있는 나이프로는 털가죽을 잘라낼 수가 없었습니다.

마물은 살아 있을 때는 마력 등으로 몸을 보호하고 있어서 단단하고, 죽은 후에는 마석으로부터의 마력 공급이 없어지면서 부드러워집니다. 하지만 블랙 바이퍼는 죽은 후에도 가죽이 단단해서 제가 가지고 있는 나이프로는 해체할 수가 없었습니다. 제게 힘이 없는 것도 원인이겠지만, 상급 마물이 되면 그만큼의 고급 해체 도구가 필요해지는 것도 사실입니다.

저는 해체할 수 없는 이유를 유나 언니에게 말했습니다. 그러자 유나 언니는 블랙 바이퍼를 해체할 수 있는 나이프를 사러 가자는 말을 꺼냈습니다.

동(銅) 나이프라도 해체할 수 있긴 하지만 유나 언니는 미스릴 나이프를 사러 가자고 했습니다. 미스릴 나이프가 엄청나게 비싸다는 것은 알고 있습니다.

당연히 저는 거절했습니다. 그러나 앞으로도 필요해질 수 있다면서 제 말을 들어주지 않았습니다. 앞으로라니…… 유나 언니, 제게 도대체 어떤 해체를 시키실 생각인 거죠?

생각만으로 두려워집니다.

하지만, 크리모니아의 대장장이인 골드 아저씨네 가게에서는 미스릴 나이프를 팔고 있지 않았습니다. 그래도 유나 언니는 포기하지 않습니다.

유나 언니는 저를 데리고 왕도로 가겠다고 했습니다. 보통이라면 쉽게 왕도까지 갈 수는 없죠. 하지만 유나 언니네 집에는 이상한 곰 문이 있습니다. 이 곰 문으로 들어가면 이상하게도 한순간에 왕도로 갈 수가 있습니다. 이런 마법 도구를 가지고 있는 유나 언니는 대단합니다.

왕도에 도착해 대장간이 있는 장소를 물으러 상업 길드로 향하던 도중에 노아 님의 언니인 시아 님과 만났습니다. 시아 님이 대장간의 위치를 알고 계신 듯해서 안내를 받게 됐습니다.

무사히 대장간에 도착했지만 여기서도 미스릴 나이프를 손에 넣을 수는 없었습니다. 아무래도 광산에 마물이 나타나 광석을 손에 넣기가 어려워졌다는 모양입니다.

하지만 여기에서 포기할 유나 언니가 아니죠. 이번엔 모험가 길드로 가게 됐습니다. 모험가 길드에 가자 모험가들이 유나 언니를 보고 웅성거리기 시작했습니다. 저는 무서워서 유나 언니 뒤에 숨었습니다.

시비를 걸어 오지 않을까 생각하고 있는데 모험가 길드의 길드 마스터인 사냐 씨가 다가와 모험가들에게 일갈을 날려주었습니다. 그러자 모험가들은 조용해졌습니다. 멋있네요.

사냐 씨로부터 광산의 이야기를 듣게 됐습니다. 아무래도 미스릴 나이프를 손에 넣는 건 무리일 듯합니다. 조금 아쉬운 기분도 들지만 미스릴 나이프는 제게는 아직 이르다는 의미이리라 여기기로 했습니다.

그렇게 우리가 포기하고 돌아가기로 했을 때 엘레로라 님이 나타났습니다.

엘레로라 님은 유나 언니에게 광산에 나타난 골렘 토벌을 의뢰했습니다. 처음엔 거절하려고 했던 유나 언니지만 미스릴 나이프를 조건으로 일을 받아들였습니다.

유나 언니가 일을 하러 간다는 것은 저는 크리모니아에서 기다리면 된다는 뜻일까요? 곰 문이 있으니 돌아가는 건 한순간입니다. 하지만 엘레로라 님이 말도 안 되는 말을 했습니다.

“그럼 그동안, 피나는 우리 집에서 맡고 있을게.”

엘레로라 님께 안겨졌습니다. 저는 도움을 청하듯 유나 언니를 바라봤지만 유나 언니도 당황하고 있었습니다.

이상한 곰 문으로 크리모니아로 돌아갈 수 있다는 사실은 말할 수 없습니다. 유나 언니도 어쩌면 좋을지 곤란해하고 있습니다.

만약, 유나 언니 혼자서 일을 하러 가버리게 된다면 저는 혼자가 되어 버립니다. 그것만큼은 싫습니다. 하지만 유나 언니는 엘레로라 님께 「부탁드릴게요」라는 대답을 했습니다.

유나 언니~~~~~~!

저는 마음속으로 외쳤습니다.

곰 문에 관한 것은 유나 언니와의 비밀이기 때문에 크리모니아로 돌아갈 수 있다고는 말할 수 없습니다. 하물며 마물을 쓰러뜨리러 가는 유나 언니를 따라갈 수도 없습니다. 그러니 제가 왕도에 남는 건 어쩔 수 없는 일입니다.

그래도 평민인 제가 귀족의 저택에 혼자서 머문다니, 생각만으로 배가 아파 옵니다. 혼자서 유나 언니의 곰 님 집에 머무는 것을 제안했으나 유나 언니와 엘레로라 님께 안 된다는 말을 들어버렸습니다.

으으, 혼자서도 괜찮은데…….

어젯밤은 유나 언니가 있어주었지만 오늘부터는 혼자입니다. 유나 언니는 혼자서 골렘 토벌을 하러 갔습니다. 유나 언니도 걱정이지만 저 자신도 걱정해야 합니다. 실수를 저지르기라도 했다간 큰일이 될 겁니다.

저는 민폐를 끼치지 않도록 방에서 잠자코 있기로 했습니다.

그러나 제게 안식은 찾아와 주지 않았습니다.

방에서 조용히 있는데 엘레로라 님과 메이드인 스릴리나 씨가 방으로 왔습니다. 안 좋은 예감만 듭니다. 스릴리나 씨는 행거에 걸린 예쁜 옷들을 한가득 가지고 왔습니다.

시아 님의 어릴 적 옷들일까요? 아니면 노아 님의 옷일지도 모릅니다. 하지만 저 옷들은 누가 입는 걸까요?

"뭐가 잘 어울리려나."

"엘레로라 님, 이건 어떠세요?"

"그것도 좋네. 그래도, 이쪽도 좋지 않아?"

"네, 어울릴 것 같아요."

누구에게 어울린다는 거죠? 노아 님인가요, 시아 님인가요? 그렇게 생각하고 싶습니다. 하지만 틀렸다는 건 알고 있습니다. 조금 전부터 두 사람은 흘깃흘깃 제 쪽을 보고 있습니다. 생각하는 것만으로도 배가 아픕니다.

현재 알고 있는 것은 제가 위험한 상황에 놓여 있다는 것입니다.

엘레로라 님이 옷 한 벌을 가지고 이쪽을 바라보셨습니다.

"피나, 옷 갈아입자."

엘레로라 님이 다가옵니다. 엘레로라 님의 웃는 얼굴이 무섭습니다. 도움을 줄 유나 언니는 없습니다. 스스로 거절해야 합니다.

만약, 저 옷을 더럽히거나 무슨 일이 생긴다면…… 하고 생각하는 것만으로도 떨려옵니다.

"옷이라면 입고 있으니까 괜찮아요."

힘을 내서 거절해봤습니다.

"어머, 안 돼. 옷은 잘 갈아입어야지. 그 옷은 어제도 입었잖니."

"그다지 더러워지지도 않아서……."

저는 한 걸음 물러났습니다. 하지만 엘레로라 님과 스릴리나 씨는 두 걸음 다가왔습니다.

"안 돼. 여자는 깨끗해야지."

유나 언니, 도와줘요…….

엘레로라 님과 스릴리나 씨가 더욱 다가왔습니다. 시아 님께 도움을 요청하고 싶어도 시아 님은 학원에 가서 저택에는 없었습니다. 이 저택에는 저를 도와줄 사람이 아무도 없습니다.

저는 한 발 더 물러섰습니다. 그러다 뒤에 있는 침대에 부딪혔고, 더 이상 물러설 수 없었습니다. 하지만 엘레로라 님과 스릴리나 씨는 계속 다가왔습니다.

더는, 어디에도 도망칠 수 있는 곳이 없습니다.

"그런 예쁜 옷은 제게 어울리지 않을 테니까……."

"어머나, 그럴 리 없어. 분명 귀여울 거야."

"맞아요, 저도 그렇게 생각한답니다. 피나 씨는 사랑스러우니까요."

안 됩니다. 좌우로 나뉘어 놓치지 않겠다는 듯 압박해 옵니다.

"그래도, 그런 비싸 보이는 옷을 더럽히기라도 한다면……."

도망칠 길을 찾습니다.

"더럽혀도 돼. 화내지 않을 테니까."

"더럽혀도 제가 책임지고 세탁해드릴 테니 괜찮습니다."

"그렇지만……."

도망치기 위한 말이 나오지 않았습니다.

유나 언니, 도와줘요…….

제 목소리는 유나 언니에게는 닿지 않았습니다.

"……."

결국, 갈아입혀졌습니다.

귀여운 프릴이 달려 있습니다. 촉감이 좋네요. 고급 소재로 만들어졌습니다.

더럽혀져도 스릴리나 씨가 어떻게든 해주겠다고 약속을 했지만, 망가뜨리거나 했을 경우엔 어떻게 되는 걸까요?

변상이라는 두 글자가 머릿속에 떠올랐습니다. 배가 아파 옵니다. 이렇게 되면, 옷이 망가지거나 하지 않도록 유나 언니가 돌아올 때까지 인형처럼 방에서 가만히 있기로 했습니다. 그렇게 하면 옷이 망가질 일도, 더러워질 일도 없을 겁니다.

응, 좋은 생각이에요.

"그럼, 피나. 외출할까?"

"……앗."

몇 초 만에 제 생각은 붕괴됐습니다.

하지만 아직입니다.

"저, 여기서 집 지키고 있을게요. 유나 언니가 돌아오길 기다리고 있겠습니다."

"피나 씨는 손님이에요. 집을 지킬 필요는 없죠. 유나 님이 돌아오시면 연락드리겠습니다."

"게다가 유나는 방금 막 출발했잖니. 아무리 유나라고 해도 당분간은 돌아오지 않을 거야."

그렇습니다. 유나 언니는 조금 전에 막 출발했습니다. 결국, 거절할 말도 떠오르지 않아 엘레로라 님과 외출을 하게 됐습니다.

도대체, 어디로 가는 걸까요?

향한 곳은 성이었습니다.

어머니, 제가 사형에 처하게 된다면 죄송해요.

……아뇨, 그렇게 되지 않도록 힘내야 합니다.

성에서 귀족님과 만나면 실례가 되지 않도록 행동해야 합니다.

살아서 돌아가기 위해 힘내겠습니다.

155 붙잡혀 있는 공주 2

저는 엘레로라 님과 성으로 왔습니다. 성에 들어가는 건 두 번째이지만 긴장이 됩니다. 그때는 유나 언니가 같이 있었지만 오늘은 없습니다.

"피나, 어딘가 가고 싶은 곳 있니?"

"……음."

갑자기 그런 것을 물어도 곤란합니다. 애초에 성에 뭐가 있는지 모릅니다. 알고 있는 건 지난번에 안내받았던 곳뿐입니다. 기사님들의 훈련 풍경을 봐도 무서울 뿐입니다.

"……잘 모르겠어요."

저는 생각한 끝에 그렇게 대답했습니다.

긴장으로 머리가 돌아가지 않습니다. 불안감이 치밀어 오릅니다. 유나 언니, 얼른 돌아와 줘요.

"그렇게 긴장하지 않아도 돼. 피나에게 위해를 가하는 사람이 있다면 유나 대신 내가 해결해줄 테니까. 만약 그게 국왕이라 할지라도 말이야. 그러니까 안심하렴."

안심 같은 거 될 리가 없습니다. 만약, 국왕님과 엘레로라 님이 저로 인해 말싸움을 하게 된다면…… 생각만으로도 배가 아파 옵니다.

"그렇지. 그럼 거기를 가보자."

엘레로라 님은 그렇게 말하더니 제 손을 잡았습니다.

어, 어디로 가는 거죠? 국왕님이 계신 곳은 아니겠지요?

엘레로라 님이 데려와 준 곳은 예쁜 꽃이 피어 있는 정원이었습니다.

"예쁘다……."

마치 그림책에 나오는 성에 있을 법한 화단입니다. 아니죠, 여기는 성이었죠. 아마 유나 언니를 만나지 않았다면 왕도에 올 일도, 성안으로 들어올 일도 없는 평민인 저로서는 절대로 볼 수 없었을 광경입니다.

화단에는 본 적 없는 꽃들이 가득 피어 있었습니다. 숲속에서 피는 꽃과는 달랐습니다. 마치 공주님이 된 기분입니다.

어쩌면 신님이 죽기 전에 준비해 준 풍경일지도 모릅니다. 감사합니다, 신님…….

아뇨, 아니죠, 열심히 살아남아 집으로 돌아가야 합니다. 어머니도, 슈리도, 아버지도 기다리고 있습니다. 이런 곳에서 죽을 수는 없습니다. 일단, 예쁜 꽃을 보고 마음을 진정시켰습니다.

빨강과 파랑, 핑크, 노랑, 여러 예쁜 꽃들이 피어 있습니다.

조금씩 진정이 되어 갔습니다. 이곳에서 누구와도 만나지 않고 시간이 지나기를 기다리는 것도 좋은 생각입니다. 그렇게 하면 귀족님과 만나지 않고 끝날 수 있을지도 모릅니다. 제 생각이지만 좋은 생각입니다.

"엘레로라, 휴식 중인가?"

꽃을 보고 있는데, 누군가가 엘레로라 님께 말을 걸어왔습니다. 목소리가 난 쪽을 돌아보니 귀족님보다도 더 대단한 분이 계셨습니다. 저번에 유나 언니네 집으로 왔던 사람입니다. 국왕 폐하입니다.

어, 어쩌지. 귀족님보다 대단한 사람이 와버렸습니다.

역시 저는 이곳에서 죽는 모양입니다.

만약, 폐하께 실례될 짓을 한다면 죽는 건 저뿐이 아닐지도 모릅니다. 가족이 모두 죽임을 당할지도 모릅니다. 도망칠 수도 없습니다.

유나 언니, 도와줘요…….

"오늘은 쉬는 날이에요."

"그럼 어째서 성에 있는 거야."

"오늘은 이 아이와 산책이에요."

엘레로라 님이 저를 끌어안았습니다. 저는 경직된 채로 목소리도 낼 수가 없었습니다.

"음, 어디선가에서 본 적 있는 아이인데."

"아마, 유나와 같이 있는 걸 보지 않았나요?"

"아아, 유나네 집에 있던 아이군."

폐하가 저를 바라봅니다. 긴장돼서 죽을 것 같습니다.

"피, 피나라고 합니다."

어떻게든 열심히 정중하게 이름을 아뢸 수 있었습니다.

"유나와 달리 예의가 바르고만."

폐하는 손을 뻗어 제 머리를 쓰다듬어 주셨습니다. 폐하께서 이렇게 가까이, 심지어, 제 머리를 쓰다듬어 주셨습니다. 이게 마지막 행운인 거겠죠.

어머니, 안녕히 계세요. 슈리, 잘 지내. 아버지, 어머니와 슈리를 부탁해요.

"어머, 그런 말을 하면 유나가 불쌍하잖아요."

"그 녀석 말이야, 성에 와 있으면서 한 번도 자기가 먼저 내 쪽으로 인사를 하러 오지 않는다고. 보통이라면 있을 수 없는 일이잖아."

"뭐, 유나의 목적은 플로라 님이니까요."

"게다가, 내가 플로라의 방으로 갔더니, 『또 왔어요?』라는 느낌으로 방해꾼을 보는 것 같은 눈으로 쳐다봤단 말이야. 그 녀석, 절대로 나를 국왕이라고 생각하고 있지 않는 게 분명해."

유나 언니, 폐하께 무슨 짓을 한 거예요! 유나 언니가 죽임을 당할 겁니다. 유나 언니를 만나면 알려줘야겠습니다. 그러니, 저는 살아서 성에서 나가야 합니다.

"뭐, 유나는 누구에게든지 그런 것 같아요. 클리프도 요전에 만났을 때 같은 말을 하기도 했고……. 그래도, 유나를 싫어하지는 않잖아요."

"그렇긴 하지, 딸에게도 친절하게 대해주기도 하고, 여러 가지로 도움을 받고 있지. 무엇보다도 맛있는 것들을 가져와 주니까 말이야."

무려, 폐하가 먹이로 길들여지고 있습니다!

저도 그렇지만 말이죠…….

유나 언니가 만드는 음식들은 전부 다 맛있습니다.

아무래도 폐하는 제 존재를 잊은 듯 유나 언니의 이야기로 정신이 팔려 있었습니다. 어떻게든 폐하께 실례를 범하지 않은 채로 끝날 것 같습니다.

……그렇게 생각했을 때가, 제게도 있었습니다.

"피나라고 했지."

폐하께서 갑자기 제게 말을 건네 왔습니다.

"녜."

망했습니다. 놀라서 이상한 목소리가 나와 버렸습니다. 설마 제게 이야기를 걸어주실 줄은 몰랐습니다. 마음의 준비가 되지 않았습니다. 이런 목숨이 걸린 곳에서 방심을 하다니 저는 바보입니다.

"너무 피나를 놀라게 하지 마세요. 그렇지 않아도 무서운 얼굴이니까."

"너, 아무렇지 않게 심한 말 하는 거 아냐? 뭐, 놀라게 할 생각은 없었어. 단지, 유나와의 관계를 알고 싶어서 말이야."

유나 언니와의 관계 말인가요? 유나 언니와의 관계라고 해도 잘 모르겠습니다. 친구? 일을 주는 사람? 일단 알고 있는 부분을 말했습니다.

"유나 언니는 생명의 은인이에요."

이것만은 사실입니다. 유나 언니가 없었다면 저는 죽었을 겁니다.

"생명의 은인?"

폐하가 흥미를 가지셨는지 그렇게 물으셨습니다.

저는 폐하께 유나 언니와의 만남에 관한 이야기를 하게 됐습니다. 어떻게든 잘 이야기를 할 수 있었습니다.

"숲속에서의 조우라. 그건 다른 의미로도 놀랐겠군."

그때는 목숨을 건졌다는 안도와 곰 복장을 한 유나 언니가 나타난 것에 여러 가지로 혼란스러웠던 것을 기억합니다.

"그래서, 유나는 없는 건가?"

폐하가 주위를 둘러봤습니다.

"오늘은 없어요. 모험가 길드의 일로 광산에 갔거든요. 그동안 피나는 우리 집에서 돌보기로 됐고요."

"광산? 아, 보고가 올라왔었지. 광산에 골렘이 나타났다고. 모험가 길드에서 대처하지 못할 경우엔 병사들을 움직이게 해달라는 허가 신청이 왔었어."

"꼼꼼히 좀 봐줘요. 군대를 움직이는 거니까."

"그렇지만, 유나가 갔지 않나. 그런 거라면 병사를 준비시킬 필요는 없을 거 아냐."

대단합니다. 유나 언니는 폐하께도 신뢰를 받고 있는 모양입니다.

"뭐, 유나니까요."

"그 모습으로 강하다니, 아직까지도 믿기지 않지만."

"귀엽죠."

네, 저도 귀엽다고 생각합니다.

"그래서, 엘레로라는 이제 뭐 하려고?"

맞습니다. 슬슬, 여기서 나갑시다. 폐하의 옆에 있는 것만으로 제 정신적 대미지가 큽니다. 제 정신은 슬슬 한계예요. 곧 점심시간이기도 하니, 저택으로 돌아가요. 성에 있는 것보다 엘레로라 님의 저택 쪽이 그나마 진정이 됩니다. 저는 엘레로라 님께 눈으로 호소했습니다.

"피나, 배고프니?"

아무래도 통한 모양입니다. 저는 작게 고개를 끄덕였습니다.

"그럼, 유나에게 받은 기념품이 있으니까 플로라 님의 방으로 갈까?"

"먹을 건가?"

"점심에 먹으려고요."

"그렇다면 나도 가지."

두 사람 모두 무슨 말을 하는 거죠? 저, 잘못 들은 걸까요? 지금부터 공주님의 방으로 가겠다고, 폐하와 함께 점심을 먹는다고 들었는데요?

잘못 듣지 않은 모양입니다. 엘레로라 님이 저를 플로라 님의 방으로 데려갔습니다.

유나 언니, 구해줘요…….

……몇 시간 후.

무사히 저택으로 돌아왔습니다. 플로라 님과 폐하와 함께 점심을 먹었지만 맛은 기억이 나지 않습니다. 심지어 왕비님도 도중에 나타나셔서 제 사고는 거기서 멈췄습니다.

살아 돌아온 것을 보면 실수는 범하지 않았을 것입니다. 저는 침대 위로 쓰러졌습니다.

유나 언니…… 얼른 돌아와 줘요…….

크~응, 크~응, 크~응, 크~응,

무슨 소리가 들립니다. 어디서 나는 거죠?

이 울음소리는 들어본 적이 있습니다. 저는 유나 언니에게 받았던 아이템 봉투에서 곰 인형을 꺼냈습니다.

역시, 이 곰이 울고 있습니다. 이건『곰 폰』이라고, 멀리 있는 사람과 이야기를 할 수 있는 마법 도구입니다. 저는 곰 폰을 손에 들고 마력을 보냈습니다.

『여보세요, 피나. 들리니?』

"유나 언니?!"

『거기는 괜찮아?』

"유나 언니, 큰일이 났었어요. 엘레로라 님이 예쁜 옷으로 갈아입히시고, 성으로 데려가시고, 국왕 폐하와 만나고, 그리고 폐하와 왕비님과 함께 점심 식사까지 하게 돼서……."

『항상 있는 일이네.』

"유나 언니에게는 항상 있는 일이라도 저는 긴장돼서 먹은 빵의 맛을 알 수가 없었어요."

『그래도, 재미있었겠네.』

"재미있지 않았어요. 그것보다 유나 언니, 일은 어떠세요?"

『음, 오늘 막 도착해서 뭐라고 말할 수가 없네.』

"그런가요?"

『그래도, 힘내서 빨리 돌아갈 테니까 왕도 구경이라도 하면서 즐기고 있어. 티루미나 씨와 다른 사람들에게 줄 기념품을 사도 되고 말이야.』

유나 언니에게 자유롭게 써도 된다며 돈을 받았습니다. 꽤 되는 금액입니다. 제게는 필요가 없어서 돌려주려고 했더니 억지로 갖고 있게 했습니다. 기본적으로 엘레로라 님의 저택에서 식사도 나와서 돈을 사용할 일은 없습니다. 그러니 필요가 없습니다.

게다가 혼자서 왕도 산책을 하는 건 조금 무서워서 쇼핑도 나가지 못합니다.

"유나 언니, 얼른 돌아와 주세요."

『알았어. 되도록 빨리 돌아갈게.』

더 이상 유나 언니의 목소리가 들리지 않게 됐습니다. 유나 언니의 목소리를 들었더니 마음이 진정됐습니다.

하지만 정말 이건 어떻게 대화가 가능한지 수수께끼입니다. 저는 곰 폰을 넣었습니다.

때마침 식사를 하라며 스릴리나 씨가 왔습니다.

156 곰 씨, 광산에 잠입하다 5 아이언 골렘

제이드 씨 일행과 바보 레인저들의 술판이 벌어졌기 때문에 곧바로 방으로 도망쳐 왔다.

주정뱅이만큼 질이 나쁜 건 없다. 주정뱅이에게는 말도 통하지 않고, 시비도 걸어와서 짜증난다. 숙소에 머물면서 그러한 광경을 몇 번이고 봐왔다.

어느 세계에서나 공통적인 일이지만 주정뱅이에게서 몸을 지키는 방법은 다가가지 않는 것이다.

방으로 도망쳐 온 나는 주정뱅이가 들어오지 못하도록 확실하게 방문을 걸어 잠갔다.

아무도 들어오지 못한다는 것을 확인하고 침대에 걸터앉아 앞으로의 일을 생각했다.

제이드 씨와 바보 레인저는, 아무래도 미스릴 골렘을 쓰러뜨리는 것을 포기한 모양이다.

제이드 씨 일행이 모험가 길드에 골렘 토벌이 불가능하다는 연락을 하면 병사들이 오게 된다.

연락이 가도 곧바로 병사가 움직일 거라고는 생각하지 않지만, 미스릴 골렘을 쓰러뜨리려면 빠르게 행동하는 편이 좋겠지.

그 미스릴 골렘은 넘기고 싶지 않다.

어떻게든 내가 쓰러뜨려서 미스릴을 독차지하고 싶었다. 그러기 위해서는 병사들이 움직이기 전에 쓰러뜨려야 했다.

하지만 미스릴 골렘을 쓰러뜨리겠다고 해도 바보 레인저의 싸움을 본 바로는 간단하게 쓰러뜨릴 수 있을 것 같지도 않았다.

그 전에는 아이언 골렘 다섯 마리도 있다.

미스릴 무기를 가지고 있지 않은 나로서는 갱도 안에서 쓰러뜨리는 건 고전이 될 것 같다.

우격다짐으로 때린다면 갱도가 무너질지도 모른다.

나는 몸을 일으켰다.

아직 사용한 적 없지만 아이언 골렘에게 유효한 공격 방법이 있다.

그리고, 미스릴 골렘을 쓰러뜨리는 반칙 기술도 떠올랐다.

나는 그 아이디어의 확인 및 실험을 하러 가기 위해 방 안에 곰 이동문을 설치했다.

곰 이동문이 열릴 장소는…….

톡톡.

볼이 두들겨졌다.

졸려…….

톡톡.

어젯밤에 골렘 대책 실험을 하고 늦게 잠자리에 들어서 졸리다. 그러니 조금 더 자고 싶다.

톡톡.

늦게 돌아왔는데도 불구하고 제이드 씨 일행은 아직도 식당에서 소란스러웠다.

톡톡.

낮 동안 그렇게나 싸웠는데 지치지도 않나. 역시 모험가라고 해야 하는 건가. 끝을 모를 체력이다.

톡톡.

랭크 C가 되면 그 정도의 체력도 있는 건가.

톡톡.

"일어날게."

곰돌이와 곰순이의 앞발을 잡았다. 아까 전부터 곰돌이와 곰순이가 좌우에서 얼굴을 톡톡 치고 있었다. 흰 곰 옷 덕분에 피로는 없지만 졸리다. 하지만 흰 곰 옷으로 졸음마저 빼앗기면 최악일 거다. 잠자는 것을 좋아하는 나에게 있어서 졸음이 없어지는 건 곤란했다. 이 잠깐 자는 순간이 가장 기분 좋다.

하지만 오늘은 언제까지고 게으름을 피우고 있을 수는 없기 때문에 일어났다.

"좋은 아침이야, 곰돌이, 곰순이."

기지개를 켜고 나서 곰돌이와 곰순이의 머리를 쓰다듬었다. 졸리지만 일을 하러 가야 했다. 열다섯 살에 일이라니, 나도 이 세계에 익숙해진 건가. 침대에서 내려와 흰 곰에서 검은 곰 옷으로 갈아입었다.

식당으로 내려가자 술 냄새가 진동하고 있었다.

"이런, 곰 아가씨. 빠르네."

숙소의 여주인이 부엌에서 나왔다.

"좋은 아침이에요. 술 냄새가 진동하네요."

곰 장갑으로 코를 누르면서 인사를 했다.

"아무래도 저 바보들이 새벽까지 마셨던 모양이야. 나도 남편에게 맡기고 잤는데 남편이 방으로 돌아온 게 아침이었거든. 남편도 마지막까지 같이 있었던 모양인데, 아직도 자고 있어. 이번엔 용서하지만 다음에 또 그럼 혼쭐을 내줘야겠어."

여주인은 웃으면서 창문을 열었다. 창문으로 기분 좋은 바람이 들어왔다.

"지금 공기를 환기시킬 테니까 조금만 참아주렴. 그 대신 아침 식사는 많이 서비스해 줄게."

나는 하품을 하면서 자리에 앉았다. 아직 이른 탓인지 식당에는 아무도 없었다.

이곳에는 제이드 씨와 바보 레드 일행의 모험가들 이외에도 광석을 사러 온 상인도 머물고 있다. 하지만 식당에는 나밖에 없었다.

이야기를 걸어오는 사람이 없어서 느긋하게 식사를 기다렸다. 시간이 지나면서 공기도 서서히 환기되어 술 냄새도 사라져 갔다. 잠시 뒤, 여주인이 식사를 가지고 와주었다.

"여기, 기다렸지?"

"감사합니다."

"오늘은 어떻게 할 거야? 곰 아가씨도 모험가인 것 같은데, 제이드네는 한동안은 안 일어날 것 같단 말이지."

"음, 일단, 혼자서 광산으로 가보려고요."

"혼자서?!"

여주인은 조금 놀란 듯 큰 목소리를 냈다.

"네, 얼른 끝내고 돌아가고 싶어서요."

"끝내다니……. 제이드와 바볼드 일행으로도 무리였어. 아가씨 혼자서는 위험해."

뭐, 이런 곰 복장을 한 여자아이가 강할 거라고는 보통은 생각하지 않겠지. 그래도 여주인은 순수하게 걱정해주는 것 같으니 순순히 받아들였다.

"사장님도 언제까지고 광산이 이대로라면 곤란하잖아요."

"뭐, 그건 그렇지. 이대로라면 갱부의 일들도 없어질 테고 술을 마시러 와주는 손님들이 줄어서 곤란할 거야."

이미 일을 마치고 술을 마시러 오는 사람들이 줄어들고 있는 것 같았다. 어느 세계에서든 똑같군.

"그렇다고 해서 아가씨 같은 여자아이가 마물과 싸운다는 것도……."

"딱히 무리를 할 생각은 없어요. 무리라면 도망쳐 올 거고요."

"약속하는 거다. 위험해지면 도망쳐 와야 돼. 그건 그렇다 쳐도 이렇게 어린 여자아이가 모험가라니……."

나는 걱정해주는 여주인에게 감사 인사를 하고 조금 양이 많았던 식사를 다 먹은 뒤 혼자서 광산으로 향했다. 이른 아침이라 사람도 적었고, 누구와도 엮이지 않은 채 광산에 도착했다.

그나저나, 어젯밤 수면을 줄이면서까지 준비했던 게 도움이 되면 좋을 텐데…….

나는 혼자서 갱도 안으로 들어갔다.

제이드 씨 일행의 안내는 없지만 곰 지도에는 미스릴 골렘까지의 길이 표시되어 있어서 길을 잃는 일은 없었다.

갱도를 나아가자 머드 골렘이 나왔으나 바람 마법으로 조각을 내고 앞으로 전진했다.

혼자서 나아가는 갱도는 고요함에 조금 쓸쓸하군. 바보 같은 말을 하는 토우야가 없고, 독설가인 세니아 씨도 없었다. 지시를 내리는 제이드 씨의 목소리도 없었고, 내게 이야기를 건네주는 멜 씨도 없었다. 밖과 달리 바람 소리도 들리지 않았고, 새들의 지저귐도 들리지 않았다. 혼자 걷는 갱도가 이렇게나 조용할 줄은 몰랐다.

꼭 음악이 아니더라도 무언가 안심할 만한 것이 필요해졌다. 그래서 나는 양손을 뻗어 곰돌이와 곰순이를 소환했다. 소환된 곰돌이와 곰순이는 내게 바짝 다가왔다.

이것으로 쓸쓸함이 사라졌다.

내가 걷기 시작하자 곰돌이와 곰순이가 좌우에서 같이 걸어줬다. 어쩐지 기쁘네. 곰돌이와 곰순이를 소환수로 해준 신님께 이것만큼은 감사할 따름이다.

곰돌이와 곰순이와 함께 걸으며 중간중간 나오는 머드 골렘을 전부 바람 마법으로 처리해갔다. 그런데 정말 부활하는구나. 언제 부활한 거지?

쓰러뜨리고 나서 몇 시간 후에 부활하는 건지, 정해진 시간에 부활하는 건지 잘 모르겠지만, 이대로라면 갱부는 일을 할 수 없겠네.

머드 골렘의 층을 끝내고, 록 골렘의 층으로 내려갔다.

나타나는 록 골렘은 곰 펀치로 파괴했다. 그 옆에서 곰돌이와 곰순이가 나서고 싶어 했다.

"그럼 다음엔 부탁할게."

두 마리의 록 골렘이 나타나서 이번에는 곰돌이와 곰순이에게 맡겼다.

곰돌이와 곰순이는 각각 록 골렘을 한 마리씩 덮치고 리얼 곰 펀치로 록 골렘을 간단하게 쓰러뜨려 버렸다.

응, 귀엽고, 강하고, 부드럽고, 따뜻하고, 이동에도 편리해. 1가구 1곰이어야 해. 그런 곰을 두 마리나 가지고 있는 나는 행복한 사람이다.

곰돌이와 곰순이가 깔끔하게 쓰러뜨렸기 때문에 이번엔 내 순서가 없어져버렸다. 하지만 이 내리막으로 가면 아이언 골렘이 나오는 층이다. 그럼 내가 나설 차례다. 수면을 줄여가면서까지 터득한 마법을 사용할 때가 왔다.

갱도를 걸어가니 잠시 뒤 아이언 골렘이 보였다.

곰돌이와 곰순이에게 움직이지 않도록 지시를 내리고 나 혼자서 아이언 골렘에게로 향했다.

그런데, 잘 되려나?

내가 상상을 하자 검은 곰 장갑에 노란 빛과 푸르스름한 빛이 탁탁 소리를 내면서 휘감겼다. 검은 곰 장갑에 휘감겨 있는 것은 전격 마법— 철에는 전기가 제일이다.

아이언 골렘에게 전격을 흘리면 몸 전체로 퍼져 몸속에 있는 마석을 파괴시켜 줄 거라고 생각한 것이다.

이 세계에 전격 마법이 있는지는 모른다. 내가 전에 샀던 초보자용 마법 책에는 쓰여 있지 않았다.

이건 내 상상이지만, 이 세계에는 전기의 개념이 없었다. 있다고 하면 번개 정도일지도 모른다. 그것도 어째서 번개가 일어나는지는 알지 못하고, 번개가 어떤 성질을 가지고 있는지도 분명 모를 거다. 그래서 이 세계에는 전격 마법이 없는 게 아닐까 생각하고 있다.

뭐, 어디까지나 내 상상이지만.

그 생각이 떠오른 나는 어젯밤 숙소를 빠져나와 전격 마법을 연습했다. 처음엔 전격 마법의 이미지를 고민했다. 게임과 애니메이션이었다면 주문을 외우면 하늘에서 전격이 떨어졌을 것이다. 하지만 이 세계의 마법은 어디까지나 자신의 마력을 변화시켜서 날리는 것이다. 아무것도 없는 하늘에서 전격을 떨어뜨리는 것은 불가능했다.

그래서 나는 곰 장갑에 전격을 흘려보내는 것을 생각했다.

마력을 전격으로 변화시키는 이미지는 간단했다. 바로 곰 장갑에 전격이 휘감겼고, 탁탁하고 바로 흩어버렸다.

이것으로 전격 마법은 완성했다. 하지만 곰 장갑에 휘감겨 있던 전격을 날리려고 하니 제대로 날릴 수 없었다.

일단은 밤도 늦었으니 전격 곰 펀치가 완성된 것으로 위안 삼았다.

그런 특훈으로 완성된 전격이 휘감긴 검은 곰 장갑은 탁탁하고 소리를 내고 있었다.

바위 등으로 연습을 했지만 마물을 상대로는 시험하지 않았다. 나는 전격의 위력을 확인하기 위해 전격 곰 펀치를 약하게 아이언 골렘을 향해 꽂았다. 상냥하게 만지는 정도의 펀치였다.

약한 전격 곰 펀치를 맞은 아이언 골렘은 탁하고 커다란 소리를 내더니 움직임을 멈췄다. 내가 그대로 가볍게 누르듯 힘을 주자 아이언 골렘은 뒤로 쓰러졌다. 쓰러진 아이언 골렘은 그대로 움직이지 않았다.

발로 차봤지만 반응은 없었다. 아무래도 제대로 먹힌 모양이다.

확실하게 아이언 골렘의 몸속으로 전류가 흘러 마석을 파괴시켜 준 것 같다. 나는 아이언 골렘을 곰 박스에 담았다. 그리고 다음 아이언 골렘을 위해 앞으로 전진했다.

157 곰 씨, 광산에 잠입하다 6
미스릴 골렘

아이언 골렘에 전격 곰 펀치를 꽂자 탁탁하고 전류가 흘러 간단하게 쓰러졌고, 고생하지 않고 앞으로 나아갈 수 있었다.

편해서 좋네.

하지만 내 옆에서는 나설 일이 없어진 곰돌이와 곰순이가 따분하다는 듯이 걷고 있었다. 나로서는 곁에서 걸어주는 것만으로도 기쁜데.

"만약 내가 위험해지면 구해줘야 해."

전투에는 만일의 일도 있기 때문에 곰돌이와 곰순이에게 부탁을 해두었다. 곰돌이와 곰순이는 그 말에 기분이 좋아진 건지 「크~응」 하고 울며 걸음에 힘이 들어갔다.

뭐, 부탁하지 않아도 곰돌이와 곰순이라면 내가 위험해지면 도와주겠지.

곰돌이와 곰순이의 머리를 쓰다듬었다. 갑자기 쓰다듬었더니 곰돌이와 곰순이는 「왜 그래?」라는 듯 고개를 갸웃거렸지만 기분은 좋은 듯했다. 그렇게 곰돌이와 곰순이를 데리고 갱도를 나아갔다.

곰돌이와 곰순이가 도와줄 정도로 위험한 일은 일어나지 않았고, 도중에 네 마리의 아이언 골렘이 나타나 쓰러뜨렸다. 앞으로 미스릴 골렘이 있는 곳까지 이어진 길에는 예의 아이언 골렘 다섯 마리뿐이었다.

어제 바보 레인저가 모두 쓰러뜨렸지만, 탐지 스킬로 확인하니 보란 듯이 다섯 마리 모두 부활해 있었다.

이거 혹시 아이언 골렘을 쓰러뜨리면 반영구적으로 철을 손에 넣을 수 있는 거 아닌가? 라는 생각을 했지만, 그렇게 된다면 많은 사람들이 일자리를 잃고 길가에 나앉게 될 거다.

다섯 마리의 아이언 골렘이 있는 동굴에 들어섰다. 나는 전격 곰 펀치를 날려 다섯 마리의 아이언 골렘을 전부 해치웠다. 그리고 미스릴 골렘을 토벌하기 위해 갱도를 내려갔다.

갱도를 내려가자 지도가 바뀌었고, 탐지 스킬에 미스릴 골렘의 반응이 나타났다. 미스릴 골렘을 쓰러뜨리는 것으로 골렘 소동이 끝나준다면 좋겠는데…….

미스릴 골렘이 있는 동굴에 도착했다. 갱도 중간까지는 빛의 마석이 달려 있었지만 이 앞은 어두웠다. 나는 마법으로 곰 라이트를 생성해 동굴을 비췄다.

어제 바보 레인저가 미스릴 골렘과 싸웠던 탓인지 여기저기에 싸움의 흔적이 남아 있었다. 돌의 표면은 무너져 있었고, 지면에는 구멍이 파져 있었으며, 벽에도 마법 공격으로 생각되는 흔적이 남아 있었다.

바보 레인저라고 해도 붕괴에 대한 것을 신경 쓰지 않고 싸웠다고는 생각되지 않지만, 잘도 붕괴되지 않았네.

그런 싸움의 흔적이 남아 있는 동굴에는 미스릴 골렘이 우뚝 서 있었다. 내 존재를 눈치챘는지 얼굴을 이쪽으로 향했다.

그럼, 싸워볼까요.

곰돌이와 곰순이도 같이 싸우기 위해 앞으로 나섰지만 물러나도록 했다. 곰들이 조금 쓸쓸한 목소리로 울었지만 미스릴 골렘과는 나 혼자서 싸울 거다. 그렇다고 해도 여기에서 싸울 생각은 없지만 말이다.

여기에서는 강력한 마법도, 강력한 곰 펀치도 붕괴가 무서워서 쓸 수가 없었다. 그렇다면 곰 능력을 맘껏 쓸 수 있는 장소로 이동하면 된다.

나는 곰 이동문을 꺼냈다. 그리고 이동문을 만져 문을 열었다.

나는 곰 이동문과 미스릴 골렘을 번갈아 봤다.

음, 들어갈 수 있으려나?

폭은 충분할 것 같은데 높이가 미묘했다. 못 지나간다면 그때는 억지로 눌러 넣어야지.

미스릴 골렘이 내 쪽을 향해 쿵쿵 발소리를 내며 달려왔다.

생각보다 빠르다. 골렘은 걸음이 둔하다고 생각하고 있었는데.

하지만 빠르다고 해도『생각보다』라는 거다. 블랙 타이거에 비하면 느리다. 골렘은 몸이 커서 투우를 기다리는 기분이었다.

나는 옆으로 스텝을 밟아 거리를 좁혀오는 미스릴 골렘을 피했다. 그리고 골렘의 등 뒤로 돌아가 목 부근에 곰 펀치를 내리꽂았다. 목에 곰 펀치를 맞은 미스릴 골렘은 머리부터 쓰러지듯 곰 이동문 속으로 빨려 들어갔다.

조금 크지만 어떻게든 들어갔네.

나는 뒤따라가듯 곰 이동문 안으로 들어갔다. 그 뒤로 곰돌이와 곰순이도 따라왔다.

곰 이동문을 빠져나온 곳은 해안가의 트인 모래사장이었다.

여기는 미릴러 마을에서 어느 정도 떨어진 곳으로 사람들에게 들킬 일도 없었다. 어젯밤 전격 마법 연습을 한 곳이기도 하다. 좁은 갱도와 달리 공간도 충분히 넓어서 위를 올려다보면 파란 하늘과 하얀 구름이 떠다녔고, 천장도, 벽도 없었다. 곰 능력을 충분히 쓸 수 있었다.

나는 머리부터 모래사장에 쓰러져 있는 미스릴 골렘을 바라봤다.

"이걸로 서로 주변을 신경 쓰지 않고 싸울 수 있겠지."

대답은 원하지 않았지만 미스릴 골렘을 향해 말했다. 미스릴 골렘은 내 말을 이해한 것처럼 몸을 일으켰다. 뭐, 서로라고 말하긴 했어도 내가 일방적으로 공격할 거긴 하지만 말이다.

일단, 일어난 미스릴 골렘을 향해 파이어 볼을 발사해봤다. 공격이 먹혔으나 골렘은 아무 일도 없었다는 듯 일어났다. 똑같이 바람 마법, 흙 마법, 얼음 마법을 날렸지만 먹히지 않았다.

상상은 했지만 미스릴의 몸, 반칙 아니야?

네가 할 말이 아니라는 말이 날아오는 것 같지만 미스릴 골렘을 상대로는 말하지 않고는 가만히 있을 수 없었다.

그렇다면, 이건 어떠려나?

"베어 커터."

곰의 발톱을 상상해서 곰 바람 마법을 날렸다. 충격으로 미스릴 골렘은 뒤로 튕겨져 나갔지만 대미지는 없는 모양이다. 아니, 미스릴 골렘의 몸을 보니 가슴 쪽에 세 개의 선이 있었다. 상처 정도는 입힐 수 있나 보군. 같은 장소에 여러 번 날리면 쓰러뜨릴 수 있으려나.

나는 확인을 위해 다음 곰 마법을 사용했다. 곰 장갑에서 화염 곰이 떠올랐다. 녹지 않겠지만 상태를 봐서 화염 곰을 한 발 날려 봤다.

미스릴 골렘은 손으로 화염 곰을 막았다.

보통의 마물이라면 화염 곰을 막지도 못하고 쓰러졌을 텐데.

화염이 미스릴 골렘의 손을 감쌌으나 이내 사라졌다.

역시, 안 되는 건가?

그래도 자세히 보니, 조금이지만 녹아 있어?

화염 곰을 계속해서 날리면 쓰러뜨릴 수 있을까.

마지막으로 어제 공부한 전격 마법을 시험해봤다.

곰 장갑에 전격을 모아, 미스릴 골렘에게 강한 전격 곰 펀치를 먹였다. 미스릴 골렘은 곰 펀치의 충격으로 후방으로 날아갔지만 전격은 듣지 않는 것 같았다.

으음, 이건 안 되나.

새로운 마법이었는데, 미스릴 골렘에게는 먹히지 않았다.

하지만 힘껏 힘을 내보내니 기분 좋네. 미스릴 골렘은 일방적인 샌드백 상태가 되었다. 이렇게까지 방어력이 높으면 파괴 불가능 오브젝트에 공격을 하고 있는 것 같다.

전격 곰 펀치를 막은 미스릴 골렘은 몸을 일으켰다.

자, 충분히 실험도 했으니, 슬슬 끝내보기로 했다. 나는 검은 곰 장갑에 마력을 모음과 동시에 미스릴 골렘을 향해 달리기 시작했다.

미스릴 골렘이 상체를 숙여 공격했지만 그대로 피하고 품 안으로 들어갔다. 그리고 바람 마법의 힘을 이용해서 곰 어퍼컷을 날렸다.

곰 어퍼컷을 맞은 미스릴 골렘은 상공으로 날아올랐다.

날아 올라간 높이는 대략 1000미터로, 눈으로는 실제 거리를 알 수 없었다.

「비행기가 상공 몇 미터를 날고 있다든가, 저 고층 맨션은 몇백 미터의 높이는 되겠다」 같은, 보는 것만으로 높이를 알 수 있는 특수 기능은 가지고 있지 않았다.

뭐, 알고 있는 것은 저 높이에서 떨어지면 안 망가지는 건 없겠지.

아무리 미스릴 골렘이라도 높이에 더해, 중량, 낙하 속도 등을 생각하면 그냥 끝나지는 않을 것이다.

게다가 낙하하는 미스릴 골렘은 나선형으로 떨어지고 있었다.

곰 어퍼컷으로 회전이 들어가서 그런가?

미스릴 골렘은 커다란 소리를 내며 지면에 떨어졌다. 지진이 일어난 듯한 충격이 지면에 전달되었다. 또한 회전하면서 떨어진 미스릴 골렘에 의해 모래사장은 소용돌이를 일으켰다. 과연, 쓰러뜨렸겠지?

그렇게 생각했으나 미스릴 골렘은 몸을 일으키려 했다.

그 높이에서 떨어졌는데도 아직 움직일 수 있다니, 얼마나 단단한 거야? 충격만으로 몸 안에 있는 마석이 깨질 것 같은데.

그래도 일어선 미스릴 골렘은 심각한 상태였다. 한쪽 팔이 떨어져 나갔고, 목도 꺾여 있었다. 게다가 떨어진 충격으로 인해 몸 중앙에 금이 가 있어 그 틈으로 마석이 보였다.

저 마석을 파괴하면 종료인 건가.

나는 움직임이 둔해진 미스릴 골렘을 향해 달려가 마석이 보이는 부분— 금이 가 깨져 있는 곳을 향해 전격을 휘감은 곰 펀치를 날렸다. 금이 간 틈으로 전격이 파고들어 몸 안에 있는 마석을 파괴했다. 마석이 파괴된 미스릴 골렘은 완전히 침묵했다.

토벌 완료다.

이것으로 광산의 골렘 출현이 멈추면 좋겠는데…….

싸움을 끝낸 내게 곰돌이와 곰순이가 다가왔다.

"끝났어."

곰들의 머리를 쓰다듬은 후, 무너져 내린 미스릴 골렘을 곰 박스에 담았다.

꽤 가혹한 방법으로 쓰러뜨렸지만 어쩔 수 없다. 뭐, 해체용 나이프와 무기가 될 예정이니 문제는 없다.

미스릴 골렘을 회수한 나는 곰 이동문을 사용해서 광산 안으로 돌아갔다.

곰 이동문을 정리하고 주위를 둘러봤다.

게임이었다면 보스 방에는 무언가가 있는데……. 보석이라든가, 보석이라든가 말이지. 중요한 부분이니 두 번 말했다.

아니면 골렘이 발생하는 원인이 되는 게 있을지도 모른다. 숨겨진 방이라든가 그러한 것들이 없나 싶어서 벽 쪽을 훑었다.

무언가 있을 거라 생각했는데, 아무것도 없었다.

어쩔 수 없이 위층으로 돌아가려던 그때, 곰돌이와 곰순이가 구멍을 파고 있었다.

"무슨 일이야?"

곰돌이와 곰순이가 있는 쪽으로 향했다. 곰돌이와 곰순이가 파고 있던 곳은 맨 처음 미스릴 골렘이 서 있던 곳이었다. 그건 맹점이었다. 미스릴 골렘이 무언가를 지키고 있었을 가능성도 있었다. 곰돌이와 곰순이 사이로 들어가 구멍 안을 들여다보니, 동그란 검은 돌이 두 개 있었다.

"이게 뭐지?"

땅을 판 곰돌이와 곰순이에게 물었지만 고개를 갸웃거릴 뿐이었다.

발견한 것은 곰돌이와 곰순이잖아. 어째서 아무것도 모르는 거야? 라고 마음속으로 중얼거렸다.

일단, 발견한 돌을 들어 올려 보니 주먹만 한 크기였다. 대장장이도, 광석 마니아도 아닌 나로서는 이 돌이 뭔지 알 수가 없었다.

하지만 이럴 때야말로, 스킬을 써야지. 나는 후드를 깊게 눌러쓰고 곰 관찰경을 사용했다.

곰모나이트

수수께끼의 광석

이것밖에 적혀 있지 않았다.

그 전에 이 이름은 뭐지?

혹시, 놀림당하고 있는 거야?

이거, 분명, 나를 이 세계로 데려온 신님이 붙인 이름이지? 이런 돌 이름으로 이 세계에 퍼져 있지는 않겠지. 애당초 수수께끼의 광석이라는 게 뭐야. 설명문이 수수께끼의 광석이라니, 이래서는 용도도 알 수 없잖아.

문득, 신님을 생각하고 있으니 신님께 처음으로 받았던 메일이 떠올랐다.

『그 외에도 선물이 있으니까 열심히 찾아보세요.』

설마, 이게 그중 하나인가?

그렇다고 해서 곰모나이트라니, 네이밍 좀 어떻게 안 됐던 거야?

게다가 수수께끼의 광석이라니, 어떻게 가공해서 어디에 쓰는 거냐고. 게임이라도 힌트 정도는 더 있다고요.

불만을 말해도 방법이 없기 때문에 발견해 준 곰돌이와 곰순이에게 고맙단 말을 하고 쓰다듬어줬다.

도대체, 오늘 하루 곰돌이와 곰순이의 머리를 몇 번 쓰다듬은 건지. 뭐, 내 감사의 마음이니까 곰돌이와 곰순이가 싫어하지 않는다면 몇 번이라도 쓰다듬을 테지만. 쓰다듬고 있는 곰돌이와 곰순이는 싫어하는 기색도 없이 기뻐했다.

158 곰 씨, 광산에서 나오다

곰모나이트?

알 수 없는 것을 생각하고 있어도 방법이 없었다. 지금 몰라도 곤란한 것은 없고……. 이상한 돌을 손에 넣은 나는 생각하는 것을 그만두고 돌아가기로 했다.

위층으로 올라가 골렘을 확인하기 위해 탐지 스킬을 사용했다.

으음, 있네.

미스릴 골렘을 쓰러뜨리면 모든 골렘이 기동 정지된다, 라는 건 성립되지 않는 모양이다. 아니면 미스릴 골렘의 존재는 관계없을 가능성도 있다. 그렇다면 곤란한데…….

일단, 귀찮지만 출현해 있는 골렘을 전부 쓰러뜨리기로 했다. 이번의 의뢰는 광산에서 골렘을 전부 토벌하는 것이다.

하지만, 혼자서 하는 건 귀찮은데.

제이드 씨 일행에게 도움을 받을까 생각하고 있는데 곰돌이와 곰순이가 다가왔다.

"도와줄 거야?"

곰들이 크~응, 하고 「맡겨만 줘」라는 듯한 목소리로 울었다.

"고마워. 그럼, 도움 좀 받아볼까."

곰돌이와 곰순이를 끌어안고 고맙다 말을 했다.

"아이언 골렘은 내가 쓰러뜨릴 테니까 곰돌이랑 곰순이는 록 골렘이랑 머드 골렘을 부탁할게. 끝나면 들어온 입구에서 만나자."

곰돌이와 곰순이는 고개를 끄덕인 뒤 갱도를 달려갔다.

"사이좋게 해야 해~."

멀리서 「크~응」 하고 우는 소리가 들려왔다.

위층은 곰돌이와 곰순이에게 맡기고 나는 아이언 골렘을 쓰러뜨리기로 했다. 이 층은 그다지 갈림길이 많지 않기 때문에 시간은 걸리지 않을 터다. 나는 탐지 스킬을 사용해 순서를 정해서 출발했다.

아이언 골렘을 다 쓰러뜨리고 곰돌이와 곰순이를 도우러 위층으로 향했지만 탐지 스킬에는 골렘의 반응이 없었다.

입구로 돌아가자 이미 곰돌이와 곰순이가 있었다.

응, 빠르네. 달라붙듯이 사이좋게 앉아 있었다.

"수고했어, 고마워."

곰돌이와 곰순이에게 감사 인사를 전하고 머리를 쓰다듬으면서 송환했다.

역시 미스릴 골렘 토벌 뒤의 갱도 안 골렘 청소는 지치네. 오늘은 얼른 숙소로 돌아가서 자고 싶다. 숙소를 향해 걷는 동안 호기심의 눈초리를 받았지만 신경 쓰지 않고 걸어갔다.

숙소로 돌아가자 제이드 씨와 바보 레인저들이 있었다.

"유나, 늦었네."

“유나라면 괜찮을 거라 생각했지만 늦어서 걱정했어.”

그야 갱도 안을 청소했기 때문이죠.

“골렘을 쓰러뜨렸더니 늦어져서요.”

“쓰러뜨려도 내일은 부활할 거니까 부질없어.”

세이나 씨가 노골적인 말을 했다.

“제이드 씨, 그 부분으로 부탁이 있는데요.”

“뭐지?”

“가장 안쪽에 있는 골렘을 포함해서 모든 골렘을 쓰러뜨렸으니까, 내일 확인을 부탁해도 될까요?”

“……미안, 뭐라고 했지?”

“모든 골렘을 쓰러뜨렸으니까…….”

“……유나, 농담이지?”

“일단 쓰러뜨렸어요. 하지만 부활할지 어떨지는 모르겠네요.”

그건 내일이 되지 않으면 알 수 없었다.

“이봐, 거기 펫! 거짓말하면 안 되지! 우리가 다섯 명이서 덤벼들어도 못 쓰러뜨린 골렘을, 펫인 네 녀석이 혼자서 쓰러뜨렸다는 거냐? 웃기지도 않는군.”

바보 레드가 우리의 이야기를 훔쳐 들었는지 맥주를 든 채 이쪽으로 다가왔다.

나는 미스릴 골렘을 토벌한 후, 갱도 안을 청소하면서 전격 마법을 연습했다.

슥, 그 성과를 확인하기 위해 곰 장갑에 약한 전격을 휘감아 바보 레드를 가볍게 쳤다.

"으악!"

바보 레드는 이상한 소리를 내더니 쓰러져버렸다.

"바볼드?!"

갑자기 쓰러진 바보 레드에게 동료들이 달려들었다. 바보 레드의 이름을 불렀지만 반응은 없었다. 기절했지만, 살아 있는 거지?

으음, 조금 강했나? 조금 더 연습할 필요가 있는 모양이다.

뭐, 살아 있으니까, 타인을 펫이라고 계속 부르면서 무시하기도 했고, 이 정도는 괜찮겠지.

"취해서 쓰러진 거 아냐?"

일단, 속이기 위해 그렇게 말하고, 바보 레드가 들고 있던 맥주잔을 가리켰다. 맥주잔에서 맥주가 흐르고 있었다. 하지만 거의 다 마셨던 모양으로 그렇게 큰 민폐는 끼치지 않았다.

"바볼드가 이 정도의 술로 취할 리가……."

"그렇지만, 자고 있는걸."

모두들 내가 무언가를 했다고 생각하는 모양이지만 증거가 없었고, 애초에 무엇을 했는지 알지도 못했다.

바보 레드의 동료들은 그 이상 아무런 말도 하지 않고 거구의 바보 레드를 방으로 옮겼다. 나는 비어 있는 자리에 앉아 여주인에게 식사를 부탁했다.

"유나, 정말 아무것도 안 한 거야?"

나는 고개를 갸웃거리며 의미를 모르겠다는 포즈를 취해봤다.

"응, 유나는 아무것도 안 했겠지. 바볼드가 취해서 쓰러진 거야."

멜 씨가 혼자서 수긍하고 있었다.

"그래서 유나, 조금 전 이야기는 정말인 거야?"

"조금 전이요?"

"골렘 얘기 말이야."

"아, 그거요. 믿건 안 믿건 자유지만 안쪽에 있던 골렘을 포함해서 전부 쓰러뜨렸으니 부활하지 않으면 종료일 거예요."

"정말이지……."

"그렇다는 건 유나에게 앞을 추월당했다는 거군."

추월당했다니, 쓰러뜨릴 생각은 없었던 거 아닌가? 포기했다고 했었잖아요?

"실은 말이야, 어제 바볼드 일행하고 술자리에서 의기투합을 해서 힘을 합쳐 안쪽에 있는 골렘을 쓰러뜨리자는 이야기가 나왔거든. 나라에 공훈을 빼앗길 바에야 보수를 반으로 나누자고 말이지."

"그래서 내일 토벌을 하러 갈 예정이었어."

"그걸 제가 쓰러뜨려 버렸다는 건가요?"

그런 건 몰라요. 모두 포기하고 있었잖아요.

"그래도, 잘도 쓰러뜨렸구나."

"뭐, 방법은 여러 가지 있으니까요."

"으으, 유나가 싸우는 모습을 보고 싶었는데."

같이 있었다면 곰 이동문은 사용하지 않았겠지만.

"유나, 미안하지만 골렘을 보여줄 수 있을까? 가지고 있겠지?"

음, 근처에서 봐도 미스릴이라는 거 모를 텐데…….

나는 어쩔 수 없이 밖으로 나와 미스릴 골렘을 꺼냈다.

"우와, 심해."

너덜너덜해진 미스릴 골렘이 모습을 드러냈다.

"바볼드 일행이 쓰러뜨리지 못했던 골렘을 잘도 이렇게 참혹한 상황으로까지 만들었네."

"곰, 대단해."

"힘이 대단하다고 해서 이런 상태로 만들 수 있는 건가?"

제이드 씨가 더 자세하게 조사하려던 찰나, 숙소 안에서 여주인의 목소리가 들려왔다. 아무래도 식사가 다 만들어진 모양이다.

나는 여주인에게 대답을 하고 미스릴 골렘을 다시 담았다. 자세하게 조사당할 뻔하던 찰나에 나이스 타이밍이다.

정말이지 식사를 목 빠지게 기다렸다는 느낌으로 숙소 안으로 돌아갔다.

"하지만 유나가 그 골렘을 쓰러뜨렸다는 건 광산에 어떠한 변화가 있을지도 모르는 거네."

"그렇지. 그렇다면 내일은 확인 작업이야."

"바볼드 일행과 잠입 예정이었기도 하고 말이야."

식사를 마치고, 방으로 돌아온 나는 곰 이동문을 사용해 미스릴 골렘과 싸웠던 곳을 다시 방문했다. 사실은 자고 싶었지만, 모래사장에 설치한 곰 이동문을 언제까지고 방치해 둘 수는 없었다.

모래사장은 컴컴했다. 어제도 생각했지만 밤바다는 무서울 정도로 조용하다. 파도 소리만이 들려왔다. 별빛만이 비춰왔다.

하지만 어둠 속에 숨어서 이동하기엔 딱 좋았다. 게다가 지금 내 모습은 블랙! 외관상으론 곰이지만 말이다.

나는 모래사장에 있는 곰 이동문을 회수하고 암살자처럼 암흑을 뚫고 미릴러 마을에 있는 곰 하우스로 향했다.

아무에게도 눈에 띄지 않고 미릴러의 곰 하우스로 돌아온 나는 곰 하우스에 설치한 곰 이동문을 사용해 광산 마을 숙소의 방으로 돌아왔다. 그리고 흰 곰 옷으로 갈아입은 뒤 침대에 다이빙했다.

물론, 만약을 위한 대책으로 꼬맹이로 변한 곰돌이와 곰순이를 소환해 두고 잠에 들었다.

다음 날, 제이드 씨 일행과 바보 레인저들은 광산으로 향했다. 나도 권유를 받았지만 어제의 피로가 남아 있다고 거짓말을 하고 남기로 했다. 참고로, 바보 레드는 어제의 일을 기억하지 못했다. 자신도 취해서 자버렸다고 생각하고 있는 모양이다. 응, 바보라서 다행이다.

나는 식사를 마치고 방으로 돌아와 다시 잠들기 위해 침대에 쓰러졌다. 어제는 열심히 했으니까 오늘 정도는 느긋하게 지내기로 했다. 왕도에 있는 피나도 왕도 관광을 즐기고 있는 듯하니, 괜찮겠지.

엘레로라 씨에게는 피나에게 성 구경을 시켜달라고 부탁했다. 저번에는 플로라 님께 붙잡혀 제대로 성 안을 볼 수 없었으니까. 곰 폰으로 확인했더니 예쁜 옷을 입고 성으로 가서 정원을 봤다고 했다. 즐기고 있는 것 같아서 다행이다.

시아에게도 시간이 있으면 왕도 구경을 시켜달라고 부탁했다. 피나에게는 민폐를 끼쳤으니 즐겨주길 바랐다.

다시 잠이 들었다가 조금 늦어진 점심 식사를 하고 있는데 제이드 씨와 바보 레인저 일행이 돌아왔다.

"빠르네요."

수프를 마시면서 물었다.

"그래, 골렘이 한 마리도 없었거든. 그래서 갱도 안을 걷기만 하고 돌아왔어."

"믿기지 않아. 그렇게나 많던 골렘이 한 마리도 없다니."

그 미스릴 골렘 탓인지 곰모나이트 탓인지 이유는 알 수 없지만, 아무래도 골렘은 부활하지 않는 모양이다.

"정말 이 펫이 혼자서 그 골렘을 쓰러뜨린 거야?"

바보 레드가 나를 바라봤다. 사람을 펫으로 부르지 말아줬음 좋겠는데. 또 한 번 전격을 먹여 버릴까.

"너도 골렘이 없었다는 걸 확인했잖아."

"그렇다고 해서 우리 다섯 명이 달려들어도 안 쓰러졌던 골렘을, 이 펫이 정말로 혼자서 쓰러뜨렸다고 생각하는 거야?"

"유나에 관해서는 몇 번이고 설명했잖아."

"타이거 울프, 블랙 바이퍼, 고블린 킹을 혼자서 토벌했다, 그거잖아. 믿을 수 있을 리가 없잖아."

"뭐, 보통은 믿기지 않겠지."

바보 레드의 말에 멜 씨가 동의했다. 주변을 보자 멜 씨만이 아니라 전원이 고개를 끄덕이고 있었다.

"하지만 어제, 유나가 혼자서 광산에 갔고, 결과적으로 골렘이 사라졌어. 사실을 받아들일 수밖에 없어."

"그렇긴 하지만……."

바보 레드는 불만 가득한 모습으로 의자에 앉았다.

신용 받지 못하는 것도 곰 복장 때문이겠지. 나는 제이드 씨에게 물었다.

"그래서, 이대로 의뢰 완료로 봐도 괜찮은 건가요?"

그렇다면, 피나도 기다리고 있으니 당장에라도 돌아갈 텐데.

"일단, 광산의 책임자에게 보고를 해야지. 그런 뒤 어떻게 할지 의논해야 해."

그건 그렇지, 일단 광산에도 책임자가 있겠지. 존재 그 자체를 잊고 있었네. 왕도로 돌아가서 모험가 길드에 보고를 하면 되는 것으로 알고 있었다.

"유나, 직접 보고하러 갈 건가?"

"귀찮으니까, 제이드 씨, 부탁드릴게요."

내 말에 제이드 씨는 내 쪽을 빤히 봤다. 그리고 잠시 생각에 잠기더니 바보 레드 쪽을 바라봤다.

"……뭐, 그렇지. 보고는 내 쪽에서 해두지. 바볼드, 너도 같이 가자."

오오, 부탁해보길 잘했다. 제이드 씨가 받아들여 줬다. 상남자다. 감사합니다.

"어째서 나까지……."

"우리만 가는 것보다 너희들도 있는 편이 믿어줄 테니까."

"그렇다면 쓰러뜨린 그 펫을 데려가야 하지 않겠어?"

"너, 유나가 의뢰를 완료했다고 하면 믿을 거냐."

바보 레드가 내 쪽을 봤다. 그리고 한마디 했다.

"……안 믿지."

"그러니까 너도 오라는 거야."

"어쩔 수 없지."

어쩐지, 욕을 돌려서 들은 것 같지 않나? 기분 탓은 아니겠지?

뭐, 이번엔 귀찮은 보고를 대신 해준다고 하니 봐주지만. 다음엔 제이드 씨라고 해도 곰 펀치가 날아갈 거예요.

제이드 씨 일행과 바보 레인저 일행은 광산의 책임자가 있는 곳으로 보고를 하러 갔다. 나는 그 보고를 기다렸다. 그 후 돌아갈 수 있는지, 돌아가지 못하는지가 정해진다.

나는 제이드 씨 일행이 돌아올 때까지 방에서 꼬맹이로 변한 곰돌이와 곰순이를 소환하고 누워 있었다.

한참 뒹굴거리고 있는데 밖이 소란스러워졌다. 창문을 열어 밖을 보자 제이드 씨 일행과 바보 레인저들이 마을 사람들에게 둘러싸여 있었다.

들려오는 건 감사의 말이었다.

모두들, 제이드 씨 일행과 바보 레인저 일행에게 감사의 말을 보내고 있었다. 제이드 씨 일행은 곤란한 얼굴을 하고 있었지만 바보 레인저 일행은 손을 흔들고 있었다.

무슨 일 있었나?

제이드 씨 일행은 주민들에게 감사 인사를 받으면서 숙소로 들어왔다. 아무래도 주민들은 숙소 안까지는 들어오지 않는 모양이다.

무슨 일인가 싶어서 곰돌이와 곰순이를 송환하고 1층 식당으로 갔다.

"무슨 일 있었나요?"

"유나구나……."

"그게 말이야. 우리가 광산의 골렘을 토벌한 것으로 되어 버렸어."
제이드 씨 일행의 설명에 따르면 다음과 같다.
아침 일찍 광산으로 간 아홉 명의 모습이 목격됐다.
아홉 명이 무사히 돌아왔다.
아홉 명이 광산의 책임자에게 보고하러 가는 모습이 포착됐다.
광산의 책임자가 아홉 명에게 감사 인사를 전하고 있었다.
광산에 골렘이 나타나지 않는다는 소식이 퍼졌다.
응, 이야기의 흐름을 잘 알겠네.
"그렇게 돼서 우리가 골렘 토벌을 한 것으로 되어 버렸어. 일단 부정은 했는데……."
"이 바보가 손 같은 걸 흔들어서……."
"시끄러워! 모두가 감사 인사를 하니까 손을 흔든 것뿐이잖아."
"유나가 쓰러뜨렸다고 설명하려고 했는데."
"아무도 이야기를 들으려고 하지 않았어."
"미안해."
제이드 씨가 고개를 숙였다.
음, 생각해봤는데, 나로서는 메리트밖에 없는데?
조금 전의 제이드 씨 일행처럼 둘러싸이고 싶지도 않고, 명성을 얻고 싶은 것도 아니라서, 별로 문제는 없었다. 다만, 길드의 토벌 기록은 넘길 수 없다. 그 부분을 지적했다.
"물론이지. 그 부분은 확실하게 길드에 보고할게. 바볼드도 알겠지."

"당연하지. 다른 사람의 공을 빼앗는 교활한 짓은 안 해."

"잘도 말하는군. 아까는 손을 흔든 주제에."

"그건, 나를 불러서 손을 흔든 것뿐이야."

바보 레드는 나쁜 뜻이 없었다는 듯 대답했다. 나로서도 제이드 씨 일행이 쓰러뜨렸다고 하는 것에 문제는 없었다. 게다가 내가 쓰러뜨렸다는 것보다는 제이드 씨 일행이 쓰러뜨렸다고 하는 편이 모두들 안심할 수 있을 것이다. 그러니 이 상황은 대환영이다.

이것으로 의뢰가 종료라면 피나도 기다리고 있으니 돌아가도 되나?

그 말을 전하자—.

"그게 말이지, 잠깐 동안 상태를 보기로 돼서……."

"……?"

"하루가 지나도 골렘이 나타나지 않은 건 처음이지만 내일, 모레에도 그렇다는 건 알 수 없잖아."

"그래서, 5일 정도 더 남기로 했어."

"네?"

5일 동안이나……. 피나가 기다리고 있는데, 그렇게나 오랫동안 있을 수는 없었다.

"그렇지만 유나는 돌아가도 괜찮아."

그 말을 듣고 안도했다. 피나를 5일 동안이나 더 엘레로라 씨에게 맡길 수는 없었다.

“유나는 먼저 왕도로 돌아가서 모험가 길드에 보고를 해줬으면 좋겠어.”

“그렇지만 만약 그 골렘이 다시 부활한다면 어떻게 하실 거예요?”

“괜찮아. 그럴 경우엔 나라에 맡길 거야. 그 골렘을 쓰러뜨렸다고 해도 바로 부활하는 거라면 우리로는 두 손 두 발 다 들어야지.”

제이드 씨는 손을 위로 올려 보였다.

“응, 그럼 저는 내일 왕도로 돌아갈게요.”

붙잡혀 있는 공주를 구하러 가자.

159 곰 씨, 왕도로 돌아오다

곰돌이와 곰순이를 번갈아 갈아타면서 왕도로 돌아왔다. 왕도 안으로 들어서기 전에 곰순이를 송환하고 직접 걸어서 왕도로 들어갔다. 문지기가 이상한 눈으로 쳐다봤지만 신경 쓰지 않는다.

왕도로 돌아가니 지나치는 사람들마다 「곰이다」라는 말을 했지만 곰 후드를 깊게 눌러쓰고 빠른 속도로 모험가 길드로 향했다.

모험가 길드에 들어서자 모험가들의 시선이 일제히 내게로 모였다. 하지만 말을 걸어오는 사람은 없었다. 아무래도 지난번에 사냐 씨가 했던 말이 효과를 보이고 있는 모양이다. 나는 비어 있는 접수대로 가서 길드 마스터인 사냐 씨를 불러달라고 했다. 모험가 길드에서 유명세를 타고 있는 나를 알아본 접수대 아가씨는 곧바로 사냐 씨를 불러주었다.

"유나!"

안쪽 문이 열리더니 사냐 씨가 나타났다.

"다녀왔어요."

나는 곰 장갑을 들며 인사했다.

여기에서 이야기를 하는 건가 생각하고 있는데 길드 마스터의 방으로 데려갔다. 의자에 앉으니 직원 한 명이 음료를 가져다주었다. 이거 무슨 중역 같잖아.

"자, 그럼 이야기를 들어 볼까?"

가장 안쪽에 있던 골렘을 쓰러뜨렸더니 골렘이 발생하지 않게 됐다는 것. 일단 상태를 보기 위해 제이드 씨 일행들이 5일 동안 남기로 한 것 등을 설명했다.

"나머지 자세한 내용은 제이드 씨 일행에게 들으세요."

"알았어. 이걸로 골렘 발생이 정말로 없어진다면 병사를 보내지 않고 끝나겠네. 덕분에 살았어, 고마워."

"아직 모르지만 말이에요."

"그 부분 말인데, 정확한 의뢰 완료는 제이드네가 보고를 하러 오고 나서가 될 거야. 그럼 보수는 나중에 지급될 텐데 괜찮겠어?"

"다시 왕도로 와야 하나요?"

"크리모니아로 연락해서 그쪽에서 받을 수 있도록 해둘게."

"괜찮나요?"

"그 정도는 괜찮아."

나는 사냐 씨의 호의를 받아들이기로 했다.

"그럼 저는 돌아갈게요."

얼른 공주(피나)를 데리러 가야 했다. 하지만 몸을 일으킨 나를 사냐 씨가 멈춰 세웠다.

"있지, 유나. 크리모니아가 아니라 왕도에서 살지 않을래? 그렇게 해주면 정말 기쁠 텐데."

그리고 갑자기 그런 말을 꺼내기 시작했다.

"지금 그런 예정은 없어요."

크리모니아 마을은 여러 가지로 살기 편하게 되어 있다. 호기심의 눈초리를 받을 일도 없어졌고, 시비를 걸어오는 모험가들도 없어졌다. 게다가 내 가게가 있기도 하고, 왕도에서 살 만한 메리트는 없었다. 오히려 일이 늘어날 것 같아서 싫은데. 가장 첫 번째로, 왕도에는 곰 이동문이 있어서 언제든지 올 수 있기 때문에 일부러 살 필요도 없었다.

"그렇구나, 아쉽네."

"가끔은 놀러 올게요."

모험가 길드에 보고도 끝났으니 엘레로라 씨의 저택으로 향했다. 저택에 도착하자 예쁜 옷을 입은 피나가 달려왔다.

"피나, 다녀왔어."

"유나 언니!"

피나가 내 배에 안겨 왔다.

배는 크니까 받아줄 수 있다. 참고로 내 배가 크다는 의미가 아니다. 인형 옷의 배가 크다는 거다.

"피나, 귀여운 옷을 입고 있네."

피나는 프릴이 달린 예쁜 옷을 입고 있었다. 어디의 귀족 영애라고 해도 이상하지 않을 정도로 잘 어울렸다.

"귀여운 곰 옷차림을 하고 있는 유나 언니에게 그런 말 듣고 싶지 않아요. 게다가 이건, 엘레로라 님이 억지로 입힌 거예요."

귀엽다는 말을 들어도, 내 복장과 피나의 복장은 귀여움의 종류가 전혀 달랐다.

여자아이라면 인형 옷이 귀엽다는 말을 듣는 것보다 예쁜 옷을 입고 귀엽다는 말을 듣는 편을 기뻐할 거다. 피나가 볼을 부풀리며 말하자 괜히 더 귀엽게 보였다. 미소녀는 여러모로 이득이구나.

그래도 피나가 활기차 보여서 다행이다. 만약 무슨 일이 생겼다면 티루미나 씨를 만날 면목이 없었을 거다.

"유나, 어서 와. 광산 일은 끝난 거야?"

피나가 나타난 방향에서 엘레로라 씨가 나타났다.

"끝났어요. 나머진 상태를 지켜보기로 하고 돌아왔어요."

"수고했어. 자세한 이야기는 식사할 때 들을 테니까, 먹고 가렴."

식사 전에 피나와 함께 목욕을 하게 됐다.

"피나, 내가 없었던 동안 왕도에서 잘 지냈어?"

피나의 등을 닦아 주면서 물었으나 피나는 아무런 반응도 없었다. 부정도, 긍정도 하지 않았다.

어라? 즐겁지 않았던 건가?

"으으, 유나 언니가 없는 동안, 힘들었어요. 엘레로라 님과 스릴리나 씨가 매일 예쁜 옷을 입히고……."

피나는 뾰로통한 얼굴로 대답했다.

그러고 보니 곰 폰으로 물었을 때, 엘레로라 씨가 예쁜 옷을 입

히고, 성으로 따라갔는데 국왕과 만나서 힘들었다고 했었지. 분명 즐기고 있을 거라고 생각했는데…….

"그렇게 예쁜 옷을 입는 게 싫었어?"

피나는 작게 고개를 옆으로 저었다.

"싫은 건 아니지만, 더럽히진 않을까 불안했어요. 그렇게나 비싸 보이는 옷은 변상 같은 거 불가능한걸요."

"엘레로라 씨는 딱히 옷을 더럽혀도 변상하라는 말 같은 건 하지 않을 거야. 만약, 그런 말을 했다면 엘레로라 씨를 경멸할 거고, 그때는 내가 돈을 지불해 줄게. 게다가 피나도 엘레로라 씨가 변상하라는 말 따위를 할 사람이라고는 생각하지 않잖아."

"……네, 매우 친절하신 분이에요."

피나의 표정이 부드러워졌다.

"이번엔 일이 이렇게 돼서 미안해."

나는 피나의 작은 등을 닦으면서 사과했다.

미스릴 나이프를 만들기 위해 왔는데 피나에게는 폐를 끼쳤다.

"유나 언니는 일이 있었으니 나쁘지 않아요."

그 뒤 피나는 내가 없었던 동안의 즐거웠던 일, 싫었던 일, 국왕과 만나서 배가 아파졌던 일을 욕조에 몸을 담근 채 이야기해주었다.

불만을 말하는 것 같았으나 즐거웠던 일도 있었던 것 같아서 다행이다.

"유나 언니, 듣고 있어요?"

"듣고 있어."

"정말이에요? 정말 힘들었단 말이에요."

"정말이야."

나는 여러 가지로 표정이 바뀌는 피나를 부드럽게 안아 주었다.

다 씻고 식당으로 향하니 엘레로라 씨와 학원에서 돌아온 시아가 이미 자리에 앉아 있었다.

"시아, 피나를 돌봐줘서 고마웠어."

시아에게는 피나를 데리고 왕도 구경을 가달라는 부탁을 했었다.

"아뇨, 피나는 착한 아이라 힘들지 않았어요."

"그렇지 않아요. 여러 가지로 폐를 끼쳐서……."

피나는 부정했지만 시아는 생긋생긋 미소를 지었다.

"그럼, 간단해도 되니까 보고를 해주겠어?"

나는 식사를 하면서 엘레로라 씨에게 광산에서의 이야기를 했다.

모험가인 제이드 씨 일행과 바보 레인저들의 이야기를 중심으로, 내 일에 대해선 되도록 눈에 띄지 않도록 설명을 했다. 물론 전격 마법과 곰 이동문에 관해서는 이야기하지 않았다.

싸움 방법은 애매하게 눈속임했다.

"깊은 안쪽의 수수께끼의 골렘이라……."

"쓰러뜨린 다음 날에는 나타나지 않았으니까 괜찮을 거라 생각되지만, 남아 있는 모험가들이 상태를 보겠다고 했어요."

"그래. 하루 정도로는 안전하다고 선언할 수 없지만, 이야기를 들어봤을 땐 괜찮을 것 같네. 유나, 고마워. 나라의 병사를 움직이는 건 여러 가지로 성가신데, 다 네 덕분이야."

엘레로라 씨에게 감사 인사를 들었다. 그때 이야기를 듣고 있던 시아가 흥미를 가지며 내게 말을 건네 왔다.

"유나 씨, 골렘은 강했나요?"

"강한 건 모르겠지만, 갱도 안이라 싸우기 번거로웠어. 힘을 너무 쓰면 갱도가 붕괴될 우려가 있기도 하고, 좁은 공간이라 화염계의 마법은 쓸 수 없기도 했어."

"하긴, 갱도이니까 무너질 가능성이 있겠네요. 그렇지만 화염 마법도 못 쓰다니."

산소가 없어지면 위력도 저하된다. 애당초 그렇게 된다면 숨을 쉴 수 없어질 거다.

"유나 씨는 그걸 어떻게 쓰러뜨린 거예요?"

"그건 비밀이야."

"에이~, 가르쳐 주세요."

전격 마법과 곰 이동문에 관한 건 비밀이다.

식사도 마치고, 보고를 끝낸 뒤 방으로 돌아가려고 하는데 엘레로라 씨가 불러 세웠다.

"잠깐 기다려. 유나, 내일은 돌아가는 거지?"

"피나를 부모님께 돌려보내야죠. 걱정하고 있을 테니까 돌아갈 거예요."

내가 그렇게 말하자 엘레로라 씨가 스릴리나 씨에게 신호를 보냈다. 신호를 받은 스릴리나 씨는 방에서 나갔다.

"그럼, 지금 보수를 건네줄게."

"보수요? 보수라면 크리모니아의 모험가 길드에서 받을 거예요."

"아니야. 벌써 잊은 거야? 미스릴 나이프를 주겠다고 했잖아."

분명 그런 약속을 했던 것 같은데……. 하지만 미스릴 골렘을 손에 넣은 지금으로는 무리해서 받을 필요가 없었다.

"지금, 필요 없다는 생각 같은 거 한 거 아니지?"

초능력자인가! 엘레로라 씨가 의심하듯 쳐다보자 나는 고개를 옆으로 저었다.

"정말?"

엘레로라 씨의 의혹을 피하는 동안 스릴리나 씨가 천으로 감싸인 무언가을 안고 돌아와 엘레로라 씨에게 건넸다.

그것을 받아 든 엘레로라 씨는 테이블 위에 올려놓고 묶여 있는 끝을 풀었다. 그러자 천 안에서 예쁘게 장식이 된 나이프가 나왔다.

엘레로라 씨는 나이프를 들고 네게 내밀었다.

"자, 유나."

눈앞에 내밀어진 나이프는 대단히 비싸 보였다. 나이프의 칼자루나 칼집에 세세하게 세공이 들어가 있었다. 분명 해체용 나이프는 아닐 거야.

"뭐죠, 이 예쁜 나이프는?"

"약속했잖니. 보수로 나이프를 선물하겠다고."

"이거, 해체용은 아니지 않나요?"

"그래, 아니야."

"전투용도 아니지 않나요?"

"아니지만, 일단은 미스릴이니까 날은 날카로울 거야."

엘레로라 씨는 칼집에서 나이프를 꺼냈다. 날 부분도 예뻤다. 여자가 들고 다니는 호신용 같은데, 어딘가 다른 것 같은 느낌이 들었다. 혹시, 자결용?!

"필요 없어요."

"어째서? 의뢰의 보수야."

"자결할 예정은 없거든요."

"그런 거 아니야. 호신용이야."

호신용이었던 모양이다.

"호신용이라고 해도, 적과 싸우기 위함은 아니야."

나는 고개를 갸웃거렸다. 나이프인데 적과 싸우지 않는 거야?

"이 나이프에는 포슈로제 가(家)의 문장이 새겨져 있어. 유나의 뒤에는 포슈로제 가가 있다는 것을 나타내 두려고. 포슈로제 가가 뒤에 있다는 걸 안다면 바보 같은 짓을 하려는 사람은 없어지겠지. 만약, 시비가 붙게 된다면 이 나이프를 보이면 돼. 웬만한 일이라면 나이프를 보면 물러날 거야. 그럼에도 물러나지 않는다면 내게 말해주면 돼."

그건 편리할지도 모르겠다. 곰 인형 옷 덕분에 트러블이 생기는 일이 많았다.

"큰 가게의 상인이라면 포슈로제 가의 문장에 관해선 알고 있을 테니, 상업 길드 등에서도 효과는 있을 거야. 만약 상업 길드 같은 데서 트러블이 일어났을 때 보여주면 돼. 하지만, 왕도 이외에서 사용할 때는 조심하렴. 왕도에서 멀어지면 지명도는 떨어지니까 말이야."

혹시, 가게 같은 곳을 말하는 건가?

"그러니까 마구잡이로 써도 돼."

"안 쓸래요."

무료보다 비싼 건 없다고 옛날부터 사람들은 말했다. 마구잡이로 사용했다가 나중에 커다란 대가를 치르게 된다면 견뎌내지 못할 거다.

엘레로라 씨는 계속해서 나이프를 내밀었다.

"제가 이 나이프를 써서 나쁜 짓을 할지도 몰라요."

"우후후, 유나도 참 재미있는 이야기를 하네."

내 말이 재미있었나, 엘레로라 씨는 웃기 시작했다.

"고아원을 돌보고, 곤란에 빠진 소녀를 구하러 블랙 바이퍼를 쓰러뜨리러 가고, 터널을 파서 무상으로 양도해 주는 나쁜 아이가 어느 세계에 있다는 걸까?"

엘레로라 씨는 팔을 뻗어 내 볼을 꼬집었다.

"실제로는 꿍꿍이속이 있어서 무언가를 계획하고 있을지도 몰라요."

"그럼, 가장 가까이에 있는 아이에게 물어볼까?"

엘레로라 씨는 조용히 듣고 있던 피나에게로 시선을 옮겼다.

"피나, 유나는 나쁜 사람이니?"

"유나 언니는 매우 친절한 사람이에요. 만약 유나 언니가 없었다면 저도, 어머니도 죽었을 거예요. 고아원의 아이들도 그렇게 웃는 얼굴이 되진 않았을 거예요. 아버지의 말씀에 따르면 블랙 바이퍼도 무보수였다고 들었어요. 유나 언니는 상냥하고, 강하고, 나쁜 짓은 절대로 하지 않아요."

엘레로라 씨는 「그래, 맞아」 하며 고개를 끄덕였다.

"피나, 알았어. 더는 아무 말도 하지 마. 창피해지니까."

"그렇지만 아직 유나 언니의 좋은 점을 반도 이야기하지 않은걸요."

"부탁이야."

나는 피나의 입을 막았다.

이 이상은 너무 창피하다. 은둔형 외톨이에, 칭찬에 익숙하지 않은 인간은 칭찬을 받아도 곤란하다. 나는 다시 눈앞의 나이프를 바라봤다.

"받으면 엘레로라 씨의 하인이라는 말 같은 건 하지 않겠죠?"

"그런 말 안 해."

흰 곰 장갑의 입이 나이프를 물으니 나이프는 그대로 곰 박스 안으로 빨려 들어갔다.

160 곰 씨, 왕도의 대장간으로 가다

다음 날. 아침 식사도 마치고, 저택 앞에서 시아와 엘레로라 씨에게 작별 인사를 했다.

"유나 씨, 다음에 왕도로 올 때도 저희 집으로 와주세요. 피나도 언제든지 와도 돼."

"응, 오게 되면 들를게."

"시아 님, 이번엔 감사했습니다."

"유나, 이번 일은 고마웠어. 피나도 아직 성에 안내하지 않은 곳이 있으니까, 다음엔 방해자가 들이닥치지 못하게 하고 안내해 줄게."

"……네."

피나는 곤란한 얼굴을 하면서 대답했다. 그 정도로 국왕이 안 좋은 기억을 심은 거겠지. 가여워라. 다음에 같이 성으로 가게 되면 지켜줘야겠어.

학원으로 가는 시아와 성에 일을 하러 가는 엘레로라 씨를 저택 앞에서 배웅했다. 두 사람을 배웅한 후, 우리도 출발했다. 향한 곳은 왕도에 있는 대장장이인 가잘 씨가 있는 곳이었다.

걷기 시작하자 피나가 곰 장갑을 쥐어 왔다.

한동안 떨어져 있어서 쓸쓸했을지도 모른다. 그래서 하고 싶은 대로 하게 두었다. 애초에 떨쳐낼 이유가 없기도 하고.

"유나 언니, 아직 안 돌아가는 거예요?"

곰 하우스와는 다른 방향으로 걷는 내게 피나가 물어왔다.

"가잘 씨가 있는 곳에 들른 후에 돌아갈 생각이야."

가잘 씨에게는 묻고 싶은 게 있기도 하고, 미스릴 나이프의 건도 있었다. 미스릴 골렘을 쓰러뜨렸으니 미스릴도 손에 넣었다.

피나와 손을 잡은 채 걷다 보니 가잘 씨의 대장간에 도착했다.

"실례합니다~. 가잘 씨, 계시나요~."

가게 안을 향해 말을 건네자 안쪽에서 가잘 씨가 나타났다.

"이런, 누군가 했더니, 기묘한 옷차림을 한 너였구나."

"안녕하세요."

"이런 이른 시간부터 무슨 일이냐."

아침 일찍이라고 해도 일반적으로는 일을 시작할 시간이다. 가잘 씨가 말하는 정도로 이르지는 않았다.

"광산의 골렘 건이 처리됐다는 보고랄까……. 가까운 시일 내에 광산에서 광석이 도착하게 될 거예요."

"설마, 네가?"

"도움 정도로요."

광산에서의 일을 간단하게 설명했다.

"미스릴 골렘이라…… 믿기지 않는구나. 게다가 아가씨가 쓰러뜨렸다니."

뭐, 평범하게 생각하면 그렇겠지.

"그래서, 미스릴 골렘의 소재로 미스릴 나이프를 부탁하고 싶은데요. 가능할까요?"

"골드 녀석에게 부탁하면 될 거야. 같은 마을에 살고 있다면 그 편이 더 편하지 않겠니?"

"일단, 부탁할 생각이긴 해요. 하지만 들은 이야기로는 미스릴 무기를 만드는 데는 시간이 걸린다고 하던데요?"

"확실히 미스릴은 가공이 어려워서 시간이 걸리긴 하지."

"그래서 골드 씨와 가잘 씨 두 분에게 부탁을 하고 싶어서요."

해체용 나이프 두 개와 전투용 나이프 두 개를 만들 생각이다.

"이유는 이해했어. 하지만 너는 크리모니아에 살고 있지 않느냐? 만들었다고 해도 바로 받으러 오기 어렵다면 골드 녀석에게 만들도록 하는 편이 편할 거야."

"그건 괜찮아요. 바로 찾아올 수 있는 방법이 있으니까요."

곰 이동문으로 간단하게 올 수 있었다. 말하진 않을 거지만.

"그렇군. 네가 괜찮다는데 내가 무슨 말을 하겠느냐."

"고마워요. 그럼, 미스릴 골렘을 꺼낼게요."

나는 곰 박스에서 부서진 미스릴 골렘을 꺼내 가게 통로에 두었다.

통로에 꽉 들어찼다.

"이게 미스릴 골렘인 건가?"

가잘 씨는 무너져 내린 미스릴 골렘에게 다가가 찬찬히 살펴봤다. 팔과 몸통을 손에 들고 들여다보듯 자세히 봤다. 그 눈매는 진지했다. 미스릴 골렘의 파괴된 단면을 살펴본 뒤, 가잘 씨의 입에서 예상외의 말이 나왔다.

"뭐야, 이 종이호랑이는."

"종이호랑이요?"

나는 가잘 씨의 말에 고개를 갸웃거렸다.

"그래. 이건 미스릴 골렘이기도 하면서 미스릴 골렘이 아니야."

"……?"

의미를 모르겠는데? 가잘 씨는 손에 들고 있던 미스릴 골렘의 단면을 내게 보여줬다.

"여기와 여기, 단면의 색이 다르지?"

가잘 씨는 굵은 손가락으로 단면을 가리켰다. 그곳을 보자 확실히 색이 달랐다.

"겉면은 미스릴이고 안쪽 면은 철이야."

"네? 정말요?!"

"거짓말은 하지 않아. 크리모니아로 돌아가면 골드에게도 확인해봐."

딱히 거짓말을 하고 있다고는 생각하지 않지만 설마 미스릴 골렘의 내부 금속이 철일 거라고는 생각 못 했다. 이게 사실이라면 종이호랑이라는 말을 들을 만했다.

"하지만, 일단 미스릴도 있는 거잖아요."

"잘 봐줘도 전체의 2분의 1, 혹은 3분의 1이 될 거야."

만약 이게 신님이 준비한 미스릴 골렘이라고 한다면…… 신님, 옹졸하잖아요. 겉만 미스릴이고 안은 철이라니. 이건 도금 같은 거잖아요. 황금 골렘을 쓰러뜨렸더니 사실은 도금이었습니다, 라는 것과 같은, 사기 같은 거라고요.

"그래서, 네 해체용 나이프를 만들면 되는 거냐?"

"그럴 생각이었는데, 전투용 나이프를 두 개 부탁드려도 될까요?"

"두 개라니, 너와 저쪽 아가씨의 몫이냐?"

"아뇨, 두 개 다 제가 사용할 거예요. 오른손용과 왼손용이 필요해요."

세니아 씨의 싸움 방법을 보고 나이프가 갖고 싶어졌다. 양손에 들고 아이언 골렘을 처치하는 모습은 멋있었다.

"이도(二刀)인가?"

"네."

"뭐, 아무렴. 부탁을 받으면 만들 뿐이지. 그럼, 손을 내밀어 봐."

나는 들은 대로 손을 내보였다(곰 장갑을 낀 채로).

"너, 나를 무시하는 거냐. 네 손의 크기, 형태를 알고 싶으니까 손을 보여달라고 하는 거지. 네 손에 맞는 나이프를 만들어야 하지 않겠느냐?"

"하지만 저는, 이 장갑을 낀 채로 나이프를 쥘 건데요."

나는 곰 장갑을 뻐끔뻐끔 움직여 보였다.

"일단은, 그 이상한 장갑을 벗고 손을 보여줘 봐."

나는 다시 곰 장갑을 벗고 손을 보여주었다.

"손이 작군."

가잘 씨가 내 손바닥을 매만졌다. 어쩐지 손이 근질거렸다.

"게다가 부드러워. 너, 정말로 이 손으로 나이프를 쥐고 싸우는 거냐?"

"마법이 메인이긴 한데, 일단은 그래요."

"그렇다면 됐지만. 조금은 단련하지 않으면 피투성이가 되도 나는 모른다. 뭐, 손 크기는 알았다. 다음은 그 이상한 장갑을 끼고 한 번 더 보여주렴."

나는 곰 장갑을 장착했다. 가잘 씨가 곰 장갑의 입에 손을 넣고 내 손바닥을 확인했다.

"좋은 소재를 사용했군."

"그런 것도 알 수 있어요?"

"뭐, 일단은 말이지. 대체로 알아. 그래서, 급한 거냐?"

"딱히 급한 건 아니에요. 천천히 만들어 주셔도 돼요."

나는 대략적인 완성 날짜를 들었다. 그 며칠 후 정도로 오면 되는 건가?

"그래서, 미스릴 타입은 어떤 타입으로 할 거냐? 이야기를 들었을 땐 마력형인 것 같은데."

"미스릴 타입이요?"

나는 처음 듣는 말에 고개를 갸웃거렸다.

"그런 것도 모르면서 미스릴 무기를 만들려고 했던 거냐?"

그런 말을 들어도 알지 못하는 건 어쩔 수 없었다. 게임 시절, 미스릴 무기에 타입 같은 건 없었다. 그런 무지한 내게 가잘 씨는 설명을 해주었다.

"우선, 순수하게 미스릴의 힘을 끌어낸 날카로움에 특화된 것. 이게 미스릴 특화형으로 주로 마법을 쓰지 못하는 자들이 사용하지. 다음으로 미스릴에 마법약을 섞어서 마력을 부가시킨 게 미스릴 마력형이란다. 이건 마법을 사용할 수 있는 자들이 사용하지. 마력형은 다른 물질을 섞기 때문에 강도는 떨어지지만 마력을 부가시켜서 단단해지지."

"음, 마력이라는 건 많든 적든 모두들 가지고 있는 거 아닌가요?"

그렇지 않으면 빛 마석으로 빛을 비춘다거나 물 마석에서 물을 꺼내는 게 불가능할 거다.

"어느 정도의 마법을 쓸 수 있는 사람이 아니면 마력형을 제대로 사용하지 못해."

그렇다는 건, 마력이 많지 않으면 마력형은 쓸 수 없다는 거네.

"어렴풋이는 알겠는데, 그래서 결국 어느 게 좋아요?"

"사용하기 나름이야. 미스릴 특화형과 미스릴 마력형이 일반적으로 붙으면 특화형이 이겨. 하지만 미스릴 특화형에 마력을 담으면 마법사에 의해 위력이 달라지지. 마법을 쓰지 못하거나 마력이 약하다면 특화형. 마력에 자신이 있다면 마력형이야."

가잘 씨는 상세하게 설명해 주었다. 그런 구별이 있었구나. 그렇다면 어느 것을 고를지는 정해져 있었다.

"마력형 미스릴 나이프로 부탁할게요."

"그럼, 나이프 두 개 몫의 미스릴을 받지."

가잘 씨는 미스릴 골렘의 일부를 가져갔다. 일부라고는 해도 무거울 텐데, 가볍게 운반해 갔다. 역시 드워프인 건가?

"남으면 돌려주마."

"그래서, 대금은 얼마 정도인가요?"

"그렇지. 미스릴을 가져왔으니 이 정도려나."

시세는 알지 못하지만 가잘 씨가 속이는 짓은 하지 않을 것 같으니 그대로 받아들였다.

"대금은 나이프를 가지러 올 때 지불해도 된단다."

"그럼, 다음에 올 때 드릴게요."

요금 이야기도 끝나고, 나는 문득 아이언 골렘을 떠올렸다.

"맞다. 기념품이 있는데, 필요하세요?"

나는 남은 미스릴 골렘을 곰 박스에 넣고 전격 곰 펀치로 쓰러뜨린 아이언 골렘을 꺼냈다. 통로에 아이언 골렘이 세워졌다.

"뭐야?!"

아이언 골렘을 본 가잘 씨가 놀랐다. 뭐, 흠집 없는 상태로 아이언 골렘이 나오면 놀라긴 하려나.

"아이언 골렘인데, 대장간 인테리어에 어떨까 싶어서요. 입구에

세우면 정말로 대장간이라는 느낌이 들지 않을까요?"

"손님이 안 들어올 거야!"

"좋은 아이디어라고 생각했는데……. 골렘에 검이나 방패를 쥐게 하면 눈에도 띄어서 선전도 될 거예요."

"어디 문지기냐."

가잘 씨는 어이없다는 듯한 표정을 지었다.

"그리고, 그런 비싼 물건을 무료로 받을 수는 없어."

"딱히 상관없어요. 많이 있으니까."

쓸모가 거의 없는 아이언 골렘이었다. 한 마리 정도 선물해도 문제는 없었다.

"많이 있다니, 너, 정말로 뭐 하는 녀석이냐. 골드의 편지에 따르면 겉보기엔 좀 그래도 우수한 모험가이니 일손 좀 빌려달라고는 쓰여 있긴 했지만……."

"일단, 랭크 C인 모험가예요."

"랭크 C……, 그거라면 납득되려나?"

가잘 씨는 새삼 내 곰 복장을 보고 미묘한 얼굴을 했다.

"일단, 알겠다. 그 아이언 골렘은 미스릴 나이프의 대금으로 받으마. 그리고 앞으로의 나이프 관리는 무료로 해주지."

"대금은 확실하게 지불할게요."

"필요 없어. 하지만 방해가 된다면 저 녀석은 처분하겠어."

가잘 씨는 무뚝뚝하게 말했다.

"그럼, 가게 구석에 둘게요."

나는 곰 장갑에 힘을 주고 아이언 골렘을 가게 구석으로 이동시켰다.

"여기라면 방해가 되지 않겠죠."

뒤로 돌아보자, 피나와 가잘 씨가 눈을 동그랗게 뜨고 나를 바라봤다.

"왜 그래요?"

"유나 언니……."

"너, 손은 그렇게나 부드러운데, 대단한 힘을 가지고 있구나."

아아, 아이언 골렘을 이동시켜서 놀란 거군. 보통 가냘픈 소녀가 아이언 골렘을 들어 올리거나 하지는 않지.

"그럼, 바로 만들도록 할 테니 완성되면 가지러 와라."

그렇게 마무리를 하고 가게에서 나가려고 할 무렵, 문득 떠올랐다.

"맞다. 가잘 씨, 봐주셨으면 하는 게 있는데 괜찮나요?"

"뭐지?"

나는 곰 박스에서 미스릴 골렘을 토벌했을 때 손에 넣은 곰모나이트를 꺼냈다.

"이 돌이 뭔지 아시나요?"

가잘 씨에게 곰모나이트를 건넸다. 받아 든 가잘 씨는 눈을 집중해서 곰모나이트를 바라봤다. 일단 곰모나이트의 이름은 덮어두었다.

만약, 이 세계에 곰모나이트 같은 이름의 광석이 없다면 내가 직접 이름을 지은 거라고 생각하게 될 수도 있다. 가잘 씨는 곰모나이트를 여러 방향에서 살펴봤으나 고개를 갸웃거렸다.

"내가 아는 한으론 본 적이 없다."

드워프인 가잘 씨도 모르는 광석이라니, 곰모나이트라는 거 정말 뭐야?

"미스릴 골렘이 있던 곳에 떨어져 있었어요."

정확하게는 묻혀 있었지만.

"보통 돌이 아니라는 건 알겠지만 그 이외의 것은 모르겠어. 내 사부라면 알고 있을지도 모르지만."

"가잘 씨의 사부요?"

"그래, 고향 마을에 계셔서 바로 봐달라고 할 수는 없지만 말이야."

"가잘 씨의 고향이라뇨?"

"광산 근처에 드워프가 모여 있는 마을이 있어. 거기에서 사부에게 대장장이 기술을 배웠지."

"드워프가 모여 있는 마을? 그런 마을이 있어요? 여기서 먼가요?"

드워프 마을이라니, 어디의 판타지 이야기인 거야? 있다면 꼭 한번 가보고 싶다.

"멀지. 간단하게 갈 수 있는 거리가 아니라는 건 확실해."

"장소를 알려줄 수 있나요?"

"가고 싶은 게냐?"

"언젠가는 가보고 싶어서요."

드워프 마을도 가보고 싶고, 엘프의 나라도 가보고 싶었다. 엘프의 나라라면 엘프인 사냐 씨에게 물어보면 장소를 알려주려나?

기대가 점점 부풀었다.

"만약 정말로 갈 거라면 사부에게 소개장을 써주지."

"정말요? 부탁드릴게요!"

"그럼, 미스릴 나이프를 건네줄 때 소개장도 준비해 두마."

"고마워요."

드워프 마을의 정보를 얻었다.

161 곰 씨, 곤란에 빠진 여자아이에게 말을 건네다

가잘 씨에게 나이프를 부탁한 뒤, 왕도에 온 김에 모린 씨에게 부탁받은 일을 처리하기로 했다.

"피나, 또 들르고 싶은 데가 있는데, 괜찮을까?"

"어디로 가는데요?"

"모린 씨에게, 왕도에 갈 거면 가게를 보고 와달라는 부탁을 받았거든."

밖에서라도 좋으니, 더럽혀져 있지는 않은지 확인해달라고 부탁받았다. 남편이 남긴 소중한 가게다. 나중엔 돌아오고 싶을지도 모른다. 만약, 왕도로 돌아오고 싶다고 하면 막지 않고 보내줄 생각이다. 가능하면 아이들도 성장하고 내 가게가 괜찮아졌을 때 돌아가면 고마울 텐데……. 모린 씨도 아이들이 성장할 때까지는 기다려줄 거라고 생각한다.

나는 모린 씨의 가게로 찾아왔다. 작은 가게지만 정겨웠다. 여기에서 모린 씨가 만든 빵을 사고, 모린 씨와 카린 씨가 공격을 받고 있는 것을 구해줬다. 그 만남이 없었다면 두 사람과 만나는 일도, 두 사람이 크리모니아로 오는 일도 없었을 것이다.

딱히 낙서 같은 게 되어 있지는 않은 모양이다. 원래 세계라면 셔터 같은 곳에 스프레이로 낙서가 되어 있는 일이 종종 있으니까 말이다.

"유나 언니, 가게 앞에 누가 앉아 있어요."

정말이다. 가게 앞에 한 여자아이가 무릎을 끌어안고 앉아 있었다. 누구지? 혹시, 모린 씨의 빵을 못 사서 풀이 죽어 있는 건가? 하지만 가게를 폐점하고 시간이 꽤 지났는데…….

조금 신경이 쓰여서 말을 건네기로 했다. 모르고 왔다면 가여웠다.

"이런 곳에 앉아서 뭐 하고 있니?"

내가 말을 건네자, 옅은 갈색 머리를 한 여자아이가 얼굴을 들어 올렸다. 나와 비슷해 보이는 나이대의 여자아이였다. 머리카락은 어깨 높이보다 조금 더 길었다.

"곰?"

"가게라면 안 하고 있어."

곰은 무시하고, 사실만을 전달했다.

"응, 들었어. 무슨 트러블이 있었고, 이 가게에서 일하던 사람은 어디로 가버렸대."

그 사건을 봤던 사람이 있다면 그렇게 생각하려나. 가게 안에서 소란이 일어났고, 며칠 후에 가게 사람들이 사라져 버렸다. 더구나 국왕의 탄신제가 끝남과 동시에 말이다. 그 소란 속에 사라졌으니 소문이 나도 나겠지.

"모린 고모, 어디로 가버린 거지……. 무사하다면 무사하다고 알려줘요……."

여자아이는 슬픈 듯이 모린 씨의 이름을 꺼내더니 고개를 숙여 무릎을 끌어안았다. 나와 피나는 여자아이에게서 나온 이름에 놀라 얼굴을 마주 봤다.

"저기, 모린 씨와 아는 사이니?"

사실은 가볍게 말을 걸어볼 심산으로 바로 지나치려 했는데, 모린 씨의 이름이 나왔으니 그냥 지나칠 수는 없었다.

"모린 고모에 대해 아는 거야?!"

내게서 모린 씨 이름이 나오자 여자아이는 다시 고개를 들어 나를 바라봤다.

"모린 고모가 어디에 있는지 알고 있어? 몇 명한테 물어봤는데 아무도 모른다고 했어."

모린 씨, 주변 사람들에게 크리모니아로 간다는 말을 안 한 건가?

"모린 씨와 딸 카린 씨는, 크리모니아에서 새로 가게를 열었어."

"그게 정말이야?!"

여자아이는 일어서서 내 어깨를 강하게 쥐었다.

"정말이야. 나와 이 아이는 크리모니아에서 오기도 했고, 모린 씨와 카린 씨와도 아는 사이야."

여자아이는 내 말에 옆에 있는 피나를 바라봤다. 피나는 「네, 맛있는 빵을 제공받고 있어요」라고 대답했다.

"사실인 거지? 사실이야. 아아, 다행이야. 죽지 않았구나. 가게를 공격받았다고, 무서운 남자들이 모린 고모를 찾고 있다는 이야기를 들었을 때는 어쩌면, 이라고 생각했어."

여자아이는 기력이 빠졌는지 땅바닥에 주저앉았다.

분명 부분적으로 이야기를 들으면 죽어도 이상하지 않을 상황이었다. 거기에 곰이 도와줬다는 정보는 없나?

"하지만, 크리모니아 마을에서 가게를 열었구나. 고모부가 돌아가셨을 때는 어떻게 되는 건가 싶었는데, 다행이야."

"즉, 너는 모린 씨와 아는 사이라는 거지?"

지금까지의 이야기로 어쩐지 알 것 같았지만, 일단 물어봤다.

"그게, 모린 고모는 아버지의 여동생이셔."

예상은 하고 있었지만, 역시 친척이었군.

모린 씨, 친척에게도 자신들이 크리모니아로 갔다는 걸 알리지 않은 건가요? 모린 씨라면 그런 부분에 관해선 확실하게 할 것 같은데.

"저기, 알려줘서 고마워."

여자아이는 내 곰 장갑을 잡고는 감사 인사를 했다.

"하지만, 크리모니아라……. 돈이 되려나?"

여자아이는 돈이 들어 있는 돈주머니를 벌려 안을 확인했다.

"으으, 부족할지도……. 오늘 묵을 숙박비도 생각해야 하고, 모린 고모가 있는 곳에서 신세를 질 예정이었으니까 돈도 그다지 없기도 하고……."

여자아이는 지갑을 보더니 슬픈 표정을 지었다.

"으으, 어딘선가 일을 찾아서 돈을 벌어야겠네."

"……유나 언니."

피나가 옷을 잡아당겼다. 알고 있어. 어떠한 이유로 모린 씨를 만나러 가는지는 알 수 없지만 모린 씨의 친척이라면 내버려 둘 수도 없었다. 만일 무슨 일이 생기기라도 한다면 모린 씨를 만날 면목이 없었다.

나는 곰 박스에서 돈을 꺼내 여자아이 앞에 내밀었다.

"……?"

"이거 써."

예전에 모린 씨와 카린 씨에게 건넸던, 호위가 붙은 크리모니아행 마차 값만큼을 건네주었다.

여자아이는 돈과 나를 번갈아 봤다.

"저기……?"

"이것만 있으면 크리모니아행 마차에 탈 수 있을 거야."

여자아이는 돈을 가만히 바라보기만 할 뿐 좀처럼 받으려고 하지 않았다. 나는 성가셔서 여자아이의 손을 잡고 그 손바닥 위에 돈을 올렸다.

"잠깐만, 알지도 못하는 여자애에게 돈을 받을 수는 없어. 모린 고모가 있는 곳을 알려준 것만으로도 충분히 고마워. 게다가 모르는 사람에게 그렇게 돈을 간단하게 건네주면 안 되는 거야. 부모님께 배우지 않았니?"

같은 나이대인데 아이 취급을 받는 것 같은 기분이 들었다.

"알지도 못하는 사람이 아니야. 모린 씨와는 아는 사이니까, 모린 씨의 친척인 너를 내버려 둘 수는 없어. 만약 내버려 둔 게 알려진다면 모린 씨를 볼 면목이 없어지니까. 그러니 돈에 대해서는 신경 쓰지 않아도 돼. 만약 갚고 싶다면 나도 크리모니아로 돌아갈 거니까 나중에 갚아주면 돼."

여자아이는 잠시 생각하더니 손에 들린 돈을 감아쥐었다.

"고마워. 돈은 반드시 갚을게. 집이 있는 곳을 알려주지 않을래?"

"모린 씨가 있는 곳에 가면 또 만나게 될 거야. 모린 씨는 『곰씨 쉼터』라는 빵 가게에서 일하고 있으니까 잊지 말고."

"그럼 적어도 너의 이름이라도 알려줘."

"나는 유나야. 나에 관한 건 모린 씨에게 물어보면 알 수 있을 거야."

"나는 네린이야. 유나, 고마워. 돈은 반드시 갚을게."

나와 피나는 모린 씨의 조카인 네린과 헤어졌다.

그건 그렇고, 가게 앞에서 모린 씨의 친척과 만날 줄은 몰랐다. 어쩌면 가게에서 일하기로 되어 있었을지도 모른다.

"유나 언니. 어째서 모린 씨가 유나 언니네 가게에서 일한다고 말하지 않았어요?"

"그러는 편이 재미있잖아."

"유나 언니, 짓궂네요."

게다가 내 가게라기보다 모린 씨의 가게라고 마음속으론 생각하고 있다. 그래서인지도 모른다.

네린과 헤어진 우리는 노점에서 식사를 하고 크리모니아로 돌아왔다.

"드디어 돌아왔다."

오랜만에 우리 집, 크리모니아의 곰 하우스 본가로 돌아왔다. 당일치기로 있을 예정이었는데 며칠이나 걸릴 줄은 생각도 못 했다. 게임 이벤트라고 생각할 건 아니지만 큰 사건이었다.

하지만 미스릴을 손에 넣을 수 있었으니 만족이다. 그만큼 피나에게는 민폐를 끼쳤지만.

"유나 언니, 오늘은 어떻게 하실 거예요?"

돌아오는 길에 왕도의 노점에서 식사를 때우고 왔기 때문에 시간적으로 점심시간을 조금 넘긴 때였다.

"피나도 지쳤지? 집까지 데려다줄 테니까 오늘은 쉬어도 돼."

열 살짜리 여자아이가 며칠간 외박을 했으니 지칠 만하다. 게다가 나도 쉬고 싶었다.

"유나 언니. 집 정도는 혼자서 돌아갈 수 있으니까 괜찮아요."

집까지 데려다주려고 했지만 거절당했다.

"하지만, 티루미나 씨에게 제대로 인사를 해야지."

"괜찮아요. 어머니도 알고 있으니까요."

"그래? 그럼, 내일 아침에 슈리랑 같이 집으로 와."

"슈리랑 같이요?"

피나가 고개를 갸웃거렸다. 이상한 말을 했나?

"응, 둘이서 와."

"알았어요. 그럼, 내일 아침에 슈리랑 올게요."

"티루미나 씨에게 잘 전해주고."

피나는 고개를 끄덕였다.

"유나 언니. 이번엔 여러 가지로 힘들었지만, 왕도에 데리고 갔다 와줘서 고마웠어요. 국왕 폐하과 만났을 땐 살아 있다는 느낌이 들지 않았지만, 재미있었어요."

"즐거웠다면 그걸로 됐어."

"국왕 폐하과 만나는 건 조금 싫지만, 다음번엔 슈리랑 같이 성의 정원을 보고 싶어요."

"언제 다 같이 가자."

"네."

피나는 대답을 하고 곰 하우스에서 나갔다.

혼자가 된 나는 오늘은 외출하지 않고 방에서 곰돌이와 곰순이와 함께 한가롭게 보내기로 했다.

162 곰 씨, 피나 님께 꾸중을 듣다

크리모니아로 돌아온 다음 날, 피나가 슈리를 데리고 곰 하우스로 찾아왔다.

제대로 약속을 지키는 착한 아이다.

"유나 언니, 좋은 아침이에요."

"안녕, 유나 언니."

자매가 사이좋게 인사를 했다.

"두 사람 모두 좋은 아침. 그럼, 가볼까?"

두 사람을 데리고 곰 하우스를 나섰다.

"티루미나 씨에겐 혼나지 않았어?"

어제, 혼자서 돌려보낸 게 마음에 걸려서 나도 모르게 물었다.

"네, 괜찮았어요. 유나 언니랑 같이 간 거라 걱정하지 않으셨어요."

신뢰 받아서 기쁜 것 같으면서도, 부모로서 그래도 되는지, 지적하는 게 맞는 건지 반응하기 곤란했다.

"유나 언니, 오늘은 어디 가는 거야?"

슈리가 피나의 손과 내 곰 장갑을 잡으면서 물었다.

"골드 씨가 있는 곳에 나이프를 만들러 갈 거야."

"나이프 만들러?"

슈리가 작게 고개를 갸웃거렸다. 그러고 보니 설명하지 않았구나.

"얼마 전에 피나와 같이 외출해서 미스릴이라는 광석을 얻었거든. 그 광석으로 골드 씨에게 나이프를 만들어달라고 할 거야."

어린 슈리가 알기 쉽도록 설명해줬다.

"근데 왜 나도 가는 거야?"

"그건 슈리의 작은 손에 맞는 해체용 나이프를 만들기 위해서지."

슈리의 조그마한 손을 잡아봤다. 정말로 작은 손이다.

"나이프라면, 전에도 유나 언니에게 받았는걸."

"그 나이프와는 다른 나이프야."

"다른 나이프?"

슈리는 재차 고개를 갸웃거렸다.

뭐, 일곱 살짜리 아이에게 광석의 종류를 말해도 이해 못 하겠지.

"그 나이프보다 잘 잘리는 나이프야."

최근 슈리는 여러 가지에 흥미를 가지기 시작했다. 피나가 곰하우스에서 마물이나 동물들의 해체 작업을 하고 있으면 같이 따라와서 해체하는 것을 보거나 도와줬다.

또, 가게로 가면 모린 씨와 안즈가 만든 빵과 요리에 관심을 가지고, 부엌에 얼굴을 비추기도 했다. 게다가 공부도 해서 티루미나 씨를 돕기도 하며, 고아원의 꼬끼오 돌보기 일도 하고 있다.

여러 가지로 흥미를 가지는 시기인 건가?

그래서 얼마 전에 피나의 해체 작업을 보고 있던 슈리에게 한 번도 사용하지 않은 내 해체용 나이프를 선물했었다. 일곱 살짜리 여자아이에게 해체용 나이프 같은 걸 줘도 될까 걱정했지만 티루미나 씨와 겐츠 씨는 아무런 말도 하지 않았다. 일본이었다면 아이에게 나이프 같은 걸 쥐게 하면 혼날 테지만 이 세계에서는 아이라도 필요하다면 허락하는 모양이다.

참고로 상시 가지고 돌아다니는 건 위험하기 때문에 나이프는 곰 하우스 창고에 두었다. 피나의 해체 작업을 도울 때만 사용하도록 하고 있다.

슈리가 앞으로 어떤 길로 나갈지는 모르지만, 어쩌면 아버지인 겐츠 씨처럼 길드에 취업해서 마물의 해체를 할지도 모른다. 그렇다면 해체하는 기술을 몸에 익혀 나쁠 건 없었다.

나야 해체용 미스릴 나이프를 만들어도 안 쓸 거고, 그렇다면 조금이나마 사용하는 슈리의 나이프를 만드는 편이 도움이 될 것이다.

"유나 언니, 혹시 슈리에게도 미스릴 나이프를 주실 건가요?!"

"그럴 거야. 어제 얘기하지 않았던가?"

"슈리와 함께 집으로 오라고만 했어요."

"그랬나?"

"그랬어요!"

피나는 내 말을 듣더니 볼을 부풀리며 화를 내기 시작했다.

"유나 언니! 이상해요! 유나 언니의 머리는 대체 어떻게 되어 있는 거예요?!"

"뭐야, 왜 화를 내는 거야?"

피나가 갑자기 큰 소리를 내다니 드문 일인데. 게다가 화를 내다니…….

"미스릴 나이프가 얼마나 비싼지 아세요? 저도 받아도 되는 건지 불안한데, 슈리의 몫까지 만들겠다니, 당치도 않아요!"

화내고 있다기보다는, 설교에 가까웠다. 슈리는 그런 언니를 보고 당황하고 있었다.

"음, 피나 씨? 그렇게나 화낼 일인 건가?"

지금의 피나를 보고 있으니 어쩐지 『씨』를 붙여서 불러버렸다.

"미스릴 나이프 하나가 어머니의 급여 몇 개월 치라고 생각하세요?!"

피나의 설교는 멈추지 않았다.

얼마 전까지 미스릴이 존재하는 것을 몰랐기도 했고, 미스릴의 가치 같은 건 비싸다는 것 정도밖에 알지 못했다. 게다가 나는 이세계 사람이야. 이세계 사람에게는 어려운 질문이란다.

그렇지만 그런 말은 할 수 없으니, 적당히 대답해봤다.

"그게……, 3개월분 정도려나?"

전혀 관계없는 얘기지만, 일본의 결혼반지는 급여 3개월 치라는 이야기가 떠올라서 그렇게 말해버렸다.

"틀렸어요! 그렇게 쌀 리가 없잖아요!"

또 혼났다. 사람들이 많이 오가는 길바닥에서 열 살짜리 여자아이에게 혼나고 있다니…….

“이전부터 생각했지만, 유나 언니의 금전 감각은 이상해요!”

“죄송합니다.”

이야기가 이상한 방향으로 흘러갔다. 하지만 지금의 피나에게 지적을 하는 건 불가능, 게다가 짚이는 부분이 있기 때문에 반론도 불가능했다. 그래서 지금은 조용히 피나의 설교를 들을 수밖에 없었다.

최종적으로 피나에게 들은 미스릴 나이프의 금액은 티루미나 씨 급여의 몇 배 정도가 아니었다.

티루미나 씨의 급여, 그렇게나 적었구나. 다음번에 티루미나 씨의 급여를 올려줘야겠네. 하지만, 지금은 그런 이야기를 할 때가 아니다.

“유나 언니는 조금 더 생각하고 행동하세요.”

“미안.”

반론하면 더 혼날 것 같았기 때문에 순순히 사과했다. 그러자 팔이 잡아당겨졌다. 아래쪽을 바라보니 슈리가 당기고 있었다.

“유나 언니. 나, 나이프 필요 없어.”

언니의 사나운 얼굴에 겁이 난 슈리는 미스릴 나이프를 거절했다.

“그러네. 준다고 하면 언니에게 혼날 테니 빌려주는 거로 하자.”

나는 그렇게 말하며 슈리의 머리를 쓰다듬었다.

“유나 언니!”

"빌려주는 것 정도라면 괜찮잖아. 필요할 때 쓰면 되는 거고, 쓰지 않으면 창고에 두기만 하는 건데."

"그렇지만……."

그럼에도 피나는 납득이 가지 않는 모양이었다.

"사용하는 건 피나가 있을 때만 하는 걸로 할게. 게다가 피나도 조금은 생각해봐. 내가 해체용 미스릴 나이프를 가지고 있는다고 해서 사용할 것 같아?"

이번에는 조금 자신 있게 이야기했다.

이제껏 해체에 도전해보겠다고 생각한 적은 있었다. 하지만 실제로 해체하는 건 불가능했다. 전투에서 마물이나 동물을 갈라 본 경험이 있기에 울프의 배를 가르는 건 가능했지만, 가른 뒤 온기가 남은 뱃속에 손을 집어넣는 건 도저히 불가능했다.

갈라진 뱃속에 손을 넣는 건 일본 도시에서 자란 현대 아이에게는 레벨이 높은 작업이었다. 이것만큼은 게임 세계에서도 경험을 쌓지 않았다. 쓰러뜨리면 해체 작업을 하지 않고도 아이템 박스에 들어가 있었다.

"유나 언니, 모험가잖아요?"

네, 모험가입니다. 피나가 어이없다는 듯이 나를 바라봤다. 하지만 안 되는 건 안 되는 겁니다. 그런 내가 해체용 미스릴 나이프를 가져봤자 『곰(돼지) 목에 진주』다.

스킬 중에 해체술이라도 있었다면 좋았을 텐데. 만지면 멋대로 해체해 준다든가. 생떼를 써도 방법이 없었다. 그렇게 내가 풀이 죽어 있자 피나가 웃기 시작했다.

“정말이지, 유나 언니. 그렇게 풀 죽어 있지 마세요.”

“피나?”

“유나 언니가 해체 작업이 가능해지면 제가 곤란해져요. 제가 유나 언니를 도울 수 있는 건 해체뿐이잖아요. 게다가 유나 언니가 해체를 할 수 있었다면 아마도 이렇게 같이 있지 못했을 거라고 생각하거든요.”

피나가 잡고 있던 곰 장갑에 힘이 들어갔다. 피나는 아래를 바라보며 잠깐 슬픈 표정을 지었다.

“…….”

“유나 언니와 처음 만났을 때, 유나 언니가 해체를 못 해서, 제가 대신 해체를 할 수 있었기 때문에 지금이 있다고 생각해요. 그러니 유나 언니는 해체는 못 해도 괜찮아요. 제가 할 테니까요.”

피나는 얼굴을 들고 그렇게 말했다. 그 얼굴은 농담 같은 게 아니라 솔직한 피나의 마음을 나타내고 있었다.

“피나…….”

“나도 도울게.”

슈리가 내 곰 장갑과 피나의 손을 잡으면서 선언했다. 어쩌면, 내가 해체가 가능하게 되면 버림받을 거라고 생각했을지도 모른다. 그런 짓을 할 리가 없는데. 두 사람이 곰 장갑을 쥐고 있기 때문에, 대신 끌어안듯 두 사람을 품에 감쌌다.

"그럼 다음번에는 드래곤이라도 쓰러뜨리고 올 테니까, 그때는 잘 부탁해."

"네, 열심히 해체할게요."

"열심히 할게!"

나는 피나와 슈리의 머리를 쓰다듬었다.

귀여운 자매야.

"그렇지만 금전 감각은 고쳐야 해요."

"고치겠습니다."

모두에게서 웃음이 새어 나왔다.

163 곰 씨, 해체용 나이프를 만들러 가다

피나와 슈리와 함께 골드 씨네 대장간에 도착했다.

"실례합니다~."

우리는 대답을 기다리지 않고 가게 안으로 들어섰다. 가게 안에 있는 사람은 여느 때처럼 넬트 씨일 거라고 생각했는데 아니었다. 가게 안에는 무뚝뚝해 보이는 얼굴로 판매용 검을 닦고 있는 골드 씨가 있었다.

"골드 씨?"

"오, 피나와 슈리. 그리고 곰 아가씨로군."

피나와 슈리의 얼굴을 보더니 무뚝뚝했던 얼굴이 손녀의 얼굴을 보는 할아버지처럼 바뀌었다.

"골드 씨가 가게를 지키고 있다니 드문 일이네요."

드물기 이전에 처음 보는 것일지도……?

"일도 하지 않고 계속 자고 있었더니 넬트에게 발로 차였지 뭐냐. 마지못해서 이렇게 가게 물건을 닦고 있었지."

"넬트 씨는요?"

"근처 지인하고 나갔어. 그래서, 무슨 일이냐? 왕도로 가지 않았었나?"

"가잘 씨와 만나고 왔어요. 소개장 고마웠습니다."

넬트 씨에게는 소개장을 받을 때 감사 인사를 했지만, 정작 소개장을 써 준 골드 씨에게는 아직 하지 않았었다.

"돌아오는 게 빠르지 않니? 그래, 너라면 소환수인 곰이 있었지."

혼자서 의문을 가지시더니 혼자서 멋대로 대답을 내렸다. 곰 이동문으로 이동했지만 골드 씨의 대답을 부정하지는 않았다.

하지만 골드 씨에게는 곰돌이와 곰순이를 보여준 적이 없는데 알고 있었던 모양이다. 뭐, 크리모니아에서는 숨기거나 하지 않으니 골드 씨가 알고 있어도 이상한 일은 아니었다.

"그래서, 가잘은 잘 지내고?"

"잘 지내는 것 같았어요."

"그렇군, 그 녀석…… 한동안 만나지 못했네. 다음번에 넬트와 만나러 가볼까나……."

골드 씨는 자신의 긴 턱수염을 만지면서 그리운 듯이 말했다.

"그래서 미스릴 나이프는 얻었나?"

"뭐, 여러 가지로 고생했지만, 미스릴 광석은 손에 넣었어요. 그래서 골드 씨에게 피나와 슈리의 해체용 미스릴 나이프를 만들어 달라고 부탁하려고요."

"가잘 녀석에게 만들어달라고 하지 않은 거야?"

"가잘 씨에겐 제 전투용 나이프를 부탁했어요. 하지만 피나와 슈리의 나이프는 관리하는 것도 생각해서 골드 씨에게 부탁하려고요. 골드 씨도 다른 사람이 만든 나이프를 관리하는 건 싫으시잖아요."

"그렇지는 않아. 다른 사람이 만든 칼을 보는 건 공부가 되지. 다른 사람의 좋은 점을 받아들여서 기술을 연마하지 않으면 성장하지 않으니까 말이야."

어쩐지 멋있다. 진정한 장인이라는 느낌이다.

"그런데 정말 이 아이들에게 미스릴 나이프를 만들어주는 거니? 곰 아가씨는 미스릴의 가치를 알고 있는 거야?"

"알고 있다고 생각하는데요."

여기로 오는 동안 피나에게 배웠습니다.

"알고 있다면 됐어. 그래, 피나의 나이프를 만들면 되는 거지?"

"그리고 슈리의 몫도 부탁할게요."

"……한 번 더 묻겠는데, 정말로 미스릴의 가치를 알고 있긴 한 거냐?"

골드 씨는 눈을 가늘게 뜨고 나를 바라봤다.

"알고 있어요."

역시 어린아이에게 줄 물건이 아닌가 보다.

"슈리의 나이프는 필요할 때 빌려주는 식으로 쓸 생각이에요."

"그렇군. 그럼 곰 아가씨의 해체용 나이프는 됐고?"

"만들어도 사용하지 않으니까요."

"아가씨는 모험가이지 않았나?"

역시, 모두들 생각하는 게 같구나. 모험가는 해체 정도도 하지 못하면 안 된다는 건가? 뭐, 곰 박스도 있고, 해체 장인인 피나가 있어서 앞으로도 해체할 생각은 없었다.

"그래, 미스릴 광석은 어느 정도 있는 거지?"

"광석이랄까, 골렘인데요."

나는 곰 박스에서 반파된 미스릴 골렘을 꺼냈다.

"이거, 전부 미스릴인 거냐?"

"가잘 씨가 말하기론 종이호랑이인 모양이에요."

"종이호랑이?"

나는 가잘 씨에게 들은 이야기를 그대로 설명했다. 골드 씨는 내 설명을 듣더니 미스릴 골렘에게 다가가 골렘의 일부를 손에 들었다.

"가잘 녀석도 재미있는 말을 했군. 철과 미스릴의 합판이라. 미스릴 골렘을 보는 것도 처음이지만, 이런 골렘을 보는 것도, 듣는 것도 처음이야."

종이호랑이인 골렘은 골드 씨도 들은 적이 없는 모양이군.

"하지만 충분한 미스릴의 양이네. 없는 부분은 가잘이 가져갔나?"

미스릴 골렘의 일부는 가잘 씨가 내 나이프를 만들기 위해 떼어갔다.

"그럼, 나도 나이프의 소재만큼을 받지."

골드 씨는 미스릴 골렘의 일부를 떼어냈다. 드워프는 힘이 장사로군.

"그래서, 언제까지 필요하니?"

"딱히 서두르는 건 아니지만, 피나 쪽을 먼저 만들어 주셨으면 해요."

블랙 타이거의 해체는 그다지 서두르고 있지는 않았다. 해체가 되면 좋겠다는 정도였다.

"알겠다. 일단 피나의 나이프는 3일 후까지 끝내도록 하지."

"네. 그리고 비용 말인데요. 어느 정도인가요?"

가잘 씨가 만들어 주는 전투용 나이프와는 가격이 다르리라 생각하고 있었는데, 내가 전혀 예상하지 못했던 답이 돌아왔다.

"몰라, 그 부분은 넬트에게 맡기고 있어."

이 드워프, 안 되겠네. 가잘 씨도 장인이지만 그 부분은 제대로 알고 있었다. 하지만 골드 씨는 만드는 것밖에 못 하는 장인인 모양이다.

그래서 언제나 매장에서는 넬트 씨밖에 보지 못했었군.

"음, 그럼 어떻게 하죠?"

"넬트에게 물어봐 줘!"

이거, 가게 맡겨둬도 되는 거야?

그 뒤, 골드 씨는 피나와 슈리의 나이프를 만들기 위해 두 사람의 손을 보고, 감싸 줄 그립은 어떤 소재로 할지 이야기를 나눴다. 나는 잘 모르는 이야기였다. 그건 슈리도 마찬가지인지, 나이프에 관한 건 피나에게 맡기고 조용히 이야기를 듣고 있었다.

매장에 있는 무기를 둘러보고 있는데 가게 안으로 누군가가 들어왔다.

"이런, 유나 아니니?"

들어온 건 넬트 씨였다.

"넬트 씨? 다행이에요. 넬트 씨에게 묻고 싶었던 게 있었어요."

"뭔데?"

나는 미스릴을 손에 넣었다는 것과 피나와 슈리의 나이프를 주문하러 왔다는 것, 안에서 피나와 슈리가 이야기를 나누고 있다고 말했다.

"그런데, 골드 씨가 가격을 모른다고 해서……."

"그건 미안하게 됐어. 가게에 있는 물건들 정도라면 남편도 판매는 할 수 있는데, 신규 물건에 대한 판단은 무리거든. 그나저나 금액도 정하지 않고 저 바보 양반은 받아들인 모양이네."

기가 막힌 듯 넬트 씨는 한숨을 쉬었다.

"그 부분은 골드 씨와 넬트 씨를 믿고 있어요."

"그렇게 말해줘서 고마워. 그럼, 조금 싸게 해줄까."

"괜찮나요?"

"그래, 저 양반에게 일을 준 보답이야."

하긴, 저런 장인에게는 일을 주지 않으면 안 되지.

"그리고, 넬트 씨에게 선물이 있어요."

"선물?"

“미스릴을 얻을 때 같이 얻게 된 게 있거든요. 장식으로 써 주시면 기쁠 거예요.”

나는 가게의 방해가 되지 않는 곳에 아이언 골렘을 꺼냈다. 넬트 씨는 놀란 표정을 짓더니 아이언 골렘으로 다가가 만져보기 시작했다.

“안 움직이는 거지?”

“안 움직여요.”

“어느 곳에도 상처가 없잖아. 이렇게나 상태가 좋은 아이언 골렘은 처음 봤어. 설마, 이걸 선물로 준다는 거니? 이 만큼의 철을 팔면 얼마가 되는지 알기나 해?”

“무기와 창을 들게끔 해서 가게에 장식해 주셨으면 좋겠는데요.”

“확실히, 이런 깨끗한 상태의 아이언 골렘을 녹이는 건 아깝긴 하네. 하지만 무기를 들게 하기엔 팔이 꺾이지 않아.”

넬트 씨는 톡톡 하고 아이언 골렘을 치면서 말했다. 아이언 골렘의 포즈는 쓰러졌을 때 그대로였다.

“이건 한번 팔을 빼서 접촉 부분을 움직일 수 있도록 하면 될 것 같네.”

역시 장인의 부인이다. 하지만 그런 게 가능하다면 남아 있는 골렘들도 개조해달라고 할까? 그럼 여러 포즈가 가능하다.

넬트 씨는 아이언 골렘을 받아 무기와 창 등을 들도록 만들어서 장식해 주기로 약속해 주었다. 그리고 가잘 씨처럼 미스릴 나이프의 대금은 무료가 됐다.

"미스릴 소재도 가지고 왔잖니. 나머지는 주인의 기술 비용뿐이니 아무런 문제 없어."

그 기술이야말로 돈으로 살 수 없는 거라고 생각하는데. 하지만 모처럼의 호의이기 때문에 나는 넬트 씨 말을 받아들이기로 했다.

넬트 씨와 이야기를 나누는 사이에 피나와 슈리가 용무를 마치고 나왔다.

"그럼, 부탁드릴게요."

"부탁해요."

피나와 슈리는 골드 씨에게 고개를 숙였다.

"끝났어?"

"네, 좋은 물건이 만들어질 것 같아요."

피나가 기뻐하며 말했다.

"좋은 나이프가 만들어지면 좋겠네."

"네."

우리는 넬트 씨와 골드 씨에게 인사를 하고 가게를 나왔다.

164 곰 씨, 블리츠 일행과 재회하다

골드 씨의 가게를 뒤로한 우리는 티루미나 씨가 있는 곳으로 향했다. 허가를 받았다고는 하지만 피나를 며칠 동안 외박하게 한 것을 사과하기 위해서다. 피나에게는 필요 없다는 말을 들었지만, 역시 그 부분은 제대로 해두지 않으면 안 됐다.

"유나에게라면 언제든지 빌려줄 수 있으니 마음대로 데리고 다녀도 돼."

사과를 했더니 그런 대답이 돌아왔다. 딸을 그렇게 취급해도 되는 건가요? 하지만 지적은 하지 않았다. 이 부분은 순순히 받아들였다.

"그럼, 앞으로도 빌리도록 하겠습니다."

대화를 듣고 있던 피나는 「어머니!」라며 소리쳤다. 흐뭇해지는 광경이다.

"그러고 보니, 안즈에게서 전언이 있었어."

"안즈에게서요?"

"아무래도, 유나의 지인이 가게로 왔다고 전해달라고 하더라고."

"……지인? 누군지 들으셨나요?"

"글쎄. 나는 그것밖에 못 들어서 잘 모르겠네."

나의 지인이 방문했다니, 도대체 누구지?

치즈 아저씨? 감자를 판매하는 자몰 씨? 하지만 두 사람이 오면 모린 씨의 가게로 갈 테고, 그분들이라면 티루미나 씨도 알고 있을 터다. 곰곰이 생각해봤지만 짐작이 가지 않았다.

생각만 해서는 알 수가 없으니 피나와 슈리와 헤어져 안즈네 가게로 갔다.

전방에 안즈네 가게가 보이기 시작했다. 가게 앞에는 생선 요리점이라는 걸 알 수 있도록 곰이 생선을 안고 있는 석상이 세워져 있었다.

곰 석상 옆을 지나 가게 안으로 들어서자 세노 씨가 나를 알아봤다.

"곰 양?"

곰 자수가 들어간 앞치마를 하고 있는 세노 씨가 다가왔다. 처음엔 창피해했지만 모두들 익숙해진 모양인지 이제는 창피해하는 모습은 없었다.

"안즈 있나요?"

나는 세노 씨에게 확인했다.

"있어. 안즈! 유나가 왔어~."

세노 씨가 부엌을 향해 소리쳤다. 그러자 그 목소리를 들은 안즈가 안쪽 부엌에서 나왔다. 제대로 곰 앞치마를 하고 있었다.

"유나 씨, 어디 가셨던 거예요?!"

“잠깐 멀리 나갔다 왔어. 티루미나 씨에게 들었는데, 내 지인이 왔다고? 누구야?”

“블리츠 씨요. 저번에 가게로 찾아오셨어요.”

“블리츠가?”

블리츠는 미릴러 마을에서 만났던 모험가다. 도적 토벌을 할 때 신세를 졌다. 그러고 보니 미릴러 마을이 진정되면 이쪽으로 오겠다고 했었지.

“유나 씨가 있는 곳을 몰라서 티루미나 씨에게 물었더니 피나를 데리고 나가셨다고 하더라고요. 그래서 말을 전해달라고 부탁드린 거예요.”

“그래서, 블리츠는 어디에 있는지 알아? 묵고 있는 숙소라던가 말이야.”

“숙소는 듣지 못했는데 한동안은 이 마을에서 일을 할 생각이라고 하셨어요. 그러니 모험가 길드로 가시면 만날 수 있을 거예요.”

인사를 하러 온 거라면 머물고 있는 숙소 정도는 말해주지.

“그럼, 모험가 길드로 가볼게.”

안즈와 헤어지고 모험가 길드로 향했다. 길드에 없을 가능성이 크지만, 헬렌 씨에게 물으면 무언가 알 수 있을지도 모른다.

모험가 길드에 들어서자 한산한 시간이기도 해서 안은 조용했다. 왕도와 달리 불쾌한 시선도 날아오지 않았다. 시선을 보내다가도 「아, 곰이군」 하는 느낌으로 모두들 시선을 돌렸다.

나는 길드를 둘러봤지만 블리츠의 모습은 없었다.

"유나 씨, 이런 시간에 어쩐 일이세요?"

길드 안을 둘러보고 있는데 접수대에 앉아 있던 헬렌 씨가 말을 건네 왔다. 여유로워 보여서 헬렌 씨에게 묻기로 했다.

"최근에 블리츠라고 하는 모험가 왔을 텐데, 지금 어디에 있는지 아세요?"

"블리츠 씨 말인가요?"

"미릴러 마을에서 온, 여자를 세 명이나 데리고 다니는 모험가인데요. 미인인 분이랑, 귀여운 아이도 있고, 멋있는 여자분이 같이 있어요. 그런 남자의 꿈을 현실로 이루고 있는, 남자의 적 같은 모험가예요."

나는 블리츠의 특징을 알기 쉽도록 설명했다. 헬렌 씨는 말하기 어려운 듯 더듬더듬 입을 열었다.

"저기……, 뒤에 계신 분이 그렇지 않을까 싶은데……."

뒤를 돌아보자 장승처럼 우뚝 서 있는 블리츠가 있었다.

"오랜만."

나는 곰 장갑을 올려 인사했다.

"오랜만이 아니지, 그 질문 방식은 어떻게 된 거냐!"

"알기 쉽도록 물어본 건데."

"도대체 어디가?!"

나는 블리츠의 뒤에 있는 세 명의 여자들을 봤다. 미인에, 귀여운 타입에, 멋있는 타입이 모여 있었다.

"틀린 말 없지 않아요?"

내 말에 세 사람은 애매한 미소로 회답했다.

"후후, 유나. 오랜만이야."

"로사 씨, 오랜만이에요. 다른 분들도 좋아 보이네요."

로사 씨 옆에 있는 란과 그리모스를 바라봤다.

"당연하지."

"너도 잘 지내 보여서 다행이네."

란과 그리모스도 여전한 것 같다.

"유나, 혹시 우리를 찾으러 와 준 거야?"

"안즈네 가게로 와줬다고 해서요. 그래서, 여러분들은 일 때문에 오셨나요?"

"오늘은 안 받았어."

블리츠가 무뚝뚝하게 대답했다.

"조금 전까지 마을 안을 구경하고 있었어."

"이 마을, 생각보다 크구나."

블리츠 대신에 로사 씨와 란이 대답해줬다.

"그럼, 어째서 모험가 길드에……?"

"내일부터 일을 할까 싶어서 말이야. 그래서 어떤 의뢰가 있는지 확인하러 온 참이었어."

"그랬더니 어디 사는 곰이 내 험담을 하고 있었지."

"피해망상이야. 나는 블리츠의 험담 같은 거 하지 않았어."

"어디가 아니란 거야?! 여자를 세 명이나 데리고 다닌다고……."

처음부터 듣고 있었군.

"사실이잖아."

블리츠의 양쪽에는 세 명의 여자가 둘러싸듯 서 있었다. 블리츠도 세 사람을 바라봤고, 내 말을 이해했다.

"그럼, 남자의 적 같은 모험가라는 건 뭐야?"

"주위를 보면 알아."

나는 길드 안에 있는 다른 모험가들 쪽을 가리켰다. 내가 가리킨 쪽을 향해 블리츠가 시선을 돌리자 남자 모험가들은 내 말에 고개를 끄덕이고 있었다. 그런 반응을 본 블리츠는 입을 닫을 수밖에 없었다.

조용히 있는 블리츠 대신 로사 씨가 이야기를 건네 왔다.

"다른 사람들에게 유나에 대해 여러 가지 들었는데, 유나를 모르는 사람이 없더라. 모험가 길드에서 난동을 피운 적도 있다며?"

그건 상대가 시비를 걸어 왔기 때문에 떨쳐낸 것뿐인데요.

"게다가 혼자서 블랙 바이퍼와 고블린 킹을 쓰러뜨렸다니, 말도 안 돼."

란이 믿기지 않는 듯 말했다.

"그리고 유나가 운영하는 가게도 갔는데 인기가 대단하더라."

"오늘 점심 식사로 『곰 씨 쉼터』에서 빵을 먹었는데 맛있었어."

"곰 님 빵, 귀여웠어."

변화가 적은 그리모스의 얼굴에 약간이지만 미소가 지어졌다.

"안즈네 가게도 갔는데 데거 씨의 요리에 뒤지지 않을 정도로 맛있었어."

"벌써 먹었구나. 사주려고 했는데."

"몇 번을 먹어도 괜찮으니까 사줘도 돼."

로사 씨는 미소를 지으며 말했다. 로사 씨와 그 일행은 랭크 C인 모험가들이기 때문에 돈벌이는 충분하다는 건 알지만 약속은 약속이었다.

"그럼, 저녁을 사도록 할게요. 어느 가게가 좋아요?"

"안즈의 요리도 맛있고, 그 빵도 맛있단 말이지."

"어느 쪽이라니 고를 수 없는걸."

로사 씨와 란이 진지하게 고민했다.

"모두에게는 신세를 졌으니 양쪽 모두 대접하도록 할게요. 한동안은 크리모니아에 있는 거죠?"

"응, 그럴 생각이야. 한동안은 의뢰를 받으면서 마을을 즐기려고."

"그럼 오늘은 안즈네 가게로 가볼까요? 점심에 빵을 먹었다고 했으니까요."

저녁은 다 같이 안즈네 가게에서 먹게 됐고, 시간적으로 아직 이르지만 지금부터 가기로 했다.

165 곰 씨, 쇼트케이크를 만들다

드디어 악마의 음식을 완성시켜버렸다. 나는 완성된 하얗고 부드러운 그것을 손가락으로 퍼서 핥았다.

"달아."

블리츠 일행들과의 식사 후, 마을에서 딸기를 팔고 있는 것을 발견하고 쇼트케이크가 몹시 먹고 싶어졌다. 그리고 3일간의 연구 결과, 드디어 생크림이 완성됐다.

생크림이 있으면 여러 가지로 제과의 폭이 넓어진다.

나는 곧바로 딸기 쇼트케이크를 만들기 위해 스펀지케이크를 만들었다. 스펀지케이크를 수평으로 자른 뒤, 그 사이에 딸기와 크림을 듬뿍 담았다. 그런 뒤 전체적으로 크림을 바르고, 딸기를 예쁘게 토핑하니 딸기 쇼트케이크가 완성됐다.

어렴풋한 지식으로도 만들 수 있었다.

나는 바로 쇼트케이크를 조각으로 잘라 나눈 뒤, 접시에 옮겼다.

음, 가게에서 팔고 있는 쇼트케이크와 비교하면 겉보기엔 약간 별로였지만, 나쁘지 않았다. 나는 접시에 담은 쇼트케이크를 포크로 찍어 한 입 먹었다.

응, 맛있어. 고생해서 만든 보람이 있네.

물론 프로가 만든 쇼트케이크에는 이기지 못하지만 초보자로서는 충분한 맛이다.

하지만, 과식은 주의해야 한다. 살이 찌지 않는 체질이라고 해도 당분을 너무 많이 섭취하는 것은 위험하다. 곰 인형 옷 덕분에 체형은 남들이 알아차리기 어렵지만, 언제 누구와 목욕을 하게 될지 알 수 없었다. 피나와 슈리에게 「배가 부드러워」라는 말을 들으면 쇼크로 몸을 가눌 수 없을지도 모른다.

그렇게 오랜만에 딸기 쇼트케이크를 먹고 있는데 곰 하우스에 누군가가 찾아왔다. 누구지? 한참 딸기 쇼트케이크를 음미하고 있는데.

"유나 언니."

문을 열자 피나가 있었다. 피나라면 어쩔 수 없지. 클리프나 밀레느 씨였다면 내쫓았을 거다.

"피나, 무슨 일이야?"

"오늘은 골드 씨에게 부탁했던 미스릴 나이프를 받으러 가는 날이잖아요."

"……그러고 보니 그런 게 있었지."

약 3일 동안 집 안에 틀어박혀서 케이크를 만들다 보니 잊고 있었네.

"3일 전의 일이잖아요~."

피나가 입을 뾰로통하게 내밀면서 설교를 했다.

하지만 오늘은 그럴 때가 아니다. 생크림을 완성해서 딸기 쇼트케이크를 먹고 있을 때다. 나이프는 도망가거나 하지 않지만 케이크는 상할지도 모른다. 곰 박스? 그 존재는 지금은 잊기로 했다. 지금의 내 우선순위는 케이크를 먹는 쪽이 위다.

"피나. 그것보다, 맛있는 거 만들었는데 같이 먹지 않을래?"

현관에 서 있는 피나의 손을 잡고 곰 하우스 안으로 억지로 데리고 들어왔다. 모처럼 만들었으니 피나의 감상도 듣고 싶었다.

피나를 의자에 앉히고 피나 앞에 딸기 쇼트케이크를 내놨다. 음료는 우유로 준비해줬다.

"이건 뭔가요?"

"딸기 쇼트케이크야. 맛있어. 먹어 보고 감상을 알려줘."

피나가 머뭇거리며 케이크를 입으로 옮겼다. 본 적도 없는 것을 입안에 넣는 건 무서운가.

케이크를 한 입 먹더니 피나의 표정이 바뀌었다.

"어때?"

"맛있어요!"

피나는 두 입, 세 입, 일심불란하게 케이크를 입으로 옮겼다. 맛있게 딸기 쇼트케이크를 먹었다. 피나의 케이크를 먹는 손이 멈추지 않았다. 입 주변에는 크림이 묻었다. 평가가 꽤 좋은 것 같다.

"이 하얀 건 뭐예요?"

"휘핑크림이야. 간단하게 말하자면 우유를 거품으로 만든 거지.

그리고 설탕도 들어갔어."

"딸기도 맛있어요."

딸기 쇼트케이크는 케이크의 대표적인 종류다. 하지만 다음번엔 다른 과일로 케이크를 만들어도 좋을 것 같다. 그런 생각을 하는 사이에 피나 앞에 있던 쇼트케이크는 눈 깜짝할 사이에 사라져 있었다.

"어땠어?"

"엄청 맛있었어요."

피나는 매우 행복해 보이는 표정을 지었다. 그리고 조금 떨어진 위치에 있는 나머지 딸기 쇼트케이크를 흘깃흘깃 바라봤다. 평소엔 똑 부러지고 어른스러운 면도 있는데, 이런 모습을 보면 제 나이에 맞는 여자아이라 안심이다.

나는 아무 말 없이 케이크를 잘라 피나의 접시 위에 담아줬다. 피나가 나와 케이크를 번갈아 가며 쳐다봤다.

"먹어도 돼."

하지만 피나는 먹으려고 하지 않았다.

"안 먹어?"

"싸 가도 돼요? 슈리에게도 먹여주고 싶어서요."

"후후."

"왜, 왜 웃으세요!"

나는 피나의 머리를 쓰다듬었다. 동생을 끔찍이 생각하는 그

착한 마음에 웃음이 나오는 것뿐이다. 정말로 가족을 생각하는 착한 아이다.

"아직 많이 있으니까 신경 쓰지 않아도 돼. 게다가 다 먹으면, 또 만들면 되는걸."

나는 슈리의 몫과 티루미나 씨 몫의 케이크를 잘라 바구니에 담아주었다.

"슈리와 티루미나 씨에게 감상을 물어봐 줘."

나는 케이크가 담긴 바구니를 피나에게 건넸다.

"고마워요."

바구니를 받아 든 피나는 눈앞에 있는 케이크를 먹기 시작했다. 두 번째 케이크를 다 먹은 피나는 감사 인사를 하고 돌아가려고 했다.

응? 뭔가 잊은 것 같은 기분이 드는데, 기분 탓인가?

피나가 곰 하우스에서 나가고 몇 초 후, 바로 돌아왔다.

"유나 언니, 나이프요. 골드 씨네 대장간에 나이프를 가지러 가야 하는데……."

피나에게 들었던 기억이 떠올랐다. 피나도 케이크로 머릿속이 가득 차서 나이프를 잊고 있었던 모양이다.

피나와 함께 골드 씨에게 부탁했던 해체용 미스릴 나이프를 찾으러 갔다.

골드 씨 가게에 도착해 보니 가게 앞에 아이언 골렘이 서 있었다.

멋있네.

아이언 골렘은 검과 방패를 들고 있었다. 선물한 게 제대로 장식되어 있으니 기분 좋구먼.

"유나 언니는, 제가 엘레로라 님 댁에 있는 동안 이 골렘과 싸웠던 거죠?"

"그렇지."

"유나 언니가 무사히 돌아와 줘서 다행이에요."

피나가 걱정해 주는 마음이 기뻤다.

"고마워."

아이언 골렘을 보면서 피나와 함께 가게 안으로 들어갔다.

"기다리고 있었어."

오늘은 골드 씨가 아니라 평상시대로 넬트 씨가 있었다.

"완성됐나요?"

"물론, 만들어 놨지. 우리 남편은 일에 있어서는 일류니까."

넬트 씨는 그렇게 말하면서 천으로 감싸진 나이프를 건네주었다. 받아 든 건 내가 아닌 피나였다.

피나가 천을 걷어내자 예쁜 나이프가 모습을 드러냈다. 내가 엘레로라 씨에게서 받은 나이프처럼 장식이 붙어 있는 건 아니지만 심플하고 매우 예쁜 나이프였다.

피나는 천천히 칼집에서 나이프를 꺼냈다.

"어때?"

피나는 작은 손으로 나이프를 감아쥐고 칼끝을 살폈다.

"쥐기 쉬워서 좋아요. 게다가 예뻐요."

피나는 여러 각도로 보기도 하고, 가게 안으로 들어오는 창문빛에 비춰 보면서 기쁜 듯 미소를 지었다.

피나…… 조금 위험한 아이가 되었어.

"유나 언니. 고마워요."

피나는 만면에 미소를 띠고 나를 바라보았다. 이렇게나 기뻐해 주면 나도 선물한 보람이 있다.

"피나에겐 열심히 해체해 주길 바라니까."

"네, 열심히 해체할게요."

피나는 나이프를 칼집에 집어넣고 아이템 봉투에 소중히 담았다.

"넬트 씨, 고마워요. 이렇게나 예쁜 나이프를 만들어주시다니."

"나중에 남편에게 전해줄게. 칼날이 무뎌지거나 관리가 필요하면 언제든지 해줄 테니까 바로 오렴."

관리 비용도 아이언 골렘에 포함되어서 무료였다. 뭐, 그 이전부터 피나의 나이프 관리는 넬트 씨의 호의로 무료로 받고 있었다.

피나는 티루미나 씨도 일하기 시작했고, 새 아버지인 겐츠 씨도 있어 여유가 생겼기 때문에 돈을 내겠다고 했지만 거절당했다고 했다. 친절한 드워프 부부다.

"그럼 나머지 하나는 또 3일 후에 오렴."

“급하지 않으니까 천천히 하셔도 돼요.”

“괜찮아. 골드는 일을 시키지 않으면 농땡이 부리니까.”

“그럼, 적당히 부탁드릴게요.”

넬트 씨에게 감사 인사를 하고 가게를 나왔다.

그럼, 돌아가서 다시 케이크나 먹을까?

응? 블랙 타이거 해체? 그런 건 나중 일이지.

166 곰 씨, 블랙 타이거를 해체하다

미스릴 나이프를 손에 넣은 다음 날, 아침부터 피나에게 블랙 타이거 해체를 부탁했다.

커다란 테이블에 블랙 타이거를 꺼내 올려두었다. 새까만 털가죽으로 감싸진 마물은 울프는 물론, 타이거 울프보다도 컸다.

피나는 골드 씨가 만들어 준 미스릴 나이프를 꺼내더니 심호흡을 하고 천천히 블랙 타이거에 나이프를 꽂았다. 과연 미스릴 나이프라고 해야 하나, 철 나이프로는 잘리지 않았던 블랙 타이거의 털가죽이 손쉽게 잘렸다. 하지만 살아 있는 블랙 타이거를 이렇게 미스릴 나이프로 간단하게 벨 수 있냐고 묻는다면, NO다. 살아 있는 마물과 죽어 있는 마물은 단단함이 다르다. 살아 있는 마물은 마석의 힘에 의해 피부의 강도가 올라간다. 발톱과 이빨 등도 마력에 의해 날카롭고, 단단하며, 강력해진다.

피나는 익숙한 손놀림으로 블랙 타이거를 해체해 나갔다. 피나의 해체 기술은 뛰어나다. 내가 미스릴 나이프를 사용한다고 해도 흉내는 절대 낼 수 없다.

"여전히 피나는 해체를 잘하네."

"아버지께 배웠거든요."

"그래서, 나이프는 어때?"

"네, 대단해요. 생각한 곳에 나이프를 넣을 수가 있어요. 힘을 그다지 주지도 않았는데 들어가요. 유나 언니, 정말로 미스릴 나이프 같은 거 받아도 되는 건가요?"

"괜찮아, 피나에겐 항상 신세를 지고 있잖아. 감사의 마음이라고 생각하고 받아줘."

"으으, 항상 신세를 지고 있는 건 저인걸요. 유나 언니에겐 항상 도움만 받고 있어요."

그렇지 않은데. 이세계로 막 와서, 하나부터 열까지 다 모를 때 피나를 만났다. 피나를 만나지 않았다면 어찌할 바를 모르고 있었을 게 틀림없다.

나는 퐁 하고 피나의 머리에 곰 장갑을 올렸다.

"유나 언니?"

"고마워."

"……?"

피나는 의미를 모르겠다는 듯 고개를 갸웃거렸다.

나는 피나에게 방해되지 않도록 창고 끝으로 이동했다. 피나는 조그마한 몸을 힘껏 사용해서 해체를 해나갔다. 짧은 팔을 뻗고, 그래도 닿지 않는 경우엔 작은 몸 전체를 뻗었다.

"후……."

피나가 한숨을 쉬었다.

"쉬면서 해도 돼."

"괜찮아요. ……앗, 그렇지."

피나는 무언가를 떠올린 듯 내 쪽을 돌아봤다.

"유나 언니, 오늘 오후에 시간 있어요?"

"오늘 오후? 딱히 아무런 예정도 없는데. 왜?"

오늘은 가게에 얼굴을 비출 예정도, 일을 할 예정도 없었다. 굳이 말하자면 곰돌이와 곰순이와 낮잠을 자는 정도였다.

"유나 언니에게 시간이 있다면 어머니가 만나고 싶다고 하셨어요."

"티루미나 씨가?"

무슨 일이지?

"음, 어제 먹은 케이크에 관한 걸 거예요. 그리고 미스릴 나이프도 고맙단 인사를 하고 싶다고 하셨어요."

"미스릴 나이프는 알겠지만, 케이크?"

티루미나 씨에게 상담도 하지 않고, 가격이 비싼 물건을 피나에게 줘버렸다. 그것에 대해서는 무슨 말을 들어도 어쩔 수 없지만…… 케이크? 혹시, 또 먹고 싶다는 건가?

그 후, 블랙 타이거 해체 작업은 무사히 끝났고, 블랙 타이거의 털가죽을 손에 넣었다. 피나에게는 보답으로 블랙 타이거의 고기를 주었다.

이야기에 따르면 블랙 타이거의 고기는 고급 식재료라고 했다. 뭐, 그렇게 간단히 만날 수 있는 마물이 아니기도 하니까. 피나는 못 받겠다고 거절했지만 억지로 건네줬다.

다음엔 안즈가 있는 곳으로 가져가서 조리를 부탁해야지.

해체를 끝낸 피나는 티루미나 씨를 부르러 갔다. 점심이 지나서 다시 오겠다고 했기 때문에 먼저 점심 식사를 하고 기다리기로 했다.

그렇게 점심을 먹고 꼬맹이로 변한 곰돌이와 곰순이와 함께 편안히 쉬고 있는데 티루미나 씨가 찾아왔다. 티루미나 씨의 옆에는 피나와 슈리도 있었다. 나는 세 사람을 집 안으로 들였다.

"유나, 우선, 딸이 가지고 있는 나이프에 관해서 묻고 싶은데."

"나이프라면, 미스릴 나이프 말인가요?"

"유나, 미스릴 나이프가 얼마나 하는지 알고 있는 거니?"

모녀에게 같은 말을 들었다. 여기서 미스릴은 직접 가지고 간 거라 돈이 안 들었다고 말해도 소용없겠지.

"가격은 관계없어요. 이번에 피나에게 부탁한 해체가, 미스릴이 아니면 안 돼서 필요했던 거예요."

"해체에 미스릴 나이프가 필요하다니, 도대체 뭐를 해체시켰는데?"

"으음, 블랙 타이거요."

"……"

티루미나 씨의 표정이 굳었다.

"아까 피나에게 블랙 타이거의 고기를 나눠줬으니까 드세요."

"……하아. 유나는 여전히 터무니없는 마물을 토벌해 오는구나. 그렇지만 딸에게 부탁하지 말고 모험가 길드에 부탁하면 되잖아."

그럼 내가 블랙 타이거를 쓰러뜨렸다는 게 퍼져 버린다. 그 이야기를 하니 티루미나 씨는 재차 한숨을 쉬었다.

"게다가, 피나는 제 전속 해체 직원이에요. 해체용 나이프를 준비하는 것도 제 역할이에요."

겐츠 씨로부터 피나에게 해체 일을 제공해달라는 부탁을 받았다. 피나도 승낙을 하기도 했고, 전속 계약의 해지는 하지 않았다. 그러니 해체 일은 피나에게 맡기는 게 순서였다.

"피나에게 미스릴 나이프를 주는 건 이해했지만, 슈리의 나이프를 만들었다는 건?"

"아직 안 만들었어요."

현재, 골드 씨가 한창 만들고 있는 중이었다. 그러니 아직 만들지는 않았다. 게다가 슈리의 나이프는 빌려주는 거다. 준 게 아니다.

나는 열심히 설명했다.

으, 지쳤어…….

"그리고 한 가지 더. 유나, 어제 그 디저트는 뭐야? 엄청 맛있었는데, 혹시 그 디저트도 가게에 낼 거니?"

미스릴 나이프가 끝났나 싶더니 다음 질문이 날아왔다.

"그건 제가 먹고 싶어서 만든 것뿐이에요."

“먹고 싶어서라니, 어디에서 그런 음식 만드는 법을 배워 온 거야?”

원래 세계입니다, 라고는 말 못 해.

“가게에는 내지 않을 셈이야? 분명 가게에 선보이려고 내게 먹어보라고 한 건 줄 알았는데.”

아무래도 티루미나 씨는 딸기 쇼트케이크를 가게에서 팔 거라고 생각했던 모양이다. 그래서 재료라든가 가격 같은 여러 가지를 의논하려고 했던 것 같다.

“판매해도 되긴 하지만 누가 만드느냐는 문제도 있어서요.”

“모린 씨와 카린 씨가 만들면 안 돼?”

“지금은 빵을 만드는 것만으로도 벅차잖아요?”

가게는 항상 붐볐다. 모린 씨가 만든 빵도 그렇지만 곰 님 빵이 예상외로 인기를 끌었다. 밀과 아이들이 열심히 도와주고 있지만 항상 바빠 보였다. 그래서 케이크에까지 손을 대기는 힘들 거라 생각했다.

“만드는 거 어려워?”

“음, 익숙해지면 괜찮겠지만, 만드는 데 손이 많이 갈 거예요.”

가게에서 내보이게 된다면 많이 만들어야 했다. 케이크 한 판 정도로는 당연히 부족할 거다.

“하지만, 판매하지 않는 건 아깝다고 생각해. 일단 모린 씨와 카린 씨에게 시식을 해달라고 한 후에 생각해 봐도 좋지 않을까?”

티루미나 씨에게 떠밀리듯 모린 씨와 카린 씨에게 시식을 부탁하게 됐다.

"그럼 모린 씨에게는 내가 말을 해둘게. 시식은 다음 휴일로 괜찮지?"

나는 승낙했다. 시식회에는 가게에서 일하는 아이들도 부르기로 했다. 약간 많이 만들어야겠네.

티루미나 씨와의 이야기를 마치니 슈리가 내 곰 옷을 작은 손으로 잡아당겼다.

"유나 언니."

"왜?"

"먹고 싶어."

"케이크?"

"응."

케이크는 어제 만들고 남은 게 아직 있었다. 나는 케이크를 꺼내 세 사람에게 대접했다.

"먹어도 돼."

슈리는 기뻐하며 먹기 시작했다.

"그나저나, 유나, 어째서 케이크가 두 개였어? 겐츠가 섭섭해했어."

"……겐츠 씨?"

그 말을 듣고 생각났다. 겐츠 씨는 머릿속에서 까맣게 지워져 있었다. 아무래도 케이크 하면 여자밖에 머릿속에 떠오르지 않아 겐츠 씨 몫의 케이크를 준비하는 걸 잊었다. 피나도 참…… 말해

주지.

“저기, 저도 잊고 있었어요.”

피나는 작은 목소리로 대답했다. 으으, 딸에게도 잊히는 겐츠 씨, 어쩐지 가여워졌다.

“일단, 내 몫의 반을 줬는데, 맛있게 먹었어.”

아저씨가 케이크를…….

아니, 아니지. 사람을 겉모습으로 판단해선 안 돼. 아저씨라도 케이크 정도는 먹어. 나도 겉모습으로 고생하고 있잖아. 남이 무엇을 먹든, 무엇을 입든 자유야.

그렇지만 겐츠 씨가 맛있게 먹었다는 건, 남자를 위한 당분을 줄인 케이크를 만들어도 괜찮을지도 모른다. 그렇게 되면 겐츠 씨 이외에도 맛을 봐줄 남자가 필요하려나? 지인 중에 남자라고 떠오르는 건 클리프에, 모험가 길드의 길드 마스터, 길, 드워프인 골드 씨 정도려나? 아아, 이번엔 블리츠가 있었지?

일단은 클리프려나? 노아를 따돌리면 나중에 불만을 들을 테니까.

“그건 그렇고 맛있어. 어제도 생각했지만 계속 먹을 수 있을 것 같아.”

“응, 맛있어.”

티루미나 씨와 슈리에게도 호평인 듯했고, 세 사람은 맛있게 먹었다.

티루미나 씨, 설마 항상 자신이 먹을 수 있도록 가게에 팔라고 한 건 아니겠지?

167 곰 씨, 케이크 시식회를 열다 1

오늘은 시식회 날이다. 『곰 씨 쉼터』는 정기 휴무일이었다.

집을 나오자 눈앞에 어떤 사람이 서 있었다. 그래, 서 있었다. 베낭을 멘 여자아이가 곰 하우스를 보고 있었다. 어디선가 본 적이 있는 여자아이였다.

"정말 여기에 살고 있었구나."

"누구……?"

머릿속 한구석에 여자아이의 얼굴이 걸려 있었다. 어디서 만난 적이 있는 것 같은데, 떠오르지 않았다.

"혹시, 기억 못 하는 거야? 왕도의 모린 고모의 가게 앞에서 만났던 네린이야."

펑!

생각났다. 모린 씨의 친척인 여자아이였다. 크리모니아에 도착했구나. 그 뒤로 여러 일들이 있어서 모린 씨에게 말하는 걸 까맣게 잊고 있었다.

"그런데, 어째서 우리 집 앞에 있는 거야?"

"숙소에서 곰 복장을 한 여자아이의 이야기를 했더니 이 부근에 살고 있다고 들어서. 그래서 와봤더니 곰 집이 있네……. 그때는 고마웠어. 돈은 반드시 일해서 갚을게."

그 말은, 내 가게에서 일하게 된다는 건가?

"지금 도착한 거야?"

내 물음에 네린이 크리모니아에 도착한 건 어제라고 했다. 하룻밤 숙소에 머물고, 지금부터 모린 씨의 가게를 찾을 생각이었다고 한다. 그 도중에 내 집을 보러 오게 된 거고.

"그럼 지금부터 모린 씨가 있는 곳으로 간다는 거네. 안내해줄게."

"괜찮아?"

"나도 가려고 했으니까 문제는 없어."

"고마워."

나는 네린을 데리고 가게로 향했다.

"유나라고 했지? 유나는 항상 그런 복장을 하고 있는 거야? 왕도에서 만났을 때도 같은 복장이었는데."

오랜만에 스트레이트로 질문을 받았다. 뭐, 보통은 물어보고 싶어지지.

"이 복장에 관해서는 노코멘트야."

"……."

네린은 내 대답에 순간 입을 닫았지만 바로 다음 화제를 꺼냈다.

"그건 그렇고 유나도 크리모니아 마을에 도착했었구나. 나도 되도록 빨리 도착하려고 크리모니아행 마차를 급하게 타고 왔는데."

"나는 마차를 안 타거든."

"설마 유나, 말을 탈 수 있는 거야?"

“뭐, 비슷한 거려나?”

타는 건 곰이지만, 이번엔 곰 이동문이었다. 만약 네린이 모린 씨가 있는 곳에서 일하게 된다면 곰돌이와 곰순이에 대해 듣게 될 것이다. 그렇게 되면 멋대로 해석을 해주겠지.

네린과 대화를 하며 가다 보니 어느덧 가게가 보였다.

“저기가 모린 씨네 가게고, 두 사람은 2층에서 살고 있어.”

“앗, 저기? 크네. ……게다가 곰?”

가게는 원래 저택이었기 때문에 약간 크다. 가게 앞에는 빵을 들고 있는 커다란 곰 석상이 세워져 있었다. 게다가 간판에도 곰이 있고, 2층에도 곰이 보였다.

“안으로 들어가.”

잠시 멈춰 서서 보고 있는 네린에게 말을 건네고 가게 안으로 들어갔다.

“자, 잠깐만.”

네린의 말을 무시하고 가게 안으로 들어가자 가게에서 일하는 아이들이 나를 쳐다봤다.

“유나 언니, 안녕.”

“안녕, 모린 씨랑 카린 씨 있니?”

“응, 있어.”

아이들은 대답을 하고 모린 씨를 부르러 가줬다. 곧바로 모린 씨와 카린 씨가 나왔다.

"유나, 좋은 아침."

"모린 씨, 카린 씨, 손님이에요."

"손님?"

"모린 고모, 카린 언니, 오랜만이에요."

"네린?"

"네린!"

모린 씨와 카린 씨가 네린을 보고 놀랐다.

"모린 고모, 이사를 하면 이사를 한다고 가르쳐 주셔야죠. 왕도로 갔더니 가게는 닫혀 있고, 모린 고모와 카린 언니가 남자들에게 공격 받았다는 이야기도 들리고, 불안해서 어쩔 줄 몰랐어요. 왕도에서 유나랑 만나지 못했다면 어떻게 됐을는지……."

네린은 약간 입을 뾰로통하게 하면서 불만을 말했다.

"연락이라면 오빠에게 했어."

"아버지 말인가요? 저는 듣지 못했는데요?"

"그렇다면 오빠가 잊은 거겠지. 나는 확실하게 남편이 죽은 거랑 크리모니아에서 새롭게 가게를 열게 됐다는 것도, 걱정하지 않아도 된다는 것도 편지에 썼어."

"으~, 아버지!"

네린은 소리를 쳤다.

그 후, 어째서 나와 같이 있는지 설명했다.

"왕도에서……. 유나, 고마워. 마차 비용은 내가 낼게."

"모린 고모, 돈은 제가 확실히 일해서 갚을 거예요. 그러니 이 가게에서 일하게 해주세요."

"이 가게에서 일하고 싶으면 유나에게 제대로 부탁해야 해."

"유나에게요?"

네린은 나를 바라보고 고개를 갸웃거렸다.

"이 가게는 유나의 가게니까."

"일단 그렇게 되어 있긴 한데……."

"유나, 이 아이는 내 오빠의 딸인 네린이야. 전부터 우리 가게에서 일하고 싶다고 말해서, 열다섯 살이 되어서도 같은 마음이라면 일하게 해주겠다고 남편이 약속을 했었어. 가게에서 같이 일해도 될까?"

모린 씨의 친척이라면 문제는 없었다. 물론 문제가 있을 것 같으면 그만두게 할 거다.

"딱히 상관없어요. 하지만 농땡이를 피우거나, 아이들을 괴롭히는 것 같으면 모린 씨의 친척이라도 그만두게 하겠어요. 그래도 괜찮다면……."

일을 못하는 것도 문제이지만 그 이상으로 의욕이 없거나 아이들을 괴롭힌다면 곧바로 자를 생각이다.

"만약 그런 일이 생긴다면 내가 엉덩이를 차서 내쫓을 거야. 그리고 두 번 다시는 가게에 얼씬도 못 하게 하겠어."

"그럴 일 없어요!"

네린이 외쳤다.

그 후, 모린 씨는 아이들에게 네린을 소개했다.

"음, 네린이라고 해. 앞으로 나도 같이 일하게 됐어. 잘 부탁해."

"카린 언니의 여동생이야?"

"으음, 조금 다르지만, 동생 같은 거라고 해야 하나?"

아이들도 자기소개를 했다. 아무래도 아이들에게도 받아들여진 모양이다.

"그건 그렇고, 가게 외관뿐만이 아니라 가게 안에도 곰이 많이 있네. 이것도 유나의 취미인 거야?"

취미라는 말을 들었는데. 아니야. 이건 내 취미가 아니라고. 내 모습은 신님 때문이야. 가게는 모두의 희망으로 이렇게 된 거야.

"유나의 곰 차림도 좋아서 그러고 있는 거구나. 처음 봤을 땐 남들 앞에서 창피하지 않을까 생각했는데. 엄청 귀여워."

"후후후, 곰 옷이 귀엽다면, 그렇다면 네린도 곰 유니폼을 입어야지."

나는 웃음을 띠며 반쯤 농담 삼아 말해봤다.

"곰 유니폼?"

오늘은 일하는 날이 아니라서 아이들은 평상복이었다.

"밀, 유니폼으로 갈아입고 와봐."

내가 밀에게 부탁하자 밀은「네」라고 대답을 하고 곰 파카로 갈아입으러 갔다.

"카린 언니, 곰 유니폼이라는 게 뭐야?"

"나는 몰라."

카린 씨는 자신이 휘말리지 않도록 도망쳤다. 잠시 후, 곰 파카를 입은 밀이 나왔다.

"고, 곰이다. 귀여워. 이걸 입고 일하는 거야?"

어쩐지 기뻐 보이는 건 기분 탓인가? 네린은 밀의 곰 파카를 살펴봤다.

"제대로 귀도, 꼬리도 있네. 응, 알았어. 확실하게 입고 일할게."

"……."

농담으로 말했는데 네린은 아무렇지 않게 받아들였다. 카린 씨도 아연해 하고 있었다.

"그러고 보니 오늘은 쉬는 날이라고 들었는데, 무슨 일 있어?"

아무것도 모르는 네린이 물었다. 그러고 보니 설명을 하지 않았네.

"오늘은 내가 만들어 온 디저트 시식회야. 괜찮다면 네린도 참가해서 의견을 들려줘."

"디저트라니, 유나가 만든 거야? 나 디저트 엄청 좋아해. 기대된다~."

디저트라는 말에 네린은 기뻐했다.

"시식에는 다른 사람들도 올 예정이니까 조금만 기다려줘."

시식회에는 티루미나 씨와 피나, 그리고 슈리가 오기로 되어 있었다.

그 후, 얼마 지나지 않아 티루미나 씨와 아이들이 도착했다. 하지만 그중에 분명 부르지 않은 사람도 있었다.

"어째서 밀레느 씨가 있는 거예요?"

"어째서라니. 티루미나 씨에게 유나의 신작 디저트를 먹을 수 있다는 말을 들었으니까 그렇지."

딱 잘라 말해도 곤란한데.

"밀레느 씨, 일은 괜찮나요?"

미릴러 마을과 터널이 개통하고 나서 상업 길드는 바쁠 터였다.

"물론, 누구 덕분에 바빠."

이 사람, 딱 잘라 말했지? 그렇지?

"그럼, 구멍을 막아버릴까요?"

"유나는 짓궂어. 그렇게 돼버리면 오히려 일이 커진다고."

아무래도 바쁜 와중에 일부러 온 모양이다.

밀레느 씨는 일도 잘하고, 좋은 사람이다. 어느 쪽인지 묻는다면 호감이 가는 쪽이다. 하지만 동시에 성가신 일을 가져오는 타입이다. 재미있는 일에는 한 다리 껴서 즐기는 사람이다. 곁에서 보기에는 재미있지만, 휘말리는 건 참아줬음 좋겠다.

다시 한 번 네린을 소개하고 시식회가 시작됐다.

모린 씨와 카린 씨는 접시와 포크, 음료를 옮겨와 주었다. 아이들은 의자에 앉아 기쁘게 기다렸다.

밀레느 씨는 티루미나 씨, 피나, 슈리와 같은 테이블에 앉았다.

나는 곰 박스에서 꺼낸 케이크를 잘랐고, 모린 씨, 카린 씨가 접시에 옮겨 담았다.

모두의 테이블에 케이크가 올려졌다.

“유나 언니, 이건 뭐야?”

“이건 딸기 쇼트케이크야. 과일이 들어간 팬케이크라고 할까?”

“유나, 이 하얀 건 뭐지?”

“그게 이번 메인인 휘핑크림이에요. 그 휘핑크림이 딸기나 다른 과일, 스펀지케이크와 잘 어울려서 맛있어요. 일단 드셔보세요.”

내 말에 모두가 케이크를 먹기 시작했다.

“부드러워.”

“맛있어.”

“딸기도 맛있는데, 이 크림도 달고 맛있어.”

그런 말이 주위 테이블에서 날아왔다. 맛없어하는 사람은 아무도 없었다.

“유나, 뭐, 뭐야? 이 음식은…….”

밀레느 씨의 포크를 든 손이 떨리고 있었다. 하지만 먹는 건 멈추지 않았다.

“그러니까, 딸기 쇼트케이크라니까요. 안에 들어간 과일을 바꾸면 계절마다 다른 케이크를 만들 수 있어요. 저는 딸기를 좋아하지만요."

다음번에 언제든지 먹을 수 있도록 딸기를 쟁여 놔야지. 그렇게 하면 언제든지 딸기를 먹을 수 있었다. 고맙습니다, 곰 박스님.

"푸딩이랑 피자 때도 생각했지만, 유나는 모험가보다 요리사 쪽이 맞는 것 같아."

아뇨, 제 성격으로 봤을 때 요리사는 안 맞습니다. 귀차니즘에 게으름뱅이, 편하게 있을 수 있다면 그쪽을 선택해버리는 인간이에요. 그런 인간이 매일 요리를 만들다니 무리입니다.

"모험가 쪽이 편해요."

"마물 토벌이나 위험한 행동을 하는 모험가가 편하다고 말하는 건 유나뿐일 거야. 게다가, 유나 같이 강하고, 귀엽고, 이상하고, 푸딩과 이런 맛있는 음식을 만들 수 있는 모험가는 없어."

뭐, 곰 능력과 지식 덕분이죠.

"맞아. 유나 덕분에 빵의 종류가 늘었는걸. 유나의 발상은 대단해."

모린 씨마저 나를 칭찬하기 시작했다. 결코 내 생각이 아닌 원래 세계에 있던 빵을 가르쳐 주고 있는 것뿐이다. 내 아이디어가 아니다.

"그래서, 유나, 이 디저트를 가게에서 판다고, 티루미나 씨에게 들었는데……."

"모린 씨 하시기 나름이라고 해야 할까요. 가게에서 팔고 싶다고 생각하긴 하지만 빵을 만드는 시간은 줄이고 싶지 않기도 하고요."

기본적으로 빵은 모린 씨와 카린 씨가 만들고 있었다. 그에 보좌하듯이 아이들이 도와주고 있다. 개점 전에 빵과 케이크를 만드는 건 꽤 힘들 거라 생각한다.

"그렇지. 이 케이크에 어느 정도의 시간이 걸리는지 만들어 보지 않으면 뭐라고 말하기 어려워. 카린이랑 아이들에게도 도움을 받으면 어떻게든 될 수도 있겠지만, 부담이 커지는 건 틀림없어."

역시, 그렇군. 모린 씨와 모두에게 부담을 주는 거라면 만들지 않아도 된다. 딱히 허둥대면서 만들 건 없었다. 모린 씨와 아이들이 과로로 쓰러지기라도 한다면 그쪽이 더 큰일이었다.

애당초 내가 「이런 빵 먹고 싶어요, 저런 빵 먹고 싶어요」라며 여러 가지로 모린 씨에게 부탁해서, 게다가 그게 상품화돼버려서 점점 빵의 종류가 늘어나 바쁜 상황이다.

어쩌면 좋을지 고민하고 있는데 네린이 손을 들었다.

168 곰 씨, 케이크 시식회를 열다 2

“그런 거라면 제가 만들게 해주세요.”

네린이 손을 들고 그런 말을 꺼냈다.

“네린?”

“이렇게 맛있는 거, 처음 먹었어요. 모린 고모와 카린 언니가 만들 시간이 없다면 제가 만들게요.”

네린이 진지한 얼굴로 모린 씨와 나를 바라봤다.

“하지만, 네린은 빵 만드는 걸 배우려고 모린 씨가 있는 곳으로 일하러 온 거잖아.”

“물론, 빵 만드는 것도 배울 거예요. 그렇지만 이 케이크 또한 맛있는걸요. 모린 고모가 바쁘시고, 카린 언니도 손이 남지 않는 상황이라면 제가 만들게요. 저, 가게에 도움이 되고 싶어요. 물론, 오늘 막 와서 무슨 말을 하느냐고 생각할지 모르지만……. 집에서 빵도 만들었어요. 만드는 법을 알려주면 가능할 거라고 생각해요.”

“모린 씨.”

나는 모린 씨를 바라봤다. 모린 씨는 조금 곤란한 듯하면서도 기뻐보이는 표정을 짓고 있었다.

“나도 카린도 바쁘니 도와줄 수 없을 거야.”

"네!"

"맛없는 건 가게에 낼 수 없어."

"네! 열심히 공부할게요."

모린 씨는 기쁜 얼굴로 내게 시선을 돌렸다.

"유나, 나도 부탁할게. 네린에게 케이크를 만들게 해줬으면 좋겠어. 네린이 만들어 준다면 나도 카린도 빵에 집중할 수 있어. 무엇보다, 이렇게나 맛있는 걸 가게에서 팔지 않는 건 아깝잖니."

"나도 도울게!"

"나도!"

아이들도 손을 들었다. 네린은 기뻐하며 아이들을 바라봤다. 나로서도 문제는 없었다.

"그럼, 케이크는 네린에게 맡길게."

"진짜?! 유나, 고마워. 나 열심히 할게."

네린은 기뻐하며 나를 끌어안았다.

"그럼, 상업 길드에서 도울 일이 있다면 말하렴."

"나는 언제든지 판매가 가능하도록 재료 가격을 알아봐 둘게. 나중에 필요한 재료를 알려줘."

이어서 밀레느 씨와 티루미나 씨가 말해줬다. 두 사람에게는 여러 가지로 부탁할 일이 있었기에 순순히 말을 받아들이기로 했다.

"그건 그렇고 맛있네. 몇 조각이라도 먹을 수 있겠어."

분명 많이 만들어 왔던 케이크가 깨끗하게 사라졌다. 아이들은 물론이거니와 밀레느 씨, 티루미나 씨도 추가로 더 먹었다.

"그래도, 과식하면 살찔 거예요."

내가 그렇게 말한 순간, 세계에 금이 갔다.

빠직, 빠지직 하는 소리가 여기저기에서 들려오는 것 같았다. 소리가 들린 쪽을 바라보니 포크를 든 손이 멈춰 있는 여성들이 있었다. 반대로 아이들은 신경 쓰는 기색 없이 천사 같은 미소를 지으면서 맛있게 먹고 있었다. 양극화다.

"유나, 이거 살찌는 거야?"

밀레느 씨가 물어왔다.

"과식하면 쪄요. 불룩불룩하고, 배 주변이라든가."

"농담이지?"

다시 한 번 굳은 미소를 지으며 물어왔다.

"농담이라고 생각하세요?"

"……."

침을 삼키는 밀레느 씨.

애당초, 단 거를 먹으면 살찌는 건 상식이었다.

"뭐, 과식하지 않으면 괜찮아요."

"그렇지."

밀레느 씨가 케이크를 포크로 찍어서 입으로 옮겼다.

"그렇지만, 여섯 조각은 많다고 생각하는데요."

"유나~!"

밀레느 씨의 외침이 가게 안에 울려 퍼졌다. 평범하게 생각해도 여섯 조각은 과식입니다.

"유나 씨, 세 조각이면 괜찮죠?"

"뭐, 매일 먹지만 않으면."

안도하는 카린 씨. 개인적으로는 세 조각도 아웃인 것 같지만 매일 먹지 않으면 괜찮을 거다.

"슈리. 자, 아~ 해."

티루미나 씨는 접시에 있는 케이크를 슈리에게 먹이려고 했다. 아무래도 티루미나 씨에게도 살찐다는 키워드는 금기어인 모양이다.

"티루미나 씨는 살찌지 않았으니 괜찮아요."

몇 개월 전까지 누워 있기만 한 탓에 먹는 것도 변변치 못했으니, 어느 쪽이라고 말하자면 말랐다. 최근에 잘 먹을 수 있게 됐다고 해도 아직 그렇게 찌지 않았다.

"유나, 젊을 때는 괜찮지만 나이를 먹으면 방심은 금물이야. 모르는 사이에 살이 찐다고."

티루미나 씨는 차분하게 진지한 얼굴로 말했다. 하지만 아이라고 해도 너무 살찌는 건 안 된다고 생각하는데……. 뭐든지 적당한 게 최고다.

"게다가 유나의 배처럼 되면 큰일이잖아."

티루미나 씨가 내 인형 옷 배로 시선을 보냈다. 마치 내 배가 나와 있는 것처럼 말하는 건 그만둬 줬으면 한데……. 내 배는 나와 있지 않다. 곰 인형 옷을 입어서 빵빵한 것처럼 보이는 것뿐이다. 진짜다.

옆에서 피나가 「어머니는 살찌지 않았으니 괜찮아요」라며 위로하는 모습이 보였다.

"피나, 고마워."

티루미나 씨는 기쁜 듯 피나를 끌어안았다. 미소가 절로 지어지지만, 글쎄…… 라는 기분이 들었다.

케이크의 시식회는 호평 속에서 끝났다. 나의 「살찐다」라는 발언 외에 소동은 일어나지 않았다. 단맛를 줄인 케이크와 저칼로리 케이크가 필요해지려나?

네린은 우리 가게에서 일하게 됐다. 그리고 케이크 만드는 담당을 맡게 됐다. 사는 곳은 가게 2층이 됐다.

"이렇게 넓은 방을 써도 되는 거야? 다락방이어도 괜찮은데."

원래 저택이었던 만큼 방은 넓었다. 2층은 모린 씨와 카린 씨만 썼고, 1층에 있었던 탈의실을 2층으로 옮겼다. 탈의실이라고 해봤자 아이들이 곰 파카로 갈아입을 뿐이다. 참고로 다락방은 있다. 하지만 방이 많이 남아 있기 때문에 창고로도 쓰고 있지 않았다.

"아직 일하지도 않는데 괜찮은 건가?"

"열심히 일하지 않으면 급여는 안 나올 거야."

급여에 관한 건 티루미나 씨와 모린 씨에게 맡기게 됐다. 일하는 것을 보고 결정한다는 모양이다. 네린도 숙식만 해결되면 문제는 없다고 했다. 일단 네린에게는 급하게 케이크 만드는 법을 익히도록 해야 했다.

오후부터 곧바로 케이크 만들기 연습을 시작했다. 만든 케이크는 고아원으로 가지고 갔다. 고아원 인원이 서른 명 정도 되기 때문에 버리는 일은 없으니 낭비가 되지 않았다.

역시, 제빵사를 지망해서 모린 씨가 있는 곳으로 온 것인 만큼 케이크 만드는 것도 솜씨가 좋았다.

"옛날부터 과자 만드는 것도 좋아했어."

참으로 여성스러운 취미다. 게임 삼매경이었던 나와는 다르다. 이게 바로 인기녀겠지. 나와는 걸맞지 않은 존재다.

하지만 그 옆에서는 모린 씨와 카린 씨가 네린 이상으로 능숙하게 만들고 있었다.

모린 씨는 빵 만드는 것만이 아니라 케이크 만드는 것도 능숙했다. 센스가 좋은 건지, 장인이란 바로 이런 것이다, 라고 보여주듯 간단하게 만들어갔다. 동작도 빠르고 케이크 만드는 데 낭비가 없었다. 휘핑크림을 깔끔하게 바르는 건 꽤 어려운데, 몇 개 만든 것만으로 요령을 익히고, 가게에 내놔도 손색이 없을 수준이었다. 내가 만든 케이크보다도 예쁘고 맛있었다. 카린 씨도 능란하게 만들었다. 모린 씨 남편은 모린 씨 이상으로 빵을 능숙하게 만들었었다고 한다. 모린 씨의 남편분을 만나봤으면 좋았을 텐데.

네린도 충분히 재능이 있다고 생각되지만 두 사람과 비교하면 몇 단계 아래인 느낌이다.

"어째서 모린 고모와 카린 언니가 같이 케이크를 만들고 있는 거죠? 제 일을 가져가지 말아주세요."

"팬케이크에 가까워서 빵에도 응용할 수 있을 것 같기도 해서 말이야. 새로운 빵 구상이 되기도 하고."

"으으, 그럼 카린 언니는요."

"물론, 공부지."

"자, 제대로 외우지 않으면 맡길 수 없다고."

"으……."

"스스로 하겠다고 했잖니. 제대로 하지 않으면 오빠가 있는 곳으로 돌려보낼 거야."

네린은 말없이 케이크 만들기를 재개했다.

그 옆에서는 아이들이 거품기를 사용해 달걀을 휘저어 섞고 있었다. 아이들은 내일 판매할 푸딩을 만들고 있는 중이었다.

"모두들, 그건 뭐야?"

"달걀을 휘저어 섞는 도구야. 유나 언니가 만들어 줬어."

매일 달걀을 휘젓는 건 힘드니까 골드 씨에게 부탁해 만들었다. 손잡이 부분에 마석이 박혀 있어서, 터치하면 그 끝에 있는 거품기가 회전하도록 되어 있었다. 간편하게 달걀 등을 섞을 수 있다.

"유나가? 잠깐 보여줘."

네린은 아이들에게서 거품기를 빌려 달걀을 휘저었다.

"오오, 간단하게 휘저을 수 있네."

네린은 아이가 떠들 듯 즐거워하며 달걀을 저었다.

"대단해. 유나, 나도 이거 쓰고 싶어."

"써도 되지만, 제대로 만들어야 해."

그 후, 매일 네린의 케이크 만들기 특훈이 시작됐다. 오전에는 빵 만들기와 접객 일을 돕고, 시간이 비는 오후에 케이크 만들기 훈련을 실시했다. 서서히 네린의 케이크 만드는 실력이 능숙해져 갔다. 이대로라면 가까운 시일 내에 가게에 내놓을 수 있을 것 같았다. 네린은 제법 진지하게 일했다.

또한 네린은 아이들과 함께 곰 파카를 입었다. 그에 밀레느 씨가 네린의 몫을 준비해 줬다. 같은 모습으로 일하고 있어서인지 아이들도 잘 따랐다.

"카린 언니는 안 입어요?"

"창피해서 안 입어."

그런 목소리가 들려왔다. 역시, 창피한 복장인 거야?!

다음번에 카린 씨와 천천히 이야기를 나눠 봐야겠다.

169 곰 씨, 노아에게 케이크를 가지고 가다

나는 네린과 함께 만든 케이크를 가지고 노아네 집으로 갔다.

연습을 너무 많이 해서 케이크가 엄청 많이 만들어졌다. 아이들에게 매일 먹이는 것도 좋지 않아서 곰 박스에 담아 보관하고 있는 중이다.

노아에게는 시식이라는 이름의 재고 줄이기를 도움받기로 했다. 게다가 가게에 내놓게 되고 나서 케이크에 관해 알게 되면 또 불만을 들을지도 모른다.

지난번에 곰 님 빵이 가게에서 판매되었을 때도 「어째서 알려주지 않은 거예요!」라며 혼이 났었다. 곰 님 빵은 나도 몰랐던 거다. 오히려 내가 알려주길 바랐다.

노아네 저택에 도착하자 메이드인 라라 씨가 맞이해 주었다.

"유나 님, 오늘은 무슨 일이신가요?"

"맛있는 디저트를 가지고 왔는데, 노아는 있나요?"

물어보니 방에 있다고 해서 노아의 방으로 안내를 받았다.

"느와르 님, 유나 님이 맛있는 디저트를 가지고 오셨습니다."

방으로 들어서자 노아는 의자에 앉아 책을 읽고 있었다.

"유나 님?"

"디저트를 가지고 왔어. 혹시, 공부 중이었어?"

"저, 정말인가요?! 괜찮아요. 슬슬 쉴 시간이에요."

노아는 읽고 있던 책을 덮더니 기쁘게 내가 있는 쪽으로 왔다. 그런 노아의 모습에 라라 씨는 「어쩔 수 없네요」라는 느낌의 표정을 지었다.

"라라 씨도 시간 있으시면 같이 드실래요?"

재고가 많아서 조금이라도 줄이고 싶었다.

"저도 괜찮나요?"

"사실 이 디저트는 가게에 내놓을 예정인데, 라라 씨의 감상도 듣고 싶어서요."

"알겠습니다. 그렇다면 맛있는 차를 준비해서 오겠습니다."

라라 씨는 차 준비를 위해 방에서 나갔다.

"그래서 유나 님, 디저트라는 건 어떤 디저트인가요? 푸딩 같은 맛있는 건가요?!"

노아가 눈을 반짝이며 물었다.

"어느 쪽이냐 하면 팬케이크에 가까운 디저트려나? 푸딩과는 다르지만 맛있어."

"기대되네요."

라라 씨를 기다리는 동안, 노아의 부탁으로 곰돌이와 곰순이를 소환했다. 노아는 기뻐하며 곰돌이, 곰순이와 놀았다.

"역시, 곰돌이와 곰순이는 귀엽네요."

노아가 곰돌이, 곰순이와 놀고 있는 사이에 라라 씨가 차를 준비해서 돌아왔다. 나도 케이크 준비를 시작했다. 곰 박스에서 딸기 쇼트케이크를 꺼냈다. 그리고 케이크를 잘라 접시에 올렸다. 그 옆에서는 라라 씨가 차를 따르고 있었다.

"유나 님, 이건 뭐죠?"

"팬케이크랑 비슷한 디저트라고나 할까요?"

테이블 위에 케이크 세 접시가 놓여졌다. 그 옆에 라라 씨가 따라준 홍차가 놓여 있었다.

"딸기가 팬케이크 사이에도 들어가 있네요."

"딸기 쇼트케이크니까. 다른 과일을 넣어도 맛있어."

두 사람은 포크를 들고, 케이크를 한 입 크기로 잘라낸 후 입안으로 넣었다. 케이크를 먹은 순간, 두 사람의 표정이 변했다.

"맛있어요!"

"정말이에요. 엄청 부드럽고, 달콤해서 맛있어요. 이 하얀 게 단 건가요? 입안에 넣은 순간 달콤함이 퍼져요. 그게 딸기의 새콤한 맛과 어울리네요."

라라 씨는 적확한 표현으로 케이크를 평가했다. 노아도 맛있게 먹고 있었다.

"이 디저트를 가게에 내놓으신다고요?"

"그럴 예정이야. 괜찮으면 먹으러 와."

"네. 반드시 갈게요."

"공부는 제대로 하고 가셔야 해요."

"으으……."

라라 씨의 말에 노아는 볼을 부풀리면서도 케이크 먹는 것을 멈추지 않았다.

"확실히 맛있긴 한데, 약간 입안이 달아져서 마실 거리가 필요해지네요."

노아는 홍차를 마셨다. 우유나 과즙이어도 괜찮지만 라라 씨가 따라준 홍차도 어울렸다.

"이 홍차로도 괜찮지만, 이 디저트는 달아서 조금 더 떫은맛이 있어도 괜찮을 것 같아요."

라라 씨는 홍차를 마시면서 그런 감상을 말했다. 확실히 라라 씨의 의견에는 동감한다.

"그런가요? 저는 단 홍차여도 괜찮은데."

노아는 홍차에 설탕을 조금 많이 넣었다.

"느와르 아가씨는 아직 아이시니까요. 어른과는 미각이 달라요."

"으으, 그렇지 않아요. 쓴 홍차도 마실 수 있다고요."

노아는 홍차를 한 번에 다 마시고 새로운 홍차를 부탁했다. 라라 씨는 미소를 지으며 새롭게 홍차를 따랐다.

그러고 보니 케이크는 여러 가지로 모색을 하고 있지만, 케이크에 어울리는 마실 거리에 대해서는 생각하지 않았다. 물론, 우유와 과즙이어도 상관없지만, 어른에게는 홍차가 어울릴 것 같았다.

그렇지만 우리 가게의 메뉴에는 홍차가 없었다. 기본 메뉴가 빵이라 음료는 우유와 과즙으로 구성되어 있었다.

원래 세계처럼 홍차 티백이라도 있다면 편할 텐데, 당연히 그런 건 없었다.

"라라 씨, 이 홍차는 비싼가요?"

나는 지금 마신 홍차에 관해 물어봤다. 애초에 가격이 비싸다면 가게에서 파는 건 어려웠다.

"네, 최고급 홍차입니다. 그중에서도 클리프 님이 좋아하시는 홍차죠."

"농담이죠?"

그런 고급 홍차를 내게 내줬다고?

"후후, 어떨까요."

라라 씨는 싱긋 미소를 짓더니 대답을 얼버무렸다. 라라 씨의 표정으로는 진위를 알 수 없었다.

"음, 그럼, 이건 제가 살 수는 있나요? 가게에서 팔고 싶으니까 고급이 아닌 게 좋은데……."

"저렴한 홍차는 품질이 낮고, 맛이 없어요."

"뭐, 그 부분은 시음을 해볼 수밖에 없겠네요."

귀족님들을 상대하는 가게가 아니니 어느 정도의 타협은 필요하다. 위를 바라보면 끝이 없었다.

"그런데 유나 님은 홍차 타는 법을 알고 계신가요?"

잎을 넣고 뜨거운 물을 붓기만 해선 안 된다는 건 안다. 하지만 나로서는 그 부분에 관한 세세한 지식은 없었다.

"잎을 넣고 뜨거운 물을 넣는 것만으로는, 안 되죠?"

"유나 님, 그건 홍차에 대한 모독입니다. 그렇게 간단하게는 맛있는 홍차를 마실 수 없죠. 마시게 될 사람의 수로 찻잎의 양을 정하고, 온도 관리에도 신경을 써야 해요."

라라 씨는 홍차 타는 법을 진지한 얼굴로 이야기하기 시작했다. 으음, 홍차를 맛있게 타는 건 간단한 일이 아닌 모양이다. 찻잎을 구입해도 가게에서 파는 건 어려우려나…….

"유나 님, 듣고 계신가요? 홍차를 타는 것에도 그 나름의 기술이 필요하답니다. 대충 우려내도 맛있게 되진 않아요."

라라 씨는 차에 대해 민감한 모양이었다. 노아를 보니 항상 있는 일인지 무시하고 케이크를 먹고 차를 마시고 있었다.

그렇게 한참 케이크를 먹으면서 잡담을 나누고 있는데 클리프가 노아의 방으로 찾아왔다.

"아버님?"

라라 씨는 클리프를 보더니 바로 일어서서 고개를 숙였다.

"라라 씨한테는 내가 시식을 부탁했었어요. 그러니 화내지 말아줘요."

"그런 거로 하나하나 화내지 않아. 집사인 론드라면 모르지만. 그래서, 뭘 먹고 있었던 거지?"

클리프는 테이블 위에 있는 케이크를 보고 물었다.

"이번에 가게에서 팔 예정인 디저트예요."

"맛있나?"

"달아서 엄청 맛있었어요."

"네, 지난번 푸딩에 뒤지지 않을 정도로 맛있었습니다."

노아와 라라 씨가 대답했다. 클리프는 가만히 남아 있는 케이크를 바라봤다.

"단 게 괜찮다면 드실래요?"

"그래, 먹어볼까."

라라 씨는 의자에 앉는 클리프에게 홍차를 준비해 주었다.

깔끔한 움직임이다. 초보의 눈이지만 홍차를 타는 데 쓸데없는 움직임은 없는 것처럼 보였다.

"맛있군."

"달지 않아요? 일단, 다음에는 단 걸 줄인 케이크도 생각하고 있어요."

"달지 않냐는 말을 들으면 달긴 하지만, 맛있어. 그래도 홍차가 생각나는군."

클리프는 라라 씨가 우려 준 홍차를 마셨다.

"가게에서도 홍차를 팔고 싶은데, 우리는 게 어려운 것 같단 말이죠. 그래서 클리프 씨에게 부탁이 있는데요."

"뭐지?"

나는 라라 씨를 바라봤다. 가게에서 홍차를 판다면 맛있는 홍차를 팔고 싶었다.

"라라 씨에게 홍차 우리는 법을 배우고 싶어요."

"저 말씀이신가요?!"

"홍차의 잎이 좋아봤자 우리는 법 하나로 맛이 변하잖아요? 그러니, 라라 씨에게 홍차 우리는 법을 배울 순 없을까 해서요."

"라라에게, 라……. 확실히 라라가 우린 홍차는 맛있지."

"클리프 님……."

라라 씨가 클리프의 말에 감동하고 있었다.

"라라와 의논해서 시간이 괜찮다면 상관없어."

클리프에게서 라라 씨를 빌리는 것에 대한 허가가 떨어졌다.

"그럼 내일은 어떠신가요? 내일까지 홍차와 차를 우리는 도구 등을 준비해 두겠습니다."

덧붙여 가게에 내놓을 적당한 가격의 홍차도 준비해 주기로 했다.

170 곰 씨, 홍차 우리는 법을 배우다

노아의 집에서 쇼트케이크 시식을 부탁한 다음 날, 네린을 데리고 다시 노아네 집으로 향했다.

"유나, 정말 영주님 저택에서 홍차 우리는 법을 배우는 거야?"

"그렇다니까. 네린이 확실하게 홍차 우리는 법을 배우도록 할 테니까."

"그렇지만, 영주님 저택에 가다니 긴장되는걸."

"그렇게 긴장하지 않아도 돼. 가르쳐 주는 건 저택에서 일하는 메이드인 라라 씨니까."

"그래도 긴장돼~."

어디에서 홍차 우리는 법을 배울지가 문제였지만, 홍차를 우리는 도구와 찻잎, 게다가 배우는 입장인데 가게에 와달라 하는 건 너무하다고 생각해서 우리가 저택으로 가게 됐다. 게다가 영주의 집에 네린 혼자 보낼 수는 없어서 나도 같이 갔다.

"저기, 어째서 저도 같이 가는 거죠?"

함께 있던 피나가 물었다.

"네린이 혼자는 싫다고 했거든. 그렇게 되면 필연적으로 피나밖에 없잖아."

그래서 같이 가는 멤버로 피나가 희생하게 되었다. 영주의 저택에 데려갈 수 있는 건 피나 정도였다.

"그리고 피나는 노아랑 친구잖아?"

"노아 님과는 사이좋게 지내고 있지만 친구라고 해도 될까요?"

"친구라고 해도 돼. 만약, 아니라고 한다면 노아가 슬퍼할 거야."

"……네."

피나는 기쁜 듯 고개를 끄덕였다.

클리프의 저택에 도착하자 라라 씨가 맞아주었다.

"기다리고 있었습니다. 피나 양도 와주셨군요."

"네, 오늘은 잘 부탁드릴게요."

피나는 고개를 가볍게 숙였다.

"이쪽은 가게에서 케이크를 만들게 된, 모린 씨의 친척인 네린이라고 해요."

"네, 네린입니다. 오늘은 잘 부탁드리겠습니다."

네린도 피나를 따라 고개를 숙였다.

"저는 이 저택에서 일하고 있는 메이드인 라라라고 합니다. 저야말로 잘 부탁드리겠습니다."

라라 씨가 고개를 숙이자 네린도 다시 고개를 숙였다.

"그럼 준비는 되어 있으니 이쪽으로 오시죠."

우리는 부엌으로 안내받았다.

"찻잎은 세 종류를 준비했습니다. 모두 유나 님이 만드신 케이크에 어울릴 것 같긴 하지만, 각각 우리는 법이 조금씩 달라서 제대로 외워 주셔야 해요."

"아, 네."

"그렇게 긴장하지 않으셔도 됩니다."

라라 씨는 네린에게 친절하게 미소를 지었다.

이리하여, 라라 씨의 홍차 우리는 법 강습이 시작됐다.

찻잎의 종류, 찻잎의 양, 물의 온도, 뜸 들이는 시간 등을 천천히 설명해 주었다. 그것을 네린과 피나는 필사적으로 메모했다.

라라 씨가 견본으로 우려 준 홍차를 바로 시음했다.

"맛있네요."

커피보다 홍차를 좋아하는 나로서는 기쁜 맛이었다.

"정말 맛있어요."

"저, 설탕이 필요해요."

"후후, 여기요."

라라 씨가 피나를 위해 설탕을 준비해줬다. 피나는 설탕을 넣어 홍차를 맛봤다.

"달달한 디저트가 먹고 싶어지네요."

"그럼 이거라도 먹을래?"

나는 곰 박스에서 쇼트케이크를 꺼내 테이블 위에 내놓고 케이크와 함께 홍차를 마셨다.

"저렴한 홍차라도 충분히 케이크와 어울리네요."

"네, 맛있어요."

홍차의 질은 문제가 없어 보였다.

"그럼 제가 한 것처럼 한 분씩 해볼까요?"

네린이 첫 번째라고 생각했으나 고개를 저었기 때문에 맨 처음엔 내가 해보기로 했다. 뭐, 할 수 있게 된다면 집에서도 맛있는 홍차를 마실 수 있게 되기 때문에 외워둔다고 손해 볼 건 없었다. 나는 라라 씨가 한 것처럼 홍차를 우렸다.

"이거로 괜찮으려나?"

포트에서 컵으로 홍차를 따랐다.

"네, 유나 님, 잘하시네요."

"그럼 선생님, 시음을 부탁드릴게요."

나는 홍차가 담긴 잔을 라라 씨 앞에 두었다.

"후후, 엄하게 채점할 겁니다."

"그 부분은 봐주세요."

내 부탁에 라라 씨는 웃음을 지은 뒤 천천히 차를 마셨다.

"유나 님, 처음 한 것치고는 맛있네요. 충분히 합격점을 드릴 수 있겠어요."

한 번에 합격점을 받은 모양이다. 뭐, 찻잎의 양부터 물의 온도까지 배우면 큰 실패는 하지 않겠지.

그 뒤로 네린과 피나도 홍차를 우려냈다. 네린은 긴장한 탓에 첫 번째에서는 실패를 했지만, 두 번째부터는 제대로 맛있게 우려낼 수 있었다.

"여러분, 외우는 게 빠르네요."

"이것도 선생님이 잘 가르쳐 주셔서 그렇죠."

세세하게 가르쳐 줘서 그대로 하기만 하면 맛있는 홍차를 우려낼 수 있었다. 이 우리는 방법은 라라 씨가 긴 시간 동안 연구해서 도달한 영역일지도 모른다.

"라라 씨에게 보답을 하고 싶은데, 뭐가 있을까요? 케이크 무제한이라든가?"

"그것도 매력적이지만 가끔은 느와르 님과 함께 놀아 주세요."

"그런 거로 괜찮겠어요?"

"네, 매일은 곤란하지만 유나 님과 피나 양 두 분과 함께 있으면 느와르 님은 즐거워하세요. 그러니까 부탁드리겠습니다."

"알겠어요."

"네, 저도 노아 님이 싫어하시지 않는다면 찾아뵐게요."

"잘 부탁드릴게요."

나와 피나는 라라 씨의 부탁을 승낙했다.

그 후, 연습으로 우린 홍차를 마시면서 케이크를 먹고 있는데 노아가 부엌에 들어왔다.

“아, 역시, 유나 님과 피나가 와 있었네. 게다가 모두들 케이크를 먹고 있네요. 어째서 저를 불러주지 않은 거예요! 너무해요.”

“노아 님은 공부가 있으니까요.”

“그렇다고 해서 저만 따돌려도 되는 건 아니죠.”

“딱히 노아를 따돌린 게 아니야. 노아도 알고 있잖아. 오늘은 홍차 우리는 법을 배우러 온 거야.”

“으으, 그건 알고 있었지만, 모두들 즐겁게 케이크를 먹고 있는 건 너무해요.”

“그럼, 내가 홍차를 우릴 테니까 마셔 줄래?”

“떫으니까 싫어요.”

그 후, 노아는 나와 피나가 우린 홍차를 마셔 주었다. 네린은 노아가 영주의 딸이라는 걸 알더니 고개를 저었다.

“영주님의 따님께 차를 우려 드린다니 무리예요.”

여기에서 거절한다고 해도 노아는 가게로 올 거니까 어찌 됐든 네린이 만든 케이크와 홍차를 먹게 될 텐데. 뭐, 그 부분은 말하지 않았다.

노아의 난입도 있었지만 대충 문제없이 라라 씨의 홍차 강습이 끝났다.

나머지는 집과 가게에서 연습하기로 했다. 홍차를 우리는 도구는 라라 씨가 준비해 줬기 때문에 돌아가서도 연습할 수 있었다.

나도 홍차 우리는 법을 배워서 언제든지 집에서 맛있는 홍차를 마실 수 있었다. 문제점이 있다고 한다면 조금 귀찮은 정도? 티백처럼 간단하면 좋았을 테지만, 그렇지 못했다.

가게에 선보일 홍차는 클리프의 소개와 밀레느 씨 덕분에 싸게 구입할 수 있게 됐다. 과연, 영주님과 상업 길드의 길드 마스터라고 해야 하나, 이럴 땐 권력을 가진 지인이 있다는 게 도움이 되네.

케이크를 판매할 공간은 빵이 진열되어 있는 판매대를 넓히기로 했다. 이 부분은 밀레느 씨와 티루미나 씨와 모린 씨가 의논을 해서 정했다.

드디어 케이크를 파는 당일, 모린 씨의 빵을 구입할 목적으로 손님들이 왔다. 그와 동시에 케이크를 사러 온 손님들도 있었다. 케이크의 발매일이 정해진 며칠 전부터 빵을 사러 와준 손님들에게 한 입 사이즈의 케이크 시식을 제공했다. 뭐, 연습으로 만든 케이크의 처분이라고도 하지. 그 시식 덕분인 것도 있어서 케이크는 순조롭게 판매되었다.

홍차는 케이크와 함께 주문하면 단품보다 조금 싼 가격으로 마실 수 있었다. 그래서 세트로 주문하는 손님들이 많았다. 물론, 우유와 과즙 주문도 가능했다.

게다가 곁들여서 소금이 뿌려진 감자튀김도 준비했다. 케이크에 감자튀김 세트. 최강의 세트지만, 생각만으로도 살이 찔 것 같다. 많이 먹으면 매상에 좋긴 하지만 과식 주의라는 포스터라도 만드는 게 나으려나?

밀레느 씨처럼 여러 번 먹는 손님이 나타난다면 그때 생각하기로 하자.

가격은 티루미나 씨가 재료비와 만드는 데 드는 시간 등을 고려하여 산출해줬다. 금액적으로는 일반인들도 충분히 사 먹을 수 있게 되어 있었다. 하지만 빵 하나의 금액보다는 비쌌다.

하긴, 이익이 나지 않으면 판매하는 의미가 없으니…….

케이크 판매 상황도 순조로워 무사히 완판했다. 일단 오늘은 추가로 만들지는 않았다. 서서히 상황을 보면서 늘려갈 생각이다. 그 부분은 네린, 모린 씨, 티루미나 씨가 의논해서 정할 것이다.

"지쳤다~."

네린이 의자에 쓰러지듯 앉았다.

"어땠어? 자신이 만든 케이크가 판매되는 걸 보니."

"물론 기뻤지. 내가 만든 케이크를 미소와 함께 맛있다고 해주는 모습을 보니 나도 기뻐져서 내일도 열심히 하자는 생각이 들었어."

"홍차 평판도 좋았던 것 같아."

"홍차는 힘들었어요. 주문이 들어올 때마다 우려야 하니까."

맛있는 홍차를 만들어 두는 건 불가능하니 어쩔 수 없었다.

“다음번에, 아이들에게도 알려주면 편해질 거야.”

“네린 언니, 나 배울 수 있어.”

“나도.”

“으읏, 모두들 착한 아이들이야!”

네린은 아이들을 끌어안았다. 그건 나도 그렇게 생각한다. 아이들은 너무 착하다.

“네린도 그렇고 모두들 내일 준비를 해야지.”

쉬고 있는 우리에게 카린 씨가 말을 건넸다. 카린 씨의 말에 아이들은 힘차게 대답하고 움직였다.

“젊다는 건 대단해.”

힘차게 움직이는 아이들을 보고, 네린이 진지하게 말했다.

“그러는 네린도 열다섯 살이잖아?”

“아이들을 보고 있으니 나도 나이가 들었나 싶어서.”

“그럼, 나는 할머니겠네?”

“모린 고모?!”

이야기를 듣고 있던 모린 씨가 네린의 나이 발언에 네린을 살짝 흘겨봤다.

“아뇨, 모린 고모는 젊어요! 할머니라니, 당치도 않은걸요.”

네린은 손을 좌우로 크게 흔들며 열심히 부정했다.

“내가 젊으면 네린은 더 젊다는 거네.”

“그건…….”

"그렇게 젊은 네린은 아이들을 일하게 하고 아무것도 안 할 생각인가?"

"바로 내일 준비를 하겠습니다!"

모린 씨의 말에 네린은 허둥지둥 움직였다.

모린 씨는 그런 모습을 미소를 지으며 바라봤다.

"저래도 성실한 아이니까 너그러이 봐줘."

"아이들과 사이좋게 일해 준다면 문제는 없어요. 게다가 모린 씨가 그 부분은 봐주실 거잖아요?"

"확실하게 교육할게."

모린 씨는 그렇게 말한 뒤 자신도 일을 하러 갔다.

171 곰 씨, 왕도에 미스릴 나이프를 찾으러 가다

신상품인 케이크 판매도 순조로웠다. 네린도 열심히 해줬다. 마침내 가게가 안정이 되어서 왕도에 가기로 했다.

슬슬 가잘 씨에게 부탁했던 미스릴 나이프를 받으러 가야 했다. 부탁하고 날짜가 꽤 지나버렸다. 슈리의 나이프는 골드 씨에게 받아서 언제든지 사용할 수 있도록 곰 하우스 창고에 두었다.

왕도에 가는 것이니 플로라 님께 케이크를 가져가기로 했다. 혼자서 가는 것도 쓸쓸하니 또다시 피나를 불렀다. 이번엔 당일치기 예정이므로 티루미나 씨의 허가도 필요 없었다. 하지만 피나에게 「그, 이번엔 거절할게요」라며 거절당했다.

볼일이 있으면 다른 날에 가겠다고 했으나 볼일은 없다고 했다.

어쩌면, 피나에게 거절당한 건 처음일지도 모른다. 뭐지? 이 가슴을 무언가에 찔린 듯한 통증은. 기르는 개에게 다가갔더니 도망친 것 같은 비극적인 느낌은. 눈물이 날 것 같다.

"유나 언니?"

"나, 피나에게 미움받을 짓이라도 한 거야?"

"아, 아니요. 저, 유나 언니를 싫어하지 않아요."

"그럼 어째서?"

내 말을 부정했지만, 이제껏 권유해도 별 다른 일이 없는 한 거절당한 적은 없었다.

어쩌면 곰 옷차림을 한 나와 함께 걷는 게 창피한 나이가 되어버린 걸지도 모른다.

"유나 언니, 아니니까 진정하세요."

피나는 열심히 부정했다. 피나는 이번에 같이 가고 싶지 않은 이유를 이야기해주었다.

왕도에 가는 건 좋지만 지난번 일로 인해 한동안은 성에 가고 싶지 않은 모양이었다.

"딱히 그 국왕이라면 신경 쓰지 않아도 돼. 그리고 만약 불만을 말해 온다면 내가 때려눕혀 줄게."

섀도복싱 흉내를 내며 슈슉 하고 곰 펀치를 해 보였다.

곰 펀치, 곰 펀치, 곰 펀치, 베어 펀치를 국왕에게 먹여 줄게.

"그런 짓을 했다간 유나 언니가 붙잡힐 거예요."

"그럼, 눈치 못 채도록 때릴게."

멀리에서 공기탄을 날리는 방법도 있었다.

"유나 언니!"

"농담이야."

뭐, 실제로 피나에게 무슨 일이 생긴다면 국왕이라도 농담이 아니게 될 테지만 말이다.

그런 이유로 이번엔 혼자서 쓸쓸히 곰 이동문을 사용해서 왕도로 왔다. 우선 가잘 씨가 있는 곳으로 가자. 이제 슬슬 나이프를 가지러 가지 않으면 혼날 거다.

나는 왕도의 곰 하우스에서 나와 곰 후드를 깊게 눌러쓰고 빠른 걸음으로 가잘 씨네 대장간으로 향했다.

왕도에서는 크리모니아와 달리 여전히 많은 시선과 「곰」이라는 단어가 들려왔다. 곰 복장이 신기한 건 어쩔 수 없지만, 인구도 많아서 그만큼 시선과 말소리를 듣게 된다. 나는 사람이 많은 길을 피해 걸었다.

“실례합니다.”

대장간 안으로 들어가 외치자 안쪽에서 가잘 씨가 나왔다.

“드디어 온 건가.”

얼굴을 보자마자 한소리 들어버렸다.

“죄송해요. 여러 가지 일이 좀 있어서…….”

“농담이다. 크리모니아에서 온 거잖아? 대금은 이미 받았으니 편할 때 오면 되지.”

가잘 씨는 멀리에서 왔으니까 어쩔 수 없다는 표정을 지었다.

음, 죄송합니다. 실제론 케이크를 만들거나, 낮잠을 자거나, 곰돌이, 곰순이와 놀았습니다. 게다가 가지러 오려고 하면 곰 이동문으로 바로 가지러 올 수 있었답니다. 진실을 말하면 성가셔지니 얼버무렸던 것뿐이다. 하지만 그런 말을 가잘 씨에게 할 수 있을 리가 없었다.

"하지만 모험가라면 하루라도 빨리 가지러 오는 것을 추천하네. 유사시에 없으면 죽을지도 몰라."

가잘 씨의 말은 옳았다. 만약, 마법이 통하지 않는 상대가 나타나면 의지할 수 있는 건 무기뿐이다. 그럴 때 미스릴 나이프가 있다면 대처할 방법이 있을지도 모른다.

"그래서, 두 개 다 완성됐나요?"

"당연하지. 그날 이후로 며칠이 지났다고 생각하는 거냐."

가잘 씨는 천에 감싸진 물건 두 개를 건네주었다.

그중 하나의 천을 벗기자 예쁜 칼집에 들어간 나이프가 모습을 드러냈다. 칼자루 부분은 검고 예뻤다. 칼자루 부분을 자세히 보자…….

"곰?"

마치 문장처럼 칼자루에 곰 얼굴이 박혀 있었다.

"잘 만들어졌지?"

가잘 씨가 조금은 으쓱한 표정을 지었다.

"이거, 가잘 씨가 새기신 거예요?"

"새길 생각은 없었는데 네가 좀처럼 가지러 오질 않으니 시간이 비어서 새겼을 뿐이야."

"그, 죄송해요."

귀찮다고 가지러 오지 않아서 죄송합니다. 마음속으로 사죄했다.

"그보다도, 한번 빼보렴."

가잘 씨의 말대로 칼집에서 나이프를 뺐다. 예쁜 칼이었다. 칼을 비추어 보자 창으로 들어오는 햇빛을 반사할 정도로 잘 벼려 있었다.

"쥐는 감도는 어떠냐? 일단, 지금 가지고 있는 검은 게 오른손용. 검은 곰 쪽에 들면 되네."

"검은 쪽이요?"

"다른 한쪽은 하얀 칼자루로 되어 있어. 그쪽은 왼손인 하얀 곰용이다. 색이 다르면 알기 쉽잖니."

나는 다른 하나의 천에 감싸여 있던 나이프를 꺼냈다. 천 안에서 나온 건 하얀 칼자루의 예쁜 나이프였다. 이쪽 칼자루에도 곰 얼굴이 확실하게 새겨져 있었다.

"설마, 좌우 따로따로 만들어 주신 거예요?"

게임 안에서 무기를 드는 손 같은 건 들어본 적이 없었다. 하지만 식칼 등에는 제대로 왼손잡이용 같은 게 존재한다. 칼에는 미묘한 각도의 차가 있다고 들은 적이 있다. 아마 그것과 같이 이 나이프의 날은 오른쪽과 왼쪽에 차이가 있다고 생각한다.

"양손에 들고 싸울 거라고 했으니까 말이야. 좌우 손에 맞춰서 잡기 쉽도록 했다. 그렇다고 해서 서로 반대로 사용할 수 없는 건 아니지만 말이네."

"그럼, 미스릴 나이프의 잘리는 감도를 확인해 봐도 될까요?"

"그래, 어딘가 이상이 있다면 말해주게. 바로 고칠 수 있는 부분이라면 고치지."

나는 가게 밖으로 나가 곰 박스에서 아이언 골렘을 꺼냈다.

그럼, 날을 확인해 볼까.

"나이프에 마력을 보내면 되는 거죠?"

"그래, 그걸로 잘리는 감도가 변하지. 감도는 네 마력에 따라 달라져."

"그 말은, 잘리지 않으면 제 마력 탓이라는 건가요?"

"그럼, 잘리지 않으면 내가 만든 나이프가 안 좋다는 뜻이냐?"

그렇게 말하면 아무런 말도 못 하게 된다. 뭐, 확인해 보면 된다. 잘리지 않으면 그때 생각하기로 하자.

나는 양손의 곰 장갑의 입에 나이프를 물렸다. 게임 시절을 떠올렸다. 단도도 적잖이 사용한 적이 있었다. 나이프는 가벼워서 재빠른 움직임이 가능했지만 공격력은 낮기 때문에 사용하기가 곤란했다. 하지만 투척이 가능해서 적은 움직임으로도 공격이 가능했다. 적에 따라서는 활약하는 무기다.

나는 미스릴 나이프를 감아쥐고 마법을 사용하는 요령으로 곰 장갑에 마력을 모았다. 아이언 골렘의 오른팔을 향해 오른쪽, 왼쪽 순서로 나이프를 휘둘렀다. 그러자 아무런 저항도 없이 아이언 골렘의 오른팔이 두 개로 나뉘어 지면에 떨어졌다.

"오오, 대단해요! 가잘 씨, 대단하네요. 아이언 골렘의 팔이 간단하게 잘렸어요."

약간 감동했다.

"대단한 건 아가씨지. 제아무리 미스릴 나이프라도 철을 그렇게 간단하게 자를 수 있진 않아."

가잘 씨가 칭찬해 주었다.

"가잘 씨가 만든 나이프가 대단한 거 아니에요?"

나는 아이언 골렘에서 조금 거리를 두었다. 그리고 아이언 골렘을 향해 달려들어 스치는 순간에 몇 번 휘둘렀다. 내가 지나치자 아이언 골렘이 몇 조각으로 나뉘었다. 어쩐지, 닌자가 된 기분이다. 곰 장비를 사용하면 닌자도 될 수 있을 것 같네. 인형 옷차림이니까 눈에 뜨이는 게 난점이지만.

"대단하군. 몇 번 잘랐는지 보이지 않았어."

가잘 씨는 아이언 골렘으로 다가가 잘린 단면을 봤다. 그리고 내 쪽으로 다가왔다.

"나이프를 보여주게."

나는 나이프를 건넸다. 가잘 씨는 하늘을 향해 나이프를 비췄다.

"철을 잘랐는데도 날의 이가 빠진 게 하나도 없어. 이게 네 실력의 증거지. 검의 솜씨도 좋고, 마력의 흐름도 좋아. 골드가 우수한 모험가라고 할 만하군. 사람은 눈으로 판단하면 안 된다는 말의 전형적인 인물이야."

나는 나이프를 돌려받아 곰 박스 안에 담았다. 좋은 쇼핑을 해서 만족이다.

이 나이프로 아이언 골렘과 싸우고 싶었는데……. 실전에서 잘 리는지 어떤지 시험해 보고 싶었다. 훈련으로 벤 아이언 골렘과 마석의 마력으로 단단해진 아이언 골렘은 차이가 컸다. 이렇게 좋은 무기를 얻었는데 상대가 없는 게 아쉬웠다.

"그건 그렇고 아까운 짓을 했군."

가잘 씨는 망가진 아이언 골렘을 보면서 말했다.

"철을 자를 거면 철봉을 잘라도 되지 않니?"

그저 아이언 골렘으로 시험해 본 것뿐이다.

"그러고 보니, 선물한 아이언 골렘으로 장식해 주셨네요."

"의외로 손님들에게 호평이야. 이 정도로 상태가 좋은 아이언 골렘은 모두들 본 적이 없으니까 말이지. 신기함에 보고 가지. 뭐, 이걸로 매상이 늘거나 하지는 않지만 좋은 선전은 되고 있어."

방해가 된다면 파괴해도 된다고 했지만 남아 있는 모습을 보니 기뻤다.

그 뒤, 남은 미스릴을 돌려받고 철은 가잘 씨에게 넘겨줬다.

"그럼, 고마웠어요."

"기다려. 가게 밖에 있는 잔해를 저대로 두고 갈 셈이야?"

가잘 씨는 절단된 아이언 골렘을 가리켰다. 곰 박스에 담는 게 귀찮아서 방치하고 떠나려고 했는데 도망치지 못했다.

아이언 골렘의 잔해를 치우려던 순간, 나는 좋은 생각을 떠올렸다.

“저기, 치우는 게 귀찮아서 그런데…… 드릴게요.”

“이런 바보 같은 말을 하는 녀석은 본 적이 없어! 아무리 잘라냈다고 해도 철이지 않니. 이 정도라면 무기나 도구를 얼마나 만들 수 있는지 알고 있는 거냐?”

“그런 말을 들어도……. 이렇게 조각난 철을 가지고 있어도 사용하지 않을 거예요.”

“팔면 되잖아. 돈이 꽤 될 거야.”

나는 철 부스러기를 바라봤다. 너무 잘게 잘려 있었다. 곰 박스에 담는 것도, 꺼내는 것도 성가셨다.

“역시 괜찮아요. 귀찮기도 하고.”

“도대체…… 알았다. 내가 사도록 하지. 하지만 비싸게는 살 순 없어.”

“그럼 이 미스릴 나이프 칼자루에 곰을 새겨주신 보답으로 하면 되겠네요.”

“그건 안 돼. 아가씨에겐 너무 많이 받았어. 게다가 앞으로도 대등하게 너와 마주하고 싶거든.”

그렇게까지 들으면 받아들일 수밖에 없다.

나는 가잘 씨에게 돈을 받았다.

“그리고 약속했던 사부에게 건넬 소개장이다. 지도도 같이 그려두었네. 순서대로 가면 길을 잃지 않을 거야.”

“고마워요, 다음번에 가볼게요.”

"그땐 사부에게 안부 잘 전해주렴."

이번에야말로 나는 가잘 씨에게 감사 인사를 하고 가게를 뒤로 했다.

172 곰 씨, 플로라 공주가 있는 곳으로 가다

가잘 씨에게서 미스릴 나이프를 받은 나는 성으로 갔다.

길드 카드의 입성 허가서가 있음에도 불구하고 얼굴 패스, 가 아닌 곰 패스로 성 안으로 들어갔다. 그와 동시에 다른 문지기가 다가왔다. 응, 항상 있는 광경이다.

이 길드 카드에 담겨 있는 입성 허가증의 도장이 의미가 없네. 참고로 마력을 흘려넣지 않으면 입성 허가증의 도장은 볼 수가 없다. 사용할 때가 있다고 한다면 나에 대해 모르는 문지기일 때, 내가 인형 옷을 벗었을 때려나. 벗으면 벗는 대로 다른 문제가 일어날 것 같은데.

나는 성 안을 곰 인형 옷 차림으로 거닐었다. 보통, 이렇게 곰 인형 옷 모습으로 성 안을 걷고 있는 사람이 있다면 분명 논란의 대상이 될 거다. 원래 세계로 따지자면 왕실 안을 인형 옷을 입고 걷는 것과 같은 거다. 하지만 지나가는 사람들이 소리를 치는 모습은 보이지 않았다.

눈앞에 한 여성이 있었다. 나는 일단 가볍게 고개를 숙이고 지나치려고 했다. 그러나 여성은 나를 보더니 다가왔다.

뭐지? 허가라면 받았는데.

"저기, 그림책, 감사합니다. 아이들과 재미있게 읽고 있어요."

여성은 그 말만 하더니 고개를 숙이고 떠나갔다. 뭔가 했더니 그림책이군. 그러고 보니 잊고 있었는데, 성 내부 한정으로 그림책을 배부했었지.

하지만 내가 그렸다는 게 퍼져 있는 건가?

음, 내가 그린 것은 비밀로 해달라고 엘레로라 씨에게 말했는데. 이건 엘레로라 씨에게 항의를 해야겠네.

플로라 님의 방에 도착할 때까지 같은 일이 반복됐고, 이번엔 악수까지 요청받았다.

"다음 그림책, 아이들과 기대하고 있을게요."

혹시 내 직업, 그림책 작가로 된 건가?

아니, 아니지, 나는 그림책 작가가 아니야. 다음이든 뭐든 지금 상황에선 그릴 예정이 없다.

엘레로라 씨에게 제대로 말해서 이 이상 퍼지지 않도록 해달라고 해야겠어. 하지만 작가명도 적지 않았는데 어떻게 내가 그렸다는 걸 알았지?

그렇게 이런저런 생각을 하는 사이에 플로라 님의 방에 도착했다. 문을 두드리자 방 안에서 안쥬 씨의 목소리가 들려왔고 문이 열렸다.

"앗, 유나 님, 어서 오세요."

안쥬 씨는 플로라 공주를 돌보는 사람이다. 유모도 겸하고 있기 때문에 플로라 님을 딸처럼 귀여워했다.

"안쥬 씨, 안녕하세요. 플로라 님은 계신가요?"

"네, 계십니다."

방 안으로 들어가 플로라 님께 인사를 하려고 했는데 안쥬 씨의 뒤에서 플로라 님이 얼굴을 내밀었다.

"곰 님!"

나를 본 플로라 님은 만면에 미소를 띠며 배에 안겨 왔다.

"플로라 님, 안녕하세요."

"곰 님, 안녕하세요."

플로라 님이 인사에 답해줬다. 국왕의 피가 이어져 있다고는 도저히 생각되지 않을 정도로 귀여웠다. 아, 왕비님을 닮은 거군. 장래에 왕비님을 닮아서 미인이 되겠어.

"그럼 유나 님, 방 안으로 들어오시죠."

안쥬 씨의 권유에 방 안으로 들어가려다 걸음을 멈췄다.

"유나 님?"

"곰 님?"

갑자기 걸음을 멈춘 내게 두 사람이 말을 건넸다.

"플로라 님, 오늘은 날씨도 좋은데 정원에 가지 않으실래요?"

여기에 있으면 분명 국왕이 올 거다. 그걸 피할 방법이 떠올랐다. 나는 과거에도 몇 번 플로라 님의 방을 방문했는데, 그때마다 플로라 님의 방에서 식사를 했다. 그렇다면 이번에도 국왕은 플로라 님의 방에 내가 있다는 걸 알고 있을 것이다.

그렇다면 간단한 일이었다. 식사하는 장소를 바꾸면 됐다.

피나가 국왕과 엘레로라 씨 때문에 대미지를 입었으니 조금은 복수를 해줘야지.

"그러네요. 플로라 님, 오늘은 날씨가 좋으니 정원으로 가실까요?"

"곰 님이 간다면 갈래."

안쥬 씨는 내 생각에 한 치의 의심도 품지 않고 동의했고, 플로라 님은 내 새까만 잔꾀를 미소로 허락해줬다. 그 두 사람의 미소를 보고 약간 죄책감이 들었다.

하지만 두 사람에게 승낙을 받았으므로 『국왕, 플로라 님의 방에 왔으나 아무도 없었다 작전』을 결행했다.

국왕과 엘레로라 씨가 플로라 님의 방에 왔는데 아무도 없어서 곤란해하는 얼굴이 눈에 선했다.

"유나 님, 왜 그러세요?"

내 변화를 눈치챈 건지, 안쥬 씨가 말을 건네 왔다. 볼이 씰룩거리고 있었던 모양이다.

"아무것도 아니에요."

"그런가요? 그럼 유나 님, 저는 차를 준비할 테니 플로라 님을 부탁드려도 괜찮을까요?"

내가 알겠다고 하자, 안쥬 씨는 고개를 작게 숙이고 차 준비를 하러 갔다.

“그럼, 플로라 님, 정원으로 갈까요?”

플로라 님께 곰 장갑을 내밀자 작은 손으로 잡아주었다. 우리는 손을 잡고 정원으로 향했다.

가능하면 정원으로 가는 동안 아무에게도 들키지 않는 게 이상적이지만, 세 명 정도 스쳐 지나갔다. 그 세 사람을 통해서 정원으로 간 우리의 정보가 국왕의 귀에 들어가지 않기를 빌었다.

정원에 도착하자 예쁜 색색의 꽃들이 피어 있었다. 과연, 왕궁의 정원이다. 전에도 봤지만 예쁜 장소다. 식사를 하기에도 좋았다. 하지만 이런 예쁜 정원도 성에 있는 관계자만 볼 수 있는 거겠지. 그렇게 생각하자 아까웠다. 하지만 정원을 혼자 독차지하는 게 아니라 둘이서 차지할 수 있으니 오늘은 감사하자.

만약 이곳이 관광지였다면 사람이 넘쳐나 꽃 같은 건 천천히 볼 수도 없을 것이다.

플로라 님을 바라보자 기쁘게 꽃들을 둘러보고 있었다. 공주님과 꽃은 어울리는 조합이지만 곰 인형 옷과 꽃은 어울리지 않네. 상상해 보지만 웃음만 날 뿐이다.

나는 플로라 님의 손을 잡고 정원 중앙으로 향했다.

정원 중앙에는 원형 테이블과 그것을 감싸듯 의자가 놓여 있고, 수다를 떨거나 가볍게 식사를 할 수 있도록 되어 있는 장소가 있었다. 비가 내려도 젖지 않도록 테이블 위에 지붕도 확실하게 있었고, 꽃을 즐기는 장소가 마련되어 있었다. 비뿐만 아니라 햇빛도 막아줘서 케이크를 먹기에도 좋은 장소였다.

그렇게 생각하고 정원 중앙에 도착했는데 먼저 온 손님이 있었다.

"어머나, 유나에 플로라까지. 이런 곳엔 어쩐 일이니?"

왕비님이 홀로 의자에 앉아 정원을 바라보고 계셨다. 왕비님 혼자 있어도 되는 거야? 성 안이니까 괜찮으려나?

"오늘은 플로라 님의 방이 아니라 여기에서 식사를 하려고 했는데, 방해가 됐나요?"

"그렇지 않아. 나도 같이 먹어도 될까?"

거절할 수는 없으므로 승낙했지만, 왕비님께 멋대로 음식을 드려도 되는 건지……. 이미 플로라 님께는 여러 음식들을 드렸으니 이제 와서……라는 느낌이 들지만 말이다.

"곰 님, 오늘은 뭘 먹을 거예요?"

플로라 님은 왕비님의 오른쪽 의자에 앉아 물었다.

이거 완전히 내가 오면 먹을거리를 연상시키게 만들어 버렸다. 뭐, 올 때마다 먹거리를 가지고 왔으니까 어쩔 수 없지만. 마치 병아리에게 먹이를 주는 것 같다.

"달고 맛있는 거예요. 하지만 잠시 기다려 주세요."

원형 테이블에는 의자 네 개가 놓여 있었다. 나는 케이크를 꺼내기 전에 나머지 의자에 아무도 못 앉도록 철저히 대비했다.

플로라 님 옆 의자에는 꼬맹이로 변한 곰돌이를 소환해서 앉혔다. 남은 의자에는 곰순이를 소환해서 앉혔다.

이걸로 국왕이 와도 앉을 수 없을 거다. 내가 곰순이를 안고 앉으면 OK다.

완벽한 작전이다. 하지만 작전은 곧바로 붕괴됐다.

"작은 곰님이다~!"

플로라 님이 의자에서 뛰어내려 옆자리에 앉아 있는 곰돌이에게 안겼다. 그리고 곰돌이를 잡아당겨 의자에서 끌어내렸다. 이 상황은 생각하지 못했다.

"어머나, 귀엽네."

게다가 왕비님도 일어나 곰순이를 껴안았다.

플로라 님과 왕비님께 그러면 안 된다고 말할 순 없었고, 결국 빈자리가 생겨버렸다.

"곰 님, 이 아이, 큰 곰님의 아기예요?"

그러고 보니 플로라 님은 작은 곰돌이와 곰순이를 보는 건 처음이었나?

"아니에요, 큰 곰님을 작게 한 거예요."

"대단해."

플로라 님은 곰돌이를 안았다. 어쩐지, 케이크를 먹을 상황이 아니게 되어 버렸다. 뭐, 플로라 님이 즐거워하고 있으니 상관없지만.

플로라 님은 정원 안을 곰돌이와 뛰어다녔다. 넘어질 것 같아서 무서운데. 하지만 왕비님은 그런 모습을 곰순이를 안고 바라보고 계셨다.

"폭신폭신해서 기분 좋네."

곰순이는 왕비님의 품 안에서 좋아하고 있었다. 나는 무료해져서 약간 쓸쓸한 마음이 들었다.

"그건 그렇고, 유나의 소환수는 귀엽네. 나도 갖고 싶어."

"못 드려요."

"저런, 유감이네."

왕비님은 곰순이를 더욱 강하게 껴안았다. 곰순이가 괴로울 것 같으니 그만둬 주시죠.

플로라 님이 곰돌이와 놀고 있는 모습을 잠시 지켜보고 있는데 안쥬 씨가 왔다. 게다가 안쥬 씨뿐만이 아니라 여기에 있을 리가 없는 두 사람도 함께였다.

"오늘은 여기에서 먹는 거냐?"

"유나, 오늘은 뭐 먹어?"

안쥬 씨와 함께 국왕, 엘레로라 씨가 왔다. 항상 모이는 멤버들이 모두 모였다. 『국왕, 플로라 님의 방에 왔으나 아무도 없었다 작전』이 보기 좋게 실패한 순간이었다.

"어떻게 여길……?"

왠지 알 것 같지만 묻지 않을 수 없었다.

"아, 네가 왔다는 보고를 받고 일을 내팽개치고 플로라 방으로 가는데 도중에 안쥬를 만났지. 그랬더니 오늘은 여기에서 식사를 한다고 하지 뭐야."

어디에서부터 지적하면 되는 건가.

일단, 일을 내팽개치면 안 되지! 라고 말하고 싶다.

"그래서 유나, 우리 플로라와 함께 있는 저 곰은 뭐지?"

국왕이 곰돌이와 노는 플로라 님을 보며 물었다.

"제 소환수인 곰돌이예요. 전에 보여드렸잖아요."

"곰돌이라니, 크기가 다른데?"

"후후, 유나의 곰은 작게 만들 수 있어요."

엘레로라 씨에겐 학생들을 호위했을 때 알려줬기 때문에 놀란 모습은 없었다.

"곰돌이, 이리 와."

곰돌이를 부르자 내 쪽으로 달려왔다. 그것을 뒤쫓듯 플로라 님이 따라왔다.

"그 곰이 이렇게 작아지다니!"

국왕이 내가 있는 곳으로 온 곰돌이를 끌어안았다.

"오오, 부드럽군."

"아버님, 뺏어 가면 안 돼요."

플로라 님은 국왕의 다리에 매달려 항의했다.

뺏어 가면 안 된다니, 곰돌이는 내 가족입니다만.

"그래, 무거우니 조심하렴."

국왕은 곰돌이를 플로라 님께 건네줬다. 몸집은 플로라 님이 더 컸지만 곰돌이를 들어 올리지는 못했다. 플로라 님은 엉덩방아를 찡어도 기쁜 듯이 곰돌이를 껴안았다.

확실히, 돌려주는 거겠지……?

곰돌이를 떼어 놓으면 플로라 님이 울어 버릴 미래만이 보였다.

으으, 어쩌면 좋지…….

173 곰 씨, 왕족과 케이크를 먹다

결국, 『국왕, 플로라 님의 방에 왔으나 아무도 없었다 작전』은 실패하고 모두가 모이게 되었다.

그리고 모르는 사이에 의자가 하나 더 늘어났다. 행동이 빠르다. 이미 의자에는 곰순이를 껴안고 있는 왕비님, 일을 내팽개치고 온 국왕, 항상 무슨 일을 하는지 알 수 없는 엘레로라 씨가 앉아 있었다.

"플로라 님도 이제 그만 의자에 앉으셔야죠."

곰돌이를 돌려받기 위해 자리에 앉을 것을 권유했다.

"싫어."

플로라 님은 곰돌이를 끌어안았다. 곰돌이는 플로라 님의 품속에서 곤란해하고 있었다. 구해주고 싶지만 억지로 빼앗으면 울겠지.

"플로라 님, 맛있는 게 있는데 드셔 보실래요? 하지만 곰돌이를 안고 있으면 먹을 수 없답니다."

"맛있는 거?"

"맛있답니다. 게다가 곰돌이도 피곤하니까 쉬고 싶다고 하네요."

내가 곰돌이에게 눈으로 신호를 보내자 곰돌이는 피곤하다는 듯 「크~응」 하고 작게 울었다.

연기력에 정평이 난 곰돌이와 곰순이다. 과거에 그 연기력으로 노아를 속이고, 미릴러 마을의 숙소를 덮쳤던 나쁜 놈들을 식인 곰 역할을 맡아 위협하기도 했다. 그런 곰돌이의 지친 연기를 본 플로라 님은 잠시 고민하더니 조용히 놔주었다.

"곰돌이, 미안해. 또 놀자."

"크~응."

응, 착한 아이야. 곰돌이는 연기가 아니라 정말로 기쁜 듯이 울었다. 플로라 님과 떨어진 곰돌이는 내게로 다가왔다.

플로라 님과 놀아준 곰돌이의 머리를 위로하듯 쓰다듬어 주었다. 그리고 플로라 님의 마음이 변하기 전에 곰돌이를 송환했다.

플로라 님은 사라진 곰돌이를 보고 조금 슬픈 표정을 지었지만, 의자에 제대로 앉아 주었다.

다음번엔 셰리에게 부탁해서 곰돌이와 곰순이를 본뜬 곰 인형이라도 만들어달라고 해야 하나? 플로라 님께 선물한다면 기뻐할 것 같다.

나는 나머지 소환수인 곰순이를 바라봤다. 곰순이는 점잖게 왕비님께 안겨 있었다. 왕비님은 곰순이를 놔줄 낌새가 없어 보였다.

따님은 제대로 돌려줬습니다. 이제 그만 곰순이를 돌려주시죠. 왕비님은 내 무언의 어필에도 반응 없이 곰순이를 무릎 위에 두고 쓰다듬으셨다. 플로라 님이 그 모습을 부러운 듯 바라보았다.

이대로라면 곰순이 쟁탈전이 일어날 것 같아서 곰순이 회수는 나중에 생각하기로 하고, 서둘러 케이크를 준비했다. 나는 곰 박스에서 딸기 쇼트케이크를 꺼냈다.

"딸기다~!"

플로라 님의 시선이 곰순이에서 케이크로 옮겨졌다. 이것으로 쟁탈전은 일어나지 않을 것 같다.

"뭐지, 이건?"

"전에 먹었던 팬케이크에 가깝다고나 할까요."

"그래, 그거군. 그건 맛있었지."

나는 곰 박스에서 접시와 포크를 인원수만큼 꺼내 케이크를 나눠 담았다. 내가 케이크 준비를 시작하자 반대쪽에 있던 안쥬 씨가 홍차 준비를 했다.

"안에도 딸기가 들어 있네."

"딸기 좋아."

"맛있어 보여."

모두에게 케이크가 전달되고, 안쥬 씨도 홍차를 다 나눠주었다. 플로라 님께는 우유가 준비되었다.

"곰 님, 먹어도 돼요?"

플로라 님이 포크를 쥐고 착실하게 기다리고 있었다. 국왕? 왕비님? 나는 잠시 생각하다가 안쥬 씨의 교육으로 이해했다.

"응, 괜찮아요."

내가 그렇게 말하자 플로라 님은 기쁜 듯 포크를 케이크에 꽂아 먹기 시작했다.

"맛있어!"

볼에 크림을 묻히면서 만면에 미소를 지었다. 그 모습을 본 다른 사람들도 먹기 시작했다.

"정말 맛있네."

"그래, 하지만, 조금 단 맛이 강하군……."

"그래요? 딱 좋은 달달함이라고 생각하는데."

나는 케이크는 손대지 않고 안쥬 씨가 우려 준 홍차를 마셨다. 클리프의 저택에서 마셨던 홍차처럼 맛있었다. 국왕이 마시는 홍차다. 분명 이 찻잎도 고급품이겠지. 제대로 맛보면서 마시지 않으면 아깝겠어.

"이 디저트는 유나가 만든 건가?"

"뭐, 일단은요."

"항상 생각하는 거지만, 정말 수수께끼투성이인 곰이란 말이지."

국왕은 그렇게 말하면서 케이크를 먹었다.

"맛있는 걸 만들어 오고, 곰 소환수가 있고, 곰 옷차림을 하고 있고…… 엄청 강력한 마물을 쓰러뜨리는 모험가로는 보이지 않아."

뭐, 이세계 사람이고, 신님께 끌려왔고, 곰 장비와 곰 스킬을 받았으니까요.

"그렇지. 이번엔 광산 건으로도 신세를 졌다지. 감사하네."

엘레로라 씨에게 이야기를 들었는지 이미 알고 있는 모양이었다.

"일이니까요."

반은 억지로 부탁을 받은 거지만.

“너를 보고 있으면 도무지 그렇게 센 모험가로는 보이지 않는데. 다음번에 우리 기사들과 마법사들과 함께 시합을 해보지 않겠나?”

“정중하게 거절하겠습니다.”

누가 그런 성가신 일을 받아들이겠나. 시합을 해도 내게 메리트가 없었다. 잘못해서 이기기라도 한다면 체면이 구겨진 기사들과 마법사들에게 원한을 사게 될 거다. 사람의 질투와 원한만큼 무서운 건 없다. 괜히 원한을 살 필요는 없었다.

“그렇군. 유감이야.”

“곰 님, 강해?”

플로라 님이 볼에 크림을 묻힌 채 물어왔다.

“저보다 플로라 님의 아버지가 더 세요.”

주로 권력이라든가, 재력이라든가, 인맥이라든가 여러 가지로 말이죠. 그것들도 강함의 일종이다.

“아바마마, 강해!”

안쥬 씨가 볼에 묻은 크림을 닦아줬다.

“너 말이야…….”

국왕이 어이없다는 얼굴로 이쪽을 바라봤지만 무시했다. 모두에게서 웃음이 일었다.

케이크는 호평인 듯했고, 플로라 님은 곰돌이와 헤어진 슬픈 표정에서 무사히 미소로 돌아와 있었다.

곰순이 쪽을 바라보자, 아직까지도 왕비님이 무릎 위에서 안고 있었다. 곰순이를 구출해낼 타이밍이 전혀 보이지 않았다. 그런 곰순이가 쓸쓸한 표정으로 나를 바라봤다.

곰순이, 그런 눈으로 나를 보지 말아줘. 확실하게 구해 줄 테니까.

"유나, 너는 안 먹는 거야?"

홍차만 마시고 있는 내게 국왕이 물어왔다.

"시식으로 많이 먹었어요."

역시 질렸다. 맛있는 음식도 매일 먹으면 질린다. 미인도 3일 보면 질린다는 말도 있듯이.

"유나 님, 잠깐 괜찮으실까요?"

홍차를 마시면서 모두의 표정을 바라보고 있는데 안쥬 씨가 말을 걸었다.

"왜 그러세요?"

"이 케이크는 주방장님의 몫도 있을까요?"

"주방장이라면, 젤레프 씨요?"

이 성의 주방장은 젤레프 씨라는 분이다. 전에 푸딩 레시피를 전달했더니 고마워했다.

"실은 조금 전 차를 준비하러 갔을 때 주방장님과 만났습니다. 그때, 유나 님이 오셨다는 걸 전해드렸더니 기대하고 있으신 것 같아서요."

안쥬 씨가 곤란한 듯한 표정으로 설명해줬다. 전에 플로라 님이 좋아하셨으면 하는 마음에 푸딩 등 몇몇 먹을거리와 레시피를 전달한 적이 있었다.

나는 새 접시를 두 개 준비하고 케이크를 담았다.

"젤레프 씨께 전해 주세요. 그리고 안쥬 씨도 나중에 드세요."

안쥬 씨는 플로라 님과 셋이 있을 땐 같이 먹어 주지만, 국왕이 있을 때는 입장을 생각해서 같이 먹은 적이 별로 없었다.

"괜찮으신가요?"

"다음에 올 때 감상을 들려주세요."

"고맙습니다."

안쥬 씨가 기뻐하며 접시를 받아 들고 손수레 위에 올려두었다.

"안쥬, 여기는 됐으니 젤레프에게 갖다 주렴."

"괜찮습니까?"

"그래, 그 녀석이 유나의 요리를 기대하고 있다는 건 나도 알고 있으니. 그리고 자네도 같이 먹고 와도 되네."

"감사합니다. 그럼 전해주고 오겠습니다."

안쥬 씨는 고개를 숙이고 정원에서 나갔다.

"뭐, 용서해주렴, 그 녀석도 유나의 요리를 기대하고 있는 사람 중 한 사람이니까."

"항상 요리를 준비하실 텐데 제가 연락도 없이 와서 젤레프 씨를 방해하고 있잖아요. 그 정도는 신경 안 써요."

예전에는 왕족의 식사를 만드는 건 명예스러운 일이기 때문에, 주방장인 젤레프 씨 대신에 먹을거리를 가지고 오는 것을 달가워하지 않았다. 하지만 푸딩을 만든 게 나라는 걸 알고 나선 아무런 말을 하지 않게 됐다고 한다. 그 뒤론 가끔 젤레프 씨에게도 먹을거리를 전달하고 있다.

지난번에 내가 광산에 갔을 때도 엘레로라 씨와 피나가 성으로 간다고 해서 새로 만든 빵을 가져가게 했었다.

안쥬 씨가 정원에서 나가고 시간이 조금 지났을 때, 플로라 님의 그릇 위에 있던 케이크가 사라지고, 남은 케이크를 바라보고 있는 플로라 님을 알아차렸다. 그래서 비어 있는 플로라 님의 접시에 새롭게 케이크를 잘라줬다.

"곰 님, 고마워요."

"아까, 곰돌이를 잘 놓아주신 보답이에요."

옆에는 곰순이를 놓아주지 않는 사람이 있으니까요.

다음엔 다른 케이크를 만들어 가져올까. 과일 케이크나 치즈 케이크라면 만들 수 있을지도 모른다.

"유나, 나도 괜찮을까?"

엘레로라 씨가 접시를 조용히 내밀었다. 살쪄도 책임 안 져요.

"유나, 나도 부탁하지."

"나도 부탁할게."

엘레로라 씨, 국왕, 왕비님 몫의 케이크도 접시 위에 올려줬다. 어쩐지, 안쥬 씨가 없으니까 내가 메이드가 된 것 같다.

모두의 찻잔이 비어 있어서 라라 씨에게 배운 홍차 우리는 법으로 모두에게 홍차를 우려 줬다. 설마, 이런 곳에서 도움이 될 줄은 몰랐네.

내가 우린 홍차를 마신 국왕이 입을 열었다.

"뭐야? 홍차도 우릴 줄 아는 거냐?"

"능숙하게 우리네."

왕비님께도 칭찬을 들었다.

"클리프 씨네 메이드에게 배웠어요."

"혹시, 라라에게서?"

"네, 가게에서 케이크를 선보이게 됐을 때 홍차를 내놓고 싶어서 배웠어요."

"뭐야, 이걸 가게에서 파는 거냐?"

"재료도 있고, 만드는 법만 안다면 누구라도 만들 수 있거든요. 가게에서 만들면 먹고 싶을 때 언제든지 먹을 수 있잖아요."

스스로 만들지 않아도 된다.

"그럼, 가게로 가면 언제든지 케이크를 먹을 수 있다는 거네? 나, 크리모니아로 돌아갈까봐."

"매일 먹으면 살쪄요."

"그 전에 내가 크리모니아로 돌아가는 걸 허락하지 않으니 안심해."

"너무해, 모두들 괴롭히고."

그런 화기애애한 분위기로 케이크를 즐기고 있는데 정원 안쪽에서 무게감 있는 발소리가 들려왔다. 시선을 보내자, 이 성의 주방장인 젤레프 씨가 달려오는 모습이 보였다.

젤레프 씨는 약간 통통한 아저씨다. 겉보기엔 저렇지만 왕족의 요리를 맡을 정도로 신용 받고 있는 사람이었다.

그런 사람이 숨을 헐떡이며 달려왔다.

174 곰 씨, 왕도에 가게를 내다?

달리는 속도는 느리지만 숨을 헐떡이며 주방장인 젤레프 씨가 정원으로 찾아왔다. 그 뒤에서 걸어오는 안쥬 씨의 모습도 보였다. 어쩐지, 이동 속도가 비슷하다. 달리고 있는 사람과 걷고 있는 사람의 속도가 비슷한 건 처음 보네. 저러면 걸어도 되지 않나?

"젤레프, 무슨 일인가?"

정원에 나타난 젤레프에게 국왕이 물었다.

"폐하, 게다가 왕비님도 계셨군요."

"뭐, 일하다 쉴 겸."

그것도 매번 말이죠. 게다가 이 사람, 일을 내팽개치고 온 거라고요.

항상 생각하는 건데, 주의를 주는 사람은 없는 건가? 국무총리 같은 사람이 국왕 옆에 서서 잔소리를 한다거나, 국왕의 행동 때문에 위가 안 좋아져서 위장약을 먹으며 고생하고 있을 것 같은데. 뭐, 그런 국왕의 행동에 주의를 줄 수 있는 사람이 있다면 이렇게나 자유롭게 행동하지 않겠지.

"그래서 무슨 일이지? 네가 달리는 건 처음 봤다고."

그걸 달렸다고 하는 건가. 걸어온 안쥬 씨와 같은 속도였는데. 한편 안쥬 씨는 왕비님과 플로라 님이 있는 곳으로 다가가서 두 사람을 보살피고 있었다.

"창피한 모습을 보였습니다. 조금 전, 유나 님께 받은 음식이 신경 쓰여서 나잇값도 못 하고 달려와 버렸습니다."

젤레프 씨는 머리를 긁적이며 창피한 듯 대답했다.

나잇값을 못 하다니, 겉보기엔 30대 초반으로 보이는데. 게다가 달리는 데 나이는 관계없다고 생각한다. 오히려 열심히 운동해서 그 배를 집어넣는 편이 나을 것 같은데.

젤레프 씨는 그런 내 마음속 지적을 눈치채지 못하고 내 쪽을 바라봤다.

"유나 님, 오랜만입니다."

"젤레프 씨, 죄송해요. 항상 플로라 님과 모두의 식사를 준비해 주시는 데 방해해서……."

"분명 처음엔 그렇게 생각한 적도 있지만, 지금은 유나 님의 요리를 즐기고 있는 한 사람이기도 합니다. 유나 님의 요리에는 요리사로서 자극을 받는걸요. 요리에는 무한의 넓이가 있다는 것을 알려주셨으니까요."

그런 과찬을. 하지만, 이세계의 요리라면 그런 게 되는 건가?

"그래서, 유나 님. 조금 전 받은 팬케이크에 올라가 있는 하얀 건 뭔가요?!"

젤레프 씨는 내 눈앞으로 다가와 추궁했다. 곰 옷의 내열 효과 덕분에 더위는 타지 않는데, 지금은 더워서 숨이 막힐 것 같으니까 그렇게 다가오지 말아 주시죠. 나는 의자를 조금 뒤로 빼고 대답했다.

"휘핑크림이에요. 거품을 내서 생크림이라는 것을 만들죠. 그걸 딸기와 함께 팬케이크 위에 올리는 것뿐이에요."

이 대사도 이번이 몇 번째지? 이것 말고는 설명할 방법이 없으니까 어쩔 수 없지만.

"생크림이란 말이죠. 그런 게 있군요. 흠흠."

"아직 더 있는데, 드실래요?"

테이블 위에는 없지만 곰 박스 안에는 아직 케이크가 많이 들어 있었다.

"받을 수 있다면 꼭 받고 싶습니다. 그렇지만 이곳에 온 건 다른 이유가 있는데……."

젤레프 씨는 말하기 어려운 듯 말끝을 흐렸다.

"뭐죠?"

"그, 만드는 방법을 배울 수 있을까요? 물론, 누설하지는 않겠습니다. 요리사가 고생해서 생각해낸 제조법이잖아요. 레시피를 묻는 건 요리사로서 창피한 행동이기도 하고, 다른 사람에게 가르쳐 줄 게 아니라는 것도 알고 있습니다만……."

케이크를 만들려고 조금은 고생하긴 했지만 만드는 법은 내가 생각해낸 게 아니다. 원래부터 있던 제조법을 떠올리며 만든 건데. 재료들은 외우고 있었어도 분량을 외우고 있지 않았기 때문에 조금 고생했던 정도다.

"젤레프, 유나에게 조리 방법은 묻지 않겠다 약속했을 텐데."

"그렇지만, 요리사로서, 만드는 법이 상상되지 않는 이 음식은 어떻게든 알고 싶다고, 제 요리사로서의 혼이 호소하고 있습니다……."

"이미 유나에게는 푸딩과 피자 등 다른 음식의 만드는 법도 배웠지 않느냐."

"그렇습니다만……."

젤레프 씨는 국왕에게 꾸지람을 듣고, 고개를 숙이며 목소리가 작아졌다.

국왕이 말한 대로 이미 젤레프 씨에게는 몇 가지 레시피를 가르쳐 주었는데, 관리가 제대로 되어 있어서 누설되었다는 이야기는 듣지 못했다. 그러니 개인적으로는 젤레프 씨에게 가르쳐 주는 건 문제가 되지 않는다고 생각한다.

"딱히 가르쳐 드려도 상관없어요."

"괜찮으십니까?!"

내 말에 젤레프 씨가 기뻐했다.

"유나, 정말 괜찮은 거냐? 매번 생각하는 거지만 레시피는 요리사로서 중요한 거라고? 그렇게나 중요한 걸 누설하지 않겠다고 약속했다고 한들……."

분명 어느 세계라도 요리사에게 레시피는 중요한 걸지도 모른다. 사람에 따라선 목숨보다 소중하다고 말하는 사람도 있을지도 모른다. 특히 대대로 이어져 내려오는 가문의 비법이라면 더욱 그럴지도 모른다.

하지만, 이 조리 방법은 일반적으로 요리책이나 텔레비전, 인터넷에 공개되어 있는 것이었다. 딱히 내가 만들어낸 게 아니다. 게다가 나는 요리사도 아니고, 이 세계에서 요리사로서 살 생각도 없었다. 그러니 레시피가 중요하냐고 물어본다면 중요하지 않다고 대답하겠다.

단, 가르쳐 줌으로 인해 크리모니아의 가게에 피해가 일어날 것 같으면 피하고 싶었다. 열심히 일하고 있는 동료들이 있으니까 말이다.

하지만 크리모니아에서 멀리 떨어진 곳에서 만들어지는 거라면 아무런 문제가 없었다. 일부러 크리모니아에서 왕도로 먹으러 올 일은 없을 테고. 게다가 맛도 뒤처질 생각은 없다.

"귀중한 레시피는 보통 쉽게 알려주지 않는 것인데……."

"딱히 돈을 벌 생각을 하고 있는 건 아니잖아요. 원래 요리란 레시피가 퍼져서 기본이 되는 요리에 다른 요리사의 손을 더해 새로운 요리가 만들어지는 거잖아요. 레시피를 감추는 건 요리사로서 중요할지도 모르지만 저는 요리사가 아닌걸요."

딱히 원래 세계의 지식으로 돈을 벌 생각은 없었다. 맛있는 요리는 퍼져야 한다고 생각한다. 내가 알려준 요리에서 새로운 요리가 만들어지는 일도 있을 거다. 그렇게 해서 요리는 진보해 나가는 거다.

물론, 이 사람 저 사람 구분 없이 알려줄 생각은 없다. 돈을 벌 생각만 하고 있는 사람이나 나쁜 사람에게는 가르쳐 주고 싶지 않았다. 약속을 확실하게 지켜주는 젤레프 씨이기에 가르쳐 줘도 상관없다고 생각했다. 그리고, 젤레프 씨가 믿을 만한 요리사에게 가르쳐 주면 되는 거다.

"다른 요리사들이 들으면 곤란하겠네요."

"플로라 님이 기뻐하신다면, 그걸로 족해요."

케이크를 맛있게 먹고 있는 플로라 님을 바라봤다. 그것만으로 만족이다.

"하지만, 케이크는 당분이 많으니까 너무 많이 만들지 않게 주의해 주세요. 엘레로라 씨는 상관없지만, 살찐 플로라 님은 보고 싶지 않거든요."

"유나……"

엘레로라 씨가 나를 바라봤지만 신경 쓰지 않았다.

"물론이죠. 왕족 모두의 건강 관리와 영양 관리도 제 일인걸요. 플로라 공주님이 드시고 싶다고 하셔도 만들지 않겠다고 맹세하겠습니다."

"나, 떼쓰지 않아요~."

플로라 님이 입을 삐죽이며 말했다.

귀여워.

"있지, 유나. 그런 거라면 왕도에도 가게를 내는 건 어때? 푸딩도 있고, 왕도에서 가장 인기 있는 가게가 되는 것도 꿈같은 얘긴 아닐 거야."

"하지만 푸딩이든 케이크든 꼬끼오 알이 대량으로 쓰여서 그만큼 가격이 올라가요. 저희 가게는 직접 기르고 있어서 상관없지만요."

푸딩은 물론, 케이크를 만들 때도 꼬끼오 알을 사용했다.

왕도에서도 꼬끼오 알은 팔고 있다. 하지만 가격이 비쌌다. 크리모니아의 몇 배가 되는 가격으로 팔고 있었다. 그런 재료로 케이크와 푸딩을 만든다면 판매 가격이 말도 안 되게 비싸질 것이다.

"그거라면 걱정 마. 근처에 꼬끼오를 사육하고 있는 마을이 있어. 새를 늘리라고 지시를 내려서, 느리지만 꼬끼오 알 생산이 늘고 있어."

아무래도 조성금을 내어 꼬끼오 수를 늘려 알을 대량 생산하도록 하고 있는 모양이다.

"저기, 그럼 저희가 왕도에서 개점할 예정인 가게에서 파는 건 어떨까요?"

젤레프 씨가 우리의 이야기를 듣고 새로운 안을 꺼냈다.

"그래, 그거 좋군."

"맞아. 그게 가장 좋을지도 몰라."

이야기에 따르면 성에서 일하는 요리사들을 육성시키기 위해 왕도에 새롭게 가게를 낼 계획이 있다고 한다. 내 허가가 떨어진다면 그 가게에서 푸딩을 팔 예정이었단다.

"이 케이크도 가게에서 팔면 괜찮을 것 같은데, 어때? 게다가 괜히 네가 가게를 내면 시비를 걸어오는 자가 나타날 수도 있어. 왕가의 경영이라면 건드릴 자는 없겠지. 레시피 관리도 제대로 시키마."

"네, 믿을 수 있는 요리사들로 고르겠습니다."

젤레프 씨가 국왕의 말에 대답했다.

"그럼 너의 허락만 있다면 레스토랑에서 판매하고 싶은데……."

그렇게까지 이야기를 진행시켜 놓고 이제 와서 거절할 수는 없었다. 꼬끼오 알의 유통도 있고, 요리사도 골라 준다고 했다. 게다가 가게 관리도 안 해도 되는 거라면, 거절할 이유는 없었다.

나는 승낙했다.

175 곰 씨, 곰순이를 탈환하다

왕도의 가게에서 푸딩과 케이크를 판매하는 것도 정해지고, 케이크 만드는 법을 젤레프 씨에게 가르쳐 주게 됐다.

과거에 푸딩 레시피를 건네줬지만 만드는 데 몇 번인가 실패를 했다고 했다. 일본의 요리책 같이 사진이 첨부된 게 아니라 잘 전달되지 않은 부분이 있었던 모양이다. 그래서 이번엔 만들면서 가르쳐 주기로 했다.

"그럼, 지금부터 만들까 하는데 괜찮나요?"

"괜찮으실까요?"

"케이크도 다 먹은 것 같으니까요."

모두의 접시 위에 놓여 있던 케이크는 말끔히 사라져 있었다.

게다가, 이곳을 떠날 이유를 만들어 곰순이를 왕비님으로부터 탈환하고 싶었다. 왕비님은 케이크를 먹고 있는 동안에도 곰순이를 무릎 위에 올려놓은 채 떼어놓지 않았다.

지금도 곰순이를 끌어안고 우아하게 홍차를 마시고 계셨다. 곰순이는 눈가를 촉촉이 적시며 나를 바라보고 있었다.

지금 구해줄 테니까, 기다리렴.

곰순이 탈환 작전을 실행하기 위해 왕비님께 말을 건넸다.

"왕비님, 지금부터 젤레프 씨에게 케이크 만드는 법을 가르쳐 주게 됐는데, 곰순이를…….”

“이야기는 들었어. 내가 안고 갈 테니까 괜찮아.”

왕비님은 곰순이를 끌어안은 채 일어나셨다.

음, 뭐가 괜찮다는 거지? 어느 부분이려나? 설마, 따라오시는 거야?

“유나와 젤레프를 너무 방해하진 마.”

“방해 안 해요. 젤레프가 제대로 만들고 있는지 맛을 봐주려는 것뿐이에요.”

이 왕비님, 아직도 먹을 생각을 하고 있네. 게다가 맛을 본다니 왕비님이 할 만한 행동이 아니잖아?! 보통은 독이 들어 있는지, 독의 유무를 확인하는 사람이 먼저 먹고 나서 왕족이 먹는 거 아닌가? 뭐, 어디까지나 내가 생각하고 있는 왕족의 이미지이지만.

“나도 맛볼래~.”

왕비님에 이어 플로라 님마저 자리에서 일어났다. 이래도 되는 건가, 이 왕족들. 게다가 플로라 님은 이미 케이크를 두 조각 먹었다. 아무리 그래도 어린아이가 케이크를 세 조각까지는 못 먹을 거라 생각하는데…….

“그럼, 나는 일로 돌아가지. 유나, 잘 먹었네. 이번에도 맛있었어.”

국왕도 자리에서 일어났다. 가능하면 곰순이를 돌려주게끔 왕비님께 말 좀 해주길 바랐지만 그대로 가버렸다.

“그럼, 나는 가게 준비를 하러 갈게.”

엘레로라 씨는 자신의 일을 하지 않아도 되는 건가. 항상 무슨 일을 하고 있는 거지?

수수께끼투성이인 사람이다.

"자, 유나, 가자."

엘레로라 씨에 대해 생각하고 있는데 왕비님이 어깨를 두드렸다. 가긴 가는데, 그것보다도 왕비님, 곰순이 돌려주세요.

하지만 내 부탁은 닿지 않았고, 왕비님은 곰순이를 끌어안은 채 걷기 시작했다. 곰순이가 왕비님의 어깨에 머리를 올려놓고 슬픈 표정으로 나를 바라봤다. 구출해주지 못해서 미안. 나는 마음속으로 곰순이에게 사과했다.

다 같이 줄줄이 주방으로 왔다. 전원이 주방에 들어서자 젤레프 씨가 문을 닫더니 열쇠를 잠갔다.

뭐, 뭐지?

"정보 누설 방지를 위해서입니다."

젤레프 씨가 내 의혹에 대답해주었다.

"유나 님께 배운 요리를 만들 때는 항상 아무도 들어오지 못하게 한 뒤에 만들고 있죠."

그렇게까지 엄밀하게 하고 있는 거야?

아니, 아닐 것이다. 이 주방은 왕족의 요리에 독이 들어가지 못하도록 준비된 공간이었다.

주방에 사람이 많으면 누가 독을 넣었는지 알 수 없다. 그러니 안전성을 생각해서 주방장 같은 정해진 사람 이외엔 이 주방에 들어서지 못하도록 하고 있는 거다.

분명 그런 것이 틀림없다.

나는 곰 박스에서 필요한 식재료와 도구를 꺼냈다. 내가 만들면서 설명하면, 젤레프 씨가 메모를 적는 형식으로 진행됐다. 가끔 질문을 받았지만 무리 없이 진행되었다.

플로라 님과 왕비님은 보고 있는 것만으로도 즐거운지 내가 만드는 모습을 가만히 바라보고 있었다.

"그렇군. 그렇게 만드는 거군요. 그건 그렇고 유나 님은 솜씨가 좋으시네요."

"그래요?"

"이렇게 어린 나이에 대단하다고 생각해요. 저희 쪽에 있는 요리사들과 비교해도 손색이 없습니다."

성에 있는 요리사들은 왕족과 귀족의 요리를 만들기 때문에 그 나름의 솜씨를 지닌 요리사들임이 분명했다. 고급 레스토랑의 주방 같은 느낌일까?

우선, 칭찬해 주고 있다는 것만은 알았다.

"곰 님, 대단해?"

플로라 님이 물었다.

"네, 대답합니다."

"맞아, 대단해."

젤레프 씨와 왕비님이 플로라 님의 물음에 대답했다.

"곰 님, 대단해!"

"그렇지 않아요."

스펀지케이크를 굽고 있는 동안 휘핑크림이 완성되어, 나는 스푼으로 크림을 조금 떠서 플로라 님 입에 가져다 댔다. 플로라 님은 작은 입을 열고 크림을 먹어 줬다.

"맛있다."

스펀지케이크도 완성돼서, 딸기를 사이에 끼우고, 크림을 발랐다. 그리고 마지막으로 딸기로 장식하자 쇼트케이크가 완성됐다.

"예쁘네."

"맛있겠다."

"유나 님, 고맙습니다. 매우 공부가 됐습니다."

"딸기는 계절마다 다른 과일로 바꿔보세요."

"네, 어떤 과일이 어울릴지 여러 가지 만들어 보겠습니다."

"그럼, 모처럼 만들었으니 시식해 볼까."

왕비님이 완성된 케이크를 보고 그렇게 말씀하셨다.

분명 만들었으니 먹어야 하긴 하지만…… 배에 들어가나? 조금 전에 먹었잖아요. 그래도 꽤 시간이 지났으니까 괜찮은가?

플로라 님도 기뻐하고 있는 것 같으니 괜찮겠지?

"그럼 제가 차를 준비하겠습니다."

안쥬 씨가 말했다.

"그럼 젤레프 씨, 접시하고 포크를 부탁해도 될까요?"

내가 그렇게 부탁하자 젤레프 씨는 바로 준비해 주었다.

"주방장에게 지시를 내리는 곰이라……. 젤레프를 따르고 있는 요리사들이 본다면 놀랄 거야."

왕비님이 웃음을 띠면서 말했다. 하긴, 젤레프 씨는 성의 요리사들 중에서 가장 대단한 사람이잖아. 겉모습과 행동으로 그런 느낌은 들지 않지만 말이지.

하지만 젤레프 씨는 그런 것엔 신경 쓰지 않고 접시와 포크를 준비해 주었다.

나는 젤레프 씨가 준비해 준 접시에 케이크를 잘라서 올렸다. 플로라 님의 몫은 원래 크기보다 더 작게 잘랐다. 너무 많이 먹으면 저녁을 못 먹게 될 테니까.

"안쥬 씨도 드세요. 그리고 조금 싸드릴 테니까 아이에게도 가져다주세요."

"괜찮으신가요?"

분명 플로라 님과 같은 나이의 아이가 있다고 했지.

"고맙습니다."

홍차(플로라 님은 우유)도 준비가 다 되어 케이크를 시식했다.

그리고 그때, 드디어 곰순이를 탈환할 찬스가 찾아왔다!

이 주방에는 의자가 하나밖에 없었다. 그 의자는 플로라 님이 내 케이크를 만드는 작업을 보기 위해 올라서는 용도로 쓰였고, 지금은 케이크를 먹기 위해 앉아 있다. 그러니 플로라 님 이외엔 모두가 서 있는 상태였다. 이 공간은 주방이기 때문에 테이블이 있지만, 어디까지나 요리를 만들기 위한 작업대다.

그러니 곰순이를 안고 있는 왕비님은 케이크를 먹으려면 필연적으로 곰순이를 떼어놓게 된다.

왕비님은 케이크를 먹기 위해 곰순이를 테이블 끝에 앉혔다. 왕비님으로부터 떨어진 순간, 곰순이가 나를 바라봤다. 왕비님은 케이크를 드시고 있었다. 나는 곰순이를 향해 고개를 끄덕였다. 그러자 곰순이는 천천히 테이블 위를 걷기 시작했다. 잠시 뒤, 왕비님이 곰순이의 움직임을 눈치채셨지만, 곰순이는 이미 손이 닿지 않는 위치까지 이동해 있었기 때문에 배웅하는 형태가 되었다.

"유나, 곰순이를……."

"괜찮아요. 제가 안고 있을 테니까 왕비님은 케이크를 시식해주세요."

왕비님은 케이크를 드시면서 아쉬운 듯 곰순이를 바라봤다. 그런 표정을 지어도 못 줍니다. 곰순이는 내 품 안에서 기뻐했다. 무사히 곰순이 탈환에 성공했다.

시식회도 끝나고, 마지막으로 젤레프 씨의 질문에도 대답했다.

오늘은 이것으로 끝마쳤다.

왕비님이 계속 곰순이를 바라보고 계셨다. 정말 곰순이가 마음에 드신 모양이다.

확실히 촉감이 좋고 귀엽긴 하지만……. 곰순이의 신변 안전을 위해 왕비님께도 곰순이 인형이 필요할지도 모르겠다.

곰 이동문으로 크리모니아로 돌아온 나는 저녁을 대충 먹고 서둘러 쉬기로 했다.

플로라 님과 놀아 준 곰돌이. 왕비님을 상대해 준 곰순이. 곰장갑 속에 있는 편이 피로를 풀기에 좋을 테지만, 그래도 소환하면 기뻐하는지라 잘 때는 항상 소환하고 있다.

침대 위에서 곰돌이와 곰순이를 소환하자 내 쪽으로 기쁜 듯 다가왔다.

"곰돌이, 곰순이, 오늘은 수고했어. 편히 쉬렴."

나는 자기 전에 곰돌이와 곰순이를 달랬다. 이불 속으로 들어가자 곰돌이와 곰순이는 내 양옆에 각각 자리잡고 몸을 둥글게 웅크렸다.

나는 마음속으로 「잘 자」라고 말하고 잠자리에 들었다.

설마, 나중에 가게를 승낙한 일을 후회할 줄은 몰랐다.

분명 가게를 한 번이라도 보러 갔더라면 그런 게 만들어져 있지

않았을 텐데…….

곰곰곰베어 7

번외편

네린 이야기 1

내 이름은 네린. 며칠 전에 열다섯 살이 됐다. 열다섯 살이 되면 왕도에 있는 모린 고모네 가게에서 일하기로 약속을 했었다. 고모부가 돌아가셨다는 소식을 들었을 때는 슬펐다. 하지만 아버지 말씀으로는 모린 고모는 지금도 가게를 운영하고 있다고 했다. 나는 조금이라도 도움이 되어드리고 싶은 마음에 왕도까지 찾아왔다.

그런데…… 가게가 닫혀 있었다. 아무리 불러 봐도 안에서 사람이 나올 기미가 보이지 않았다. 나는 근처를 오가던 사람과 이웃 주민에게 이야기를 들었다.

아무래도, 무서운 남자들이 가게에 난입했었던 모양이다. 남자들은 가게 안에서 난동을 부렸고, 모린 고모와 카린 언니에게 폭력을 휘둘렀다는 이야기를 들었다. 거기에 곰 같은 몸집의 사내가 두 사람을 데리고 갔다는 이야기까지 나왔다.

그 후에 모린 고모와 카린 언니를 봤다는 사람도 있었지만 가게는 다시 열리지 않았고, 두 사람은 사라져 버렸다고 했다.

“모린 고모, 카린 언니…….”

무사한 건가요? 살아 있는 거예요? 두 사람에게 무슨 일이 있었던 거야?

나는 무릎을 끌어안고 가게 앞에 쭈그려 앉았다. 눈앞이 캄캄했다. 어떻게 해야 좋을지 모르겠다. 본가는 왕도에서 떨어져 있어서 바로 연락할 수가 없었다. 게다가 지금, 집에는 아무도 없었다. 어머니는 내가 어릴 적에 돌아가셨다. 아버지에게 연락을 하고 싶지만 지금 어디에서 일을 하고 있는지 알 수 없었다. 아버지는 건축가로 가끔 지방 마을에서도 일을 의뢰 받았다. 이번에도 어딘가의 마을로 가버려서 당장 연락할 수가 없었다. 더는, 어쩌면 좋을지 모르겠다.

그렇게 내가 무릎을 껴안고 가게 앞에 앉아 있는데 누군가가 말을 걸어왔다.

"이런 곳에 앉아서 뭐하고 있니?"

얼굴을 들어 올리자 곰 복장을 한 귀여운 여자아이와 열 살 정도로 보이는 여자아이가 있었다. 나는 곰 복장을 한 여자아이를 보고 놀랐다. 왕도에는 몇 번 와본 적이 있지만 이런 복장을 하고 있는 사람을 보는 건 처음이다.

곰 여자아이가 내게 말을 걸었다.

"가게라면 안 하고 있어."

그건 주변 사람들에게 들었다. 게다가 모린 고모와 카린 언니가 행방불명이라는 것도 알고 있었다.

"모린 고모, 어디로 가버린 거지……. 무사하다면 무사하다고 알려줘요……."

분명, 살아 있겠지……?

“저기, 모린 씨와 아는 사이니?”

곰 여자아이에게서 모린 고모의 이름이 나왔다.

“모린 고모에 대해 아는 거야?!”

내가 그렇게 묻자 모린 고모와 카린 언니는 크리모니아 마을에 있다고 알려줬다. 심지어 그 마을에서 가게를 열었다고도 했다. 그 이야기를 듣고 안도했다.

모린 고모와 카린 언니는 살아 있었다. 다행이다. 나는 무겁게 짓눌려 있던 마음이 가벼워진 기분이 들었다.

하지만 크리모니아 마을이라는 건 어디지? 간다고 해도 마차 비용은 어떡하지?

지갑을 살펴봤지만 그 정도의 돈은 들어 있지 않았다. 모린 고모에게 신세를 질 생각이었기 때문에 그다지 많은 돈을 가지고 오지 않았던 것이다.

“으으, 어디선가 일을 찾아서 돈을 벌어야겠네.”

숙소도 싼 곳을 찾아야 했다. 모처럼 모린 고모가 있는 곳을 알았는데 바로 갈 수 있을 것 같지도 않았다. 아니면, 집으로 한 번 돌아갈까? 어느 쪽이 됐건 돈은 없었다.

“이거 써.”

내가 어떻게 할지 고민하고 있는데 곰 여자아이가 곰 손을 내밀어 왔다. 그 손에는 돈이 있었다. 여자아이는 크리모니아까지의 마차 비용이라고 했다. 꽤 되는 금액이었다. 이 돈이 있다면 크리모니아 마을에 있는 모린 고모를 만나러 갈 수 있었다.

하지만, 본 적도 없는 여자아이에게서 돈을 받을 수는 없었다.

"잠깐만, 알지도 못하는 여자애에게 돈을 받을 수는 없어. 모린 고모가 있는 곳을 알려준 것만으로도 충분히 고마워. 게다가 모르는 사람에게 그렇게 돈을 간단하게 건네주면 안 되는 거야. 부모님께 배우지 않았니?"

내 말에 곰 여자아이는 곤란한 얼굴을 했다. 나, 이상한 말을 했나?

하지만, 여자아이는 모린 고모와 아는 사이니까 나를 내버려 둘 수는 없다고 했다. 만약 돈이 신경 쓰이는 거라면 크리모니아에 살고 있으니 갚으러 오면 된다고 했다.

나는 잠시 고민한 뒤, 돈을 받기로 했다. 왕도에서 일거리를 찾지 못할 수도 있었다. 그러니 모린 고모가 있는 크리모니아에서 일하고 여자아이에게 돈을 갚기로 했다.

여자아이가 살고 있는 집을 묻자 모린 고모네 가게로 가면 만날 수 있다고 했다. 무슨 말인 거지?

그 뒤, 모린 고모가 『곰 씨 쉼터』에서 일하고 있다는 것을 알려줬다. 모린 고모, 가게 이름을 귀엽게 지으셨네.

여자아이는 가게 이름을 잊지 말라고 당부하고 함께 있던 작은 여자아이와 떠나갔다. 나는 돈을 소중히 챙기고 크리모니아행 마차를 확인하기 위해 승합 마차가 있는 정류소로 향했다.

승합 마차는 여러 도시나 마을로 향하는 게 있었다. 큰 마을이면 큰 마을일수록 그곳으로 향하는 마차가 많지만, 반대로 시골 같은 곳이면 며칠에 한 번 있을까 말까 하거나 하나도 없는 경우도 있었다.

승합 마차가 있는 정류소에 도착하니 마차가 많이 늘어서 있었다. 출발은 이른 아침에 많이 한다. 그래서 지금 여기에 있는 마차들은 대부분 다른 마을에서 도착한 마차였다.

나는 정류소 앞에 있는 건물로 들어가 카운터로 향했다.

"실례합니다. 크리모니아행 마차가 있을까요?"

"크리모니아행 말인가요? 잠시만 기다려 주세요."

내 물음에 안내원은 익숙한 손놀림으로 알아봐 주었다.

"이날과 이날이 비어 있네요."

"그럼, 이날로 부탁드리겠습니다."

출발이 가장 빠른 날을 선택한 뒤, 곰 여자아이에게 빌린 돈으로 티켓 값을 지불했다. 돈을 내고도 꽤 많은 금액이 남았다. 그 곰 여자아이, 처음 만난 내게 이렇게나 돈을 많이 빌려줬구나. 크리모니아에 도착하면 꼭 갚아야겠어.

"그럼 시간에 늦지 않도록 해주세요."

나는 크리모니아행 티켓을 받았다. 티켓에는 날짜가 적혀 있었다.

일단 마차를 확보했기 때문에 출발하는 날까지 머물 저렴한 숙소를 찾아야 했다. 여자아이에게서 빌린 돈이 있다고 해도 낭비할 수는 없다.

나는 저렴한 숙소를 찾은 뒤, 크리모니아행 마차가 출발하는 날까지 묵기로 했다.

며칠 후, 나는 무사히 왕도를 출발해서 크리모니아로 향했다. 사람이 많았고, 다른 상인의 마차도 함께 갔다. 모험가의 호위도 붙어 있어서 안심할 수 있었다. 흔들흔들 흔들거리면서 마차는 나아갔다.

그나저나 모린 고모는 고모부와 왕도에 가게를 열었을 때 그렇게나 기뻐하셨는데 어째서 크리모니아 마을로 가게를 옮기신 거지? 역시, 왕도에서 소동이 일어났던 게 원인인 건가?

여러 가지 의문을 품은 채, 며칠 뒤 무사히 크리모니아 마을에 도착했다. 도착한 시간이 늦었기 때문에 오늘은 숙소에서 머물고 내일 아침 일찍 모린 고모네 가게로 가기로 했다.

"분명, 여기 근처였을 텐데……."

정류소에서 숙소를 물었더니 이 부근에 있다고 알려주었다. 주위를 둘러보면서 걷다가 숙소 간판을 발견했다.

여기로 정했다.

"실례합니다."

"어서 오세요."

문을 열고 안으로 들어서자 나보다 조금 연상의 여자가 맞이했다.

"묵을 수 있나요?"

"혼자이신가요?"

"네."

"괜찮습니다."

다행이다. 해도 저물고 있었다. 이제 낯선 마을에서 숙소를 찾아 헤매지 않아도 된다.

"식사는 어떻게 할까요?"

"부탁드릴게요."

배가 고팠다. 점심을 먹은 이후로 아무것도 먹지 않았다.

"그럼 먼저 방으로 안내할게요. 아, 저는 이 숙소의 딸인 엘레나예요. 무슨 일 있으면 말씀해 주세요."

"저는 네린이에요."

나는 엘레나 씨의 안내를 받아 방으로 향했다. 짐이 있어서 힘들었는데 다행이었다.

"네린 씨는 혼자서 왔나요?"

"네, 이 마을에 있는 고모를 만나러 왔어요."

나는 엘레나 씨에게 모린 숙모가 있는 곳을 물어보기로 했다.

"엘레나 씨, 『곰 씨 쉼터』라는 빵 가게가 어디에 있는지 아세요? 이 마을에 있다고 들어서요."

“『곰 씨 쉼터』요? 알고 있어요. 조금 유명한 가게거든요.”

“정말인가요! 그 가게에 모린과 카린이라는 이름의 모녀가 있나요?”

“모린 씨와 카린 씨요? 있죠. 두 사람이 구운 빵은 맛있어요.”

있었다! 두 사람이 있었다. 다행이다. 어쩌면 못 만날지도 모른다고 생각했는데 두 사람을 만날 수 있을 것 같다. 엘레나 씨가 나중에 지도를 그려 주겠다고 했다.

나는 방에 짐을 두고 1층 식당으로 향했다.

모린 고모가 무사히 이 마을에 있다는 것을 알게 되서 식사를 맛있게 할 수 있었다. 요 며칠 동안은 불안해서 음식이 목으로 잘 넘어가지 않았다.

식사를 마칠 무렵, 엘레나 씨가 다가와 테이블 위에 종이를 올려놨다.

“모린 씨와 카린 씨가 일하는 『곰 씨 쉼터』의 지도예요.”

종이를 보자 숙소에서 가게까지의 지도가 그려져 있었다.

“고맙습니다. 아, 맞다. 그리고 이 마을에 곰 옷차림을 한 여자아이가 있나요?”

마을은 넓었다. 밑져야 본전 식으로 물어봤다. 아무리 곰 복장이 눈에 띈다고 해도 알고 있을 거라고 단정할 순 없었다. 하지만 돌아온 말은 달랐다.

“아, 유나 말이군요. 검고 귀여운 곰 옷차림을 한 여자아이 말이죠?"

"맞아요. 어디에 있는지 아세요? 왕도에서 신세를 져서 고맙단 말을 하고 싶은데."

나는 왕도에서의 이야기를 했다.

"유나, 왕도에서도 곰 옷차림을 하고 있구나. 하지만 여전히 이곳저곳에서 사람들을 도와주고 있네."

아무래도 엘레나 씨는 곰 여자아이에 대해서도 알고 있는 모양이었다. 이야기에 따르면 여자아이는 모험가이며, 사람들을 도와주거나 마을을 구해주는 것 같았다.

그 곰 여자아이가 모험가라고? 엘레나 씨의 농담인 건가? 곰 여자아이를 떠올려 봤지만 도저히 모험가로는 생각되지 않았다.

하지만 모험가라고 해도, 설령 아니라 해도, 고맙다는 말을 해야 했고, 돈도 돌려줘야 했다. 가게로 가면 만날 수 있다고는 했지만 집을 안다면 그곳으로 가는 편이 더 좋았다.

"가 보면 알겠지만, 유나네 집은 알기 쉬워요."

엘레나 씨는 웃으면서 말하더니 조금 전 지도에 곰 그림으로 표시를 해주었다.

"보면, 놀랄지도 몰라요."

엘레나 씨는 의미심장한 말을 했다. 무슨 뜻이지?

나는 감사 인사를 하고 지도를 챙겼다.

방으로 돌아온 뒤, 나는 두 사람이 이 마을에 있다는 것을 알고 긴장했던 마음이 풀린 건지, 왕도에서 여기까지 이동으로 인한 피곤함도 있고 해서 침대에 쓰러지자마자 잠에 빠져들었다.

네린 이야기 2

침대에서 일어났다. 기분 좋게 잠에서 깼다. 요 며칠간 쌓인 육체적, 정신적 피로가 한 번에 풀린 느낌이다. 밖을 보자 날씨도 좋았다. 응, 크리모니아 마을에 오고 처음으로 맞는 아침이 비가 아니라 다행이다. 나는 짐을 챙기고 엘레나 씨가 그려준 지도를 들고 1층으로 내려갔다.

"엘레나 씨, 신세 많이 졌습니다."

"『곰 씨 쉼터』에서 일한다고 했죠?"

"모린 고모의 허락을 받으면요."

고모, 고모부와 전부터 약속은 했다. 열다섯 살이 되면 가게에서 일하게 해주겠다고. 단, 상황이 바뀌었을 가능성이 있다. 어떻게 될지는 아직 모른다.

"그럼, 일하게 되면 크리모니아를 안내해 줄 테니까 그때 같이 놀아요."

"네, 그때는 잘 부탁드릴게요."

크리모니아에 와서 처음으로 친구가 생길 것 같다. 나는 미소로 약속했다.

"음, 분명, 이 부근에 곰 여자아이네 집이 있을 텐데……."

엘레나 씨가 그려준 지도를 보니, 이 주변에 곰 여자아이네 집이 있는 것 같았다. 엘레나 씨가 말하기론 바로 알 수 있다고 했다. 주위를 둘러보는데 이상한 건물이 보였다.

"곰?"

내 눈앞에는 믿기지 않는 건물이 있었다. 나는 가까이 가봤다.

"곰이네."

눈앞에 곰 형태를 한 집이 있었다. 이상하다고 해야 할까, 귀여운 집이라고 해야 할까. 곰 집이다. 그 이외에 뭐라 할 말이 없었다. 확실히 엘레나 씨가 말한 대로 보고 바로 알았다. 그 곰 여자아이다운 집이다.

왕도에서 만난 이상한 여자아이를 떠올리고 있는데 곰 집의 문이 열렸다. 곰 복장을 한 여자아이가 나왔다. 혹시, 내가 집을 보고 있는 걸 알아차리고 나온 건가? 그렇게 생각했지만 여자아이는 나를 보더니 놀랐다.

돈은 아직 준비하지 못했다. 우선 나는 감사 인사를 했다. 하지만 돌아온 반응은 달랐다.

"누구……?"

곰 여자아이는 고개를 갸웃거렸다. 나는 여자아이의 말에 충격을 받았다. 나는 엄청 감사해 하고 있었는데 그 상대에게 잊혀 있었다. 이것만큼 슬픈 일은 없다.

나는 왕도에서 만났던 일을 설명했다. 그러자 여자아이는 겨우 떠올려 주었다. 나란 존재는 그렇게 기억에 남지 않을 정도로 흐

릿한 건가……. 눈앞의 여자아이 같은 옷차림을 하면 절대로 잊혀지지 않겠지.

유나는 지금부터 모린 고모네 가게로 갈 거니까 안내를 해주겠다고 했다.

하지만, 유나는 언제 이쪽으로 돌아온 걸까?

그에 대해 물었지만 유나는 얼버무리고 넘어갔다. 말을 타고 온 걸지도 모른다. 조금 상상을 해봤다. 곰 옷차림으로 말에 타다니, 정말이지 미스매치다. 아무리 그래도 이동하는 동안엔 곰 옷차림이 아닐 것이다.

커다란 건물이 보였다.

여기가 모린 고모네 가게라고 하는데, 어쩐지 가게 앞에 빵을 안고 있는 곰 석상이 있었다. 엘레나 씨에게 들었지만 직접 보니 매우 이상한 기분이 들었다. 2층과 간판에도 곰이 있었다. 내가 이상한 듯 바라보고 있는 사이 유나는 가게로 들어갔다. 나는 허둥지둥 유나를 따라 가게 안으로 들어갔다.

가게 안에는 여덟 살부터 열두 살 정도의 아이들이 여섯 명 정도 있었다. 유나가 가게로 들어서자 아이들은 기뻐했다.

유나가 아이들에게 말을 건네자 아이들은 가게 안쪽으로 달려갔다. 그러자 안에서 모린 고모와 카린 언니가 나타났다. 정말로 있었다! 엘레나 씨에게 듣긴 했지만 건강해 보이는 두 사람의 모습에 속으로 안도했다.

정말로 다행이야.

"모린 고모, 카린 언니, 오랜만이에요."

"네린?"

"네린!"

두 사람은 나를 보고 놀랐다.

나는 이제까지의 일을 설명했다. 두 사람을 얼마나 걱정했는지. 하지만 모린 고모는 「연락이라면 오빠에게 했어」라고 말했다.

아무래도, 고모부가 돌아가신 일과 크리모니아 마을에서 살게 됐다는 것도 전부 아버지에게 편지로 전달된 모양이다.

으으, 모든 원흉은 아버지였던 것 같다. 다음번에 만나면 따져야지 안 되겠다. 얼마나 내가 불안했는데……!

그 뒤, 나는 가게에서 일하게 해달라고 부탁했다.

"이 가게에서 일하고 싶으면 유나에게 제대로 부탁해야 해."

"유나에게요?"

"이 가게는 유나네 가게니까."

새로운 의문이 늘었다. 이 가게가 유나네 가게라니, 무슨 말이지? 나는 대답을 구하며 유나를 쳐다봤지만 귀찮은 듯 대답해 줄 기미는 보이지 않았다.

정말이지 어떻게 된 건지 모르겠네.

"유나, 이 아이는 내 오빠의 딸인 네린이야. 전부터 우리 가게에서 일하고 싶다고 말해서, 열다섯 살이 되어서도 같은 마음이라면 일하게 해주겠다고 남편이 약속을 했었어. 가게에서 같이 일해도 될까?"

모린 고모는 나를 유나에게 부탁해주셨다.

유나는 농땡이를 피우거나 아이들을 괴롭히지만 않는다면 괜찮다고 얘기해줬다. 물론, 나는 그런 짓은 하지 않는다. 확실하게 일을 할 생각이기도 하고, 아이들을 괴롭히는 일은 하지 않을 것이다.

나는 아이들과 친해지기 위해 웃으며 인사를 했다. 아이들도 활기차게 인사를 해주었다. 귀여운 것 같아.

가게는 귀엽고, 아이들도 귀엽고, 일하는 게 기대된다.

다만, 예상 밖이었던 점은 곰 유니폼을 입어야 한다는 것이었다.

밀이라는 아이가 곰 유니폼을 보여줬다. 유나의 곰 옷은 복슬복슬하지만, 밀의 곰 유니폼은 평상복 위에 입을 수 있을 법한 옷이었다. 엉덩이를 보니 제대로 꼬리도 달려 있었다.

아무래도 아이들은 이 곰 옷차림으로 일을 하고 있는 모양이었다. 그래서 나도 일을 할 거라면 입어야 한다는 말을 들었다.

나는 기세 좋게 입겠다고 말해버렸다. 잘 생각해보면 조금 창피할지도 모르겠다. 하지만 거절했다간 일하지 못하게 될 수도 있었다. 게다가 곰 유니폼 차림의 밀은 귀여웠다. 문제는 내가 입어도 어울릴지…….

아니지, 일을 하는데 옷차림은 관계없었다. 일을 하게 해주는 게 가장 중요했다.

아무래도 지금부터 새로운 디저트의 시식회가 있는 것 같았고, 나도 참가하게 됐다. 맛있으려나? 조금 기대된다.

그건 그렇고, 가게 안에도 곰투성이다. 벽에도 기둥에도 곰이 있었다. 테이블 하나하나에 여러 포즈를 한 곰들이 있었다. 내가 앉아 있는 테이블에도 물구나무서기를 하고 있는 곰이 있었다.

모두 귀여운 곰들이었다. 전부 유나의 취미인 걸까? 이렇게나 곰을 좋아하는 사람은 처음 봤다. 하지만, 자신의 옷차림마저 곰으로 하진 않아도 될 것 같은데…….

가게 안을 보고 있는데 가게 문이 열리며 성인 여성 두 명과 여자아이 두 명이 들어왔다. 여자아이 한 명은 본 적이 있었다. 분명, 왕도에서 유나와 함께 있던 여자아이였다.

우리는 서로 자기소개를 했다.

왕도에서 봤던 여자아이의 이름은 피나. 함께 있는 다른 여자아이는 여동생인 슈리. 그리고 선해 보이는 여성이 티루미나 씨. 티루미나 씨는 두 아이의 어머니로, 가게의 전반적인 업무를 맡고 있다고 했다.

나머지 한 명인 성실해 보이는 여성은 이 마을 상업 길드의 길드 마스터로, 밀레느 씨라고 했다. 그렇게 대단한 사람이 시식회에 참가하는 것에 놀랐다. 상업 길드의 길드 마스터라면, 장사를 하고 있는 사람이라면 누구라도 친해지고 싶어 하는 사람이다. 그런데 유나는 그런 길드 마스터를 막 대하고 있었다. 유나는 대체 뭐 하는 사람인 거지?

모두가 모이자, 유나가 곰 형태를 한 장갑에서 하얗고 동그란 딸기가 올라간 디저트를 꺼냈다.

혹시, 저 곰 장갑이 아이템 봉투?

유나는 그 디저트를 칼로 잘라 접시 위에 담았다. 내 앞에도 놓여졌다. 자세히 보니 부드러운 빵 같은 게 겹쳐져 있었고, 그 사이에 하얀 무언가와 딸기가 끼워져 있었다. 딸기 쇼트케이크라고 하는 디저트라고 했다.

모두에게 전달되고, 시식회가 시작됐다.

한 입 먹어보니 부드럽고 달콤한 맛이 입안에 퍼졌다. 빵 같은 생지는 부드러웠고, 포크로 하얀 것을 퍼서 핥아봤다. 입안에 넣은 순간, 하얀 것이 녹아내리며 달콤함이 퍼졌다.

포크가 멈추지 않았다. 그건 모두 마찬가지였고, 「맛있네, 맛있어」라고 말하며 먹고 있었다.

이걸 곰 옷차림을 한 유나가 만들었다고? 몇 번이고 곰 복장을 한 여자아이를 바라봤다. 정말 유나는 뭐 하는 사람이지?

엘레나 씨는 모험가라고 했는데, 저렇게 귀여운 여자아이가 모험가일 리가 없지. 아마도 농담으로 말한 것 같다. 나를 속일 작정이었나? 그런 짓을 할 것 같은 사람으로는 보이지 않았는데…….

유나의 수수께끼가 늘어가기만 할 뿐이었다.

그 후 시식회는 계속 진행되었다. 이 딸기 쇼트케이크를 가게에서 판매할지에 대한 이야기가 나왔다.

나는 꼭 팔아야 한다고 생각했다. 이렇게 맛있는 디저트는 먹어본 적이 없었다. 이걸 일반 사람들도 먹을 수 있다니, 꼭 가게에서 팔아야 한다.

유나가 모린 고모에게 묻자 모린 고모는 여러 가지 생각에 잠겼다. 만들 시간이 있는지, 만드는 데 인력이 충분할지……. 최종적으로 모린 고모도, 카린 언니도 케이크를 만들 시간이 없다고 했다.

그때, 나는 작게 심호흡을 하고 입을 열었다.

"그런 거라면 제가 만들게 해주세요."

이야기는 진행되었고, 여러 가지 일들이 있었지만 내가 케이크를 만들게 됐다.

기쁘기도 하고, 잘 할 수 있을지 불안해지기도 했다. 하지만 스스로 말을 꺼내기도 했고, 모린 고모와 카린 언니가 바빠서 불가능한 거라면 내가 해야 한다고 생각했다.

그날 밤. 나는 모린 고모와 카린 언니에게 지금까지의 경위를 들었다.

고모부가 돌아가시고, 나쁜 상인에게 속아 남자들에게 위협을 당했고, 가게를 빼앗길 위기에 처했었다는 것. 하지만 그때 유나가 나타나 도와줬다고 했다.

그 뒤, 도움을 받은 두 사람은 유나의 권유를 받아 크리모니아에서 빵 가게를 열게 됐다고 했다.

가게의 부지, 건물, 가게에 필요한 건 모두 유나가 준비했다고. 도대체 얼마만큼의 돈이 들었을까. 상상만으로도 무서워졌다.

"유나는 어딘가의 귀족 아가씨인가요?"

"음, 본인은 평범한 모험가라고 하지만 자세한 건 몰라. 나도 안 물을 거고, 네린도 물으면 안 돼. 사람에게는 말 못 할 사정이란 것도 있으니까."

묻고 싶다. 엄청 묻고 싶다. 점점 유나의 수수께끼가 늘어갔다. 하지만 엘레나 씨도, 카린 언니도, 유나는 모험가라고 했다.

"그렇게 보이지 않지만 엄청 센 모험가야. 우리를 구해줬을 때도 커다란 남성들을 쓰러뜨렸거든."

카린 언니가 유나에게 도움을 받았을 때의 일을 얘기해줬다.

으음, 카린 언니도 엘레나 씨도 거짓말을 할 리가 없겠지만, 아무리 상상을 해봐도 유나가 싸우는 모습이 그려지지 않았다.

"유나는 엄청 친절하고 좋은 아이야."

그건 알고 있다. 왕도에서 곤란해하고 있던 내게 말을 걸어주고,

돈도 빌려주었다. 게다가 아이들이 유나를 매우 따르고 있었다.

"유나는 그 아이들의 생명의 은인이니까."

아무래도 고아원에 있는 아이들 전원을 구해줬다는 모양이다. 보고도 못 본 척하는 사람들은 많다. 간혹 손을 내미는 사람도 있다. 하지만 그건 유복한 사람이 돈과 먹을거리를 주는 것 정도인 게 대부분이다. 그런데 유나는 아이들이어도 할 수 있는 일을 주고, 자립시켜 주고 있다고 했다. 그것도 강제가 아니었다.

"제대로 휴식도 주고 있어. 유나는 정말 아이들을 생각하는 착한 아이야. 이 가게에서 일하게 하는 것도 아이들이 나중에 어른이 됐을 때 일거리 중 하나가 되었으면 좋겠다고 생각해서래. 그래서 나도 그 아이들에게 빵 만드는 법을 알려주고 있어. 나중에 남편과 나, 그리고 유나가 개발한 빵이 퍼지면 기쁠 테니까 말이야."

모린 고모는 정말로 기쁘게 말했다.

유나라는 아이는 정말로 뭐 하는 사람이지? 들으면 들을수록 수수께끼는 깊어져 갈 뿐이었다.

다음 날부터 나는 시간이 있을 때 케이크 만드는 연습을 하게 됐다. 오전에는 아이들과 함께 모린 고모를 도왔다. 가게가 문을 열면 접객 일을 했다.

"네린, 여기는 됐으니까 케이크 만드는 연습을 해도 돼."

청소를 하고 있는데 카린 언니가 말했다. 나는 카린 언니의 말을 따라 케이크 만들기 연습을 하러 갔다. 조금이라도 능숙하게, 조금이라도 빨리 만들 수 있도록 연습했다. 아무리 맛있게 만들 수 있게 되어도 만드는 속도가 느리면 의미가 없었다. 요령 좋게 만드는 것도 연습 중 하나였다.

왕도에서 모린 고모네 가게를 도와드린 적이 있어서 안다. 재료비와 인건비, 음식을 만드는 데는 돈이 들었다. 만약 내가 몇 시간에 걸쳐서 케이크를 하나밖에 못 만든다면 내게 급여를 지불할 여유는 없어질 것이다.

유나에게는 꼬끼오 알을 많이 써도 괜찮으니 케이크 만드는 연습을 하라는 말을 들었다. 스펀지케이크에는 꼬끼오 알을 사용한다.

처음엔 꼬끼오 알을 사용하면서 긴장했지만, 아이들은 푸딩을 만들 때 매일 100개 이상의 꼬끼오 알을 사용하고 있었다. 그런 상황을 보니 긴장이 풀렸다.

아이들은 시간이 남으면 푸딩 만들기를 했다. 처음엔 「푸딩이 뭐지?」라고 생각했지만 엄청 맛있는 거였다. 이것도 유나가 생각해서 만들었다고 하니 대단했다.

아이들이 익숙한 손놀림으로 빵을 반죽하고, 푸딩을 만들고 있는 것을 봤을 땐 놀랐다. 나도 지고 있을 수만은 없었다. 정말 이 가게는 이상한 곳이다.

케이크 만들기 연습을 하고 있는데, 유나가 갑자기 가게에 홍차를 내놓겠다고 했다. 확실히 달콤한 케이크에는 홍차가 어울릴지도 모른다. 그렇다고 해서 영주님의 집에 홍차 우리는 법을 배우러 갈 거라고는 생각도 못 했다. 영주님의 집으로 갔을 땐 태어나서 가장 긴장했었는지도 모른다.

나중에 알았지만, 유나와 영주님은 아는 사이라고 했다. 영주님과 그 따님도 가게에 빵을 사러 오거나 먹으러 온다고 했다. 도대체 어떻게 된 거지? 영주님이 가게에 온다고? 내가 살고 있던 마을에서는 들어본 적이 없었다. 피나도 영주님의 따님과 친구라고 하고…….

더는, 의미를 모르겠다.

그리고 드디어 내일, 내가 만든 케이크가 가게에 진열된다. 긴장해서 잠이 오지 않았다. 만약, 팔리지 않는다면……. 만약, 맛없다는 말을 들으면……. 여러 가지 생각이 머릿속에 떠올라서 잠들 수 없었다. 내가 이렇게나 섬세했었나? 나는 이불을 덮어쓰고 눈을 감았다. 부탁이야, 잠들어줘…….

창문으로 들어오는 햇빛에 눈이 떠졌다. 어느새 잠든 모양이다.

나는 곧바로 옷을 갈아입고 부엌으로 향했다. 아침 식사는 항상 모린 고모와 카린 언니가 구운 빵이다.

나는 아이들의 손을 빌려 케이크를 만들었다. 스펀지케이크를 만들고, 휘핑크림을 발랐다. 그리고 휘핑크림을 짜는 도구를 사용해서 장식을 했다. 이게 가장 어렵다. 균등하게 힘을 주지 않으면 예쁘게 장식되지 않는다. 긴장한 손으로 휘핑크림을 장식해갔다.

"후~."

어떻게든 예쁘게 마무리됐다. 마지막으로 딸기를 올리고 케이크를 잘랐다. 이 자르는 것도 균등하게 자르지 않으면 손님들로부터 불평이 들어온다. 예쁘게 잘라 케이크를 완성했다.

이 작업을 계속 반복했다.

가게에 내가 만든 케이크가 진열됐다.

긴장된다. 아무도 사주지 않으면 어쩌지? 맛없다고 하면 어쩌지? 계속 불안했다. 만드는 법, 틀리지 않았지? 설탕과 소금을 헷갈리진 않았을 거야.

가게의 문이 열렸다. 항상 오는 손님들이 평소와 같은 빵을 사 갔다. 그때, 케이크를 주문하는 사람이 있었다. 20대 중반의 점잖아 보이는 여성으로, 내 첫 손님이었다.

케이크와 함께 홍차를 주문을 받아 라라 씨에게 배운 대로 홍차를 우렸다. 케이크와 홍차를 받아 든 손님은 의자에 앉았다.

나는 신경이 쓰여서 손님을 계속 바라봤다.

손님은 케이크를 한 입 먹어 보더니, 미소가 번지면서 맛있게 케이크를 전부 먹었다. 기쁜 순간이었다. 그 뒤에도 케이크는 계속 팔렸고, 만들어 둔 케이크가 전부 팔렸다.

불안, 안도, 감동, 기쁨, 환희, 감사…… 하루 사이에 여러 가지 감정이 쏟아졌다.

오늘 일을 평생 잊지 못할 거다.

……하지만, 너무 바쁘잖아!

신입 모험가, 성장하다

"호른, 오른쪽에서 오는 울프를 마법으로 막고, 브루토는 나와 정면, 랏테는 기회가 되면 활을 쏴."

나는 모두에게 지시를 내리면서 정면에 있는 울프에게 공격을 가했다. 유나 님께 배운 걸 머릿속에 새기고 싸웠더니 여러 가지가 보이게 됐다.

상대를 전체적으로 보는 연습을 했더니 지금까지는 눈앞의 적만 보였던 것이 주위를 볼 수 있게 됐으며, 누가 뭐와 싸우고 있는지, 누가 위험한지, 누가 손이 비어 있는지를 알 수 있게 되어 지시를 내리기 쉬워졌다.

다만, 단점으로는 주위에 신경이 팔려 주의력이 산만해지는 바람에 나 자신이 위험해지는 경우가 있었다.

유나 님은 때론 눈앞의 적에게 집중하는 것도 중요하다고 했다. 그 부분을 전환하는 건 스스로 판단할 수밖에 없다고……. 유나 님은 어려운 말을 했다.

하지만 지금은 울프와 고블린이 몇 마리 나타난 정도로는 당황하지 않게 됐다. 랏테는 블랜더 씨에게 활을 배웠고, 브루토는 길 씨에게 싸우는 법을 배웠으며, 호른은 유나 님 덕분에 마법이 강해졌고, 나 또한 유나 님과 길 씨에게 배워 강해졌다.

이 외에도 다른 모험가들이 여러 가지를 알려주었다. 처음 크리모니아로 왔을 때보다 확실하게 강해졌다. 아버지도 어머니도 걱정을 하고 계실지 모르니 오랜만에 마을로 돌아가는 것도 나쁘지 않을 것 같다.

"신 군 일행은 정말 강해졌네요."

보고를 하러 온 우리에게 헬렌 씨가 기쁜 듯이 말했다.

"처음 왔을 때는 불안했는데, 요 몇 개월 동안 진짜 강해졌어요."

인정받은 느낌이 들어 기뻤다.

"이것도 유나 님이 마법을 가르쳐 준 덕분인걸요."

호른이 내 대신 대답했다. 정말 호른의 마법은 강해졌다. 그렇게나 약했던 마법이 유나 님의 지도 덕분에 혼자서도 울프를 쓰러뜨릴 수 있는 정도가 됐다.

전에 호른이 「나도 곰 옷차림을 하면 강해지려나」라고 말했지만 그건 무리라고 생각한다.

"후후, 호른은 유나 씨 마음에 든 모양이에요."

헬렌 씨의 말에 호른은 기뻐했다.

정말 호른은 유나 씨에게 예쁨 받고 있었다. 그렇게 상세하게 마법 사용법을 알려주는 사람은 많지 않다. 게다가 만날 때마다 점심 같은 걸 사준다. 혼자만 가는 건 치사하다고 생각했는데, 호른의 말에 의하면 「나보다 어린 사람이 사주는 것 같아서 견디기 힘들어」라고 했다. 유나 씨의 나이는 알지 못하지만 호른 쪽이 좀 더 연상으로 보이긴 했다. 내 생각으로는 둘이 비슷할 것 같았다. 하지만 호른은 유나 씨가 곰 복장을 하고 있어서인지 어리게 보인다고 했다.

"헬렌 씨, 유나 님은 뭐 하는 사람이에요? 마법도 대단하고, 검을 다루는 것도 능숙하고……."

"원래라면 개인 정보라서 말해줄 수 없다고 해야 하지만, 실제로 어디에서 왔는지, 어째서 혼자인지, 어째서 곰 옷차림을 하고 있는지, 유나 씨에 대해서는 아무것도 몰라요."

"분명, 유나 님은 곰의 나라에서 왔을 거예요."

호른이 바보 같은 소리를 했다. 하지만 헬렌 씨가 그 말에 동의했다.

"그럴지도 모르겠네요. 곰 소환수인 곰돌이와 곰순이도 있고, 집도 곰이니까."

확실히 그렇긴 하지만…… 곰의 나라 같은 게 있을 리가 없다. 우리는 보고를 마치고 토벌 보수를 받았다. 오늘은 맛있는 거라도 먹어볼까나. 길드를 나서려는데 헬렌 씨가 불러 세웠다.

"맞다. 신 군, 숲의 순찰 일이 있는데, 하지 않을래요?"

헬렌 씨가 문득 떠오른 듯이 물었다.

"순찰이요?"

“마물이 가도에 나타나지 않도록 숲 주변을 확인하는 일이에요.”
아, 들어본 적이 있다.
모험가들에게는 마을과 가도를 중심으로 정기적으로 안전을 확인하는 일이 있다. 만약 마물이 대량 발생한다면 우선은 길드에 보고를 한다. 그리고 마물의 수에 따라 파견되는 모험가의 랭크가 정해진다. 즉, 우리의 일은 마물의 출몰 상태를 확인하는 일이다.
딱히 마물을 쓰러뜨리지 않아도 순찰만으로도 돈을 받을 수 있다. 대충 보고를 해서 거짓말을 한 게 들키면 모험가들 사이에서 신용을 잃게 되는 일이기도 하다. 하지만 성실하게 수행한다면 이렇게 구미가 당기는 일은 없다.
“지금 신 군 파티의 실력이라면 괜찮을 것 같아서요.”
위험이 없다는 것은 아니다. 하지만 이 일을 맡게 된다는 것은 길드에 인정을 받고 있다는 의미도 된다. 나는 호른과 아이들을 봤다. 모두 작게 고개를 끄덕였다.
“할게요. 하게 해주세요.”
“그럼, 이게 숲의 지도입니다. 어디를 지나갔는지, 어느 부근에서 마물을 봤는지, 토벌했는지, 꼼꼼이 기입하는 거 잊지 말아주세요.”
나중에 유나 님께 이 이야기를 했더니 「그런 게 있어?!」라며 놀라워했다. 강한 모험가인 유나 님께는 이런 의뢰가 가지 않겠지.

그리하여 우리는 탐색을 하기 위해 숲으로 왔다.

"숲에 들어가는 것만으로도 보수를 받을 수 있으니까 편해서 좋네."

"그래도, 제대로 순찰하지 않으면 안 돼."

"그 정도는 알고 있어. 앞으로 이 숲에 안 올 거라고 단정할 수도 없는 거고, 숲을 파악하는 것도 중요하지."

만약 마물에게 습격을 당해 도망치게 된다면 숲속에서 길을 잃을 가능성도 있다. 그럴 때 숲속을 파악해 두면 도망칠 방향을 정할 수 있다.

언덕으로 몰리면 최악이다. 그러니 주위를 파악하는 건 중요하다.

"마물은 없네."

"조금 정도는 나타나 주면 좋은데."

쓰러뜨리면 추가 보수를 받을 수 있었다.

"신, 그렇다고 방심하면 안 돼."

"알고 있어. 브루토도 뒤쪽을 부탁해."

내가 선두에서 걷고, 다음으로 호른, 랏테에 이어서 브루토가 가장 끝에서 걸었다.

나는 지도와 주위를 확인하면서 나아갔다. 도중에 작은 강을 건너자 전망 좋은 곳이 나왔다. 지도에 나오는 대로구나.

"여기는 넓어서 싸우기 편하겠어."

"조금 전의 바위산은 퇴로가 없어서 위험했어."

조금 전 지나온 곳에는 높은 바위산이 있어서, 몰리게 된다면 도망치기 어려울 것 같았다.

"신, 저기 봐, 고블린이야."

"세 마리인가."

고블린 세 마리가 등을 돌린 채 앉아 있었다.

"쓰러뜨릴까?"

"그러자. 가도에 나타나면 위험할 테니까. 여기에서 쓰러뜨리기로 하자."

토벌이 늦어지면 가도를 지나는 사람들이 위험에 노출되게 된다. 우리는 싸우기로 했다.

……우리는 큰 문제없이 세 마리의 고블린을 쓰러뜨렸다. 하지만 주위를 둘러보니 우리는 고블린 무리에 둘러싸여 있었다. 수는 열, 아니, 스무 마리 이상은 됐다. 수가 너무 많아……!

"도망치자."

우리는 틈을 엿보다 도망치기 시작했다. 하지만 동료가 죽임을 당한 고블린들은 울부짖는 소리를 내며 뒤쫓아 왔다. 우리는 왔던 길로 달렸다. 달리기 연습을 하고 있는 덕에 나와 브루토는 괜찮았다. 하지만 랏테와 호른은 숨이 차 괴로워하고 있었다. 이대로라면 도망치지 못하겠어!

어쩌면 좋지? 이대로라면 힘이 다 빠져 붙잡히게 될 것이다. 그렇게 되면 스무 마리는 족히 넘는 고블린 무리에게 죽임을 당할 것이다. 나는 생각했다. 머릿속에 유나 님의 말이 떠올랐다.

『만약 싸우기 불리한 상황이 된다면 조금이라도 유리한 곳에서 싸우는 게 좋아.』

『고블린이나 울프라면 쓰러뜨릴 수 있는 힘이 있으니까 한 마리씩 쓰러뜨리면 돼.』

좁은 통로에서 싸우거나, 다리 위에서 싸우거나, 나무 위로 올라가 활과 마법으로 쓰러뜨리는 방법도 있다고 했다. 이건 비겁한 게 아니라, 안전하게 공격하는 것이 가장 중요한 거라고 했다. 다만, 단점으로는 쫓기고 있을 때 나무에 올라갈 여유는 없다. 다리도, 좁은 통로도 없었다.

그렇다면 만들면 된다!

"이쪽으로 간다."

"신, 그 쪽은……!"

"이대로라면 따라잡힐 거야! 싸우자."

우리는 바위산이 있는 곳으로 달려가 바위산을 등지고 섰다.

"이곳에서 싸우자. 여기라면 뒤를 신경 쓰지 않고 싸울 수 있어."

도망치는 건 불가능하지만 뒤의 안전은 확보할 수 있었다. 뒤로 돌아서 덮쳐 올 걱정은 없었다. 뒤가 안전하다면 앞에만 집중할 수 있게 된다. 그리고 유나 씨가 말했다. 적이 많다면 한 마리씩 쓰러뜨리면 된다고. 그 상황으로 만들어 가면 된다.

"호른! 벽을 만들 수 있어?!"

호른이 유나 님께 배운 건 공격 마법만이 아니었다. 흙 마법의 응용도 배웠다.

"가능하지만, 내 마력으론 쉽게 부서질 거야."

"상관없어. 벽을 만들어서 고블린이 오는 방향을 유도해주면 돼."

호른은 내 지시대로 벽을 만들어 고블린을 유도했다. 고블린은 우리가 눈에 보인다면 굳이 벽을 무너뜨리지 않고 이쪽으로 올 것이다.

"브루토는 오른쪽에서, 나는 왼쪽에서 공격을 할게. 랏테는 기회가 된다면 틈 사이에서 화살을 날려줘. 호른은 주위를 확인하면서 벽을 유지해주고."

내 지시에 모두들 고개를 끄덕였다.

……끝났다.

열다섯 마리 정도의 고블린을 쓰러뜨리자 나머지는 도망쳤다.

"산 건가?"

"그런 것 같아."

우리는 주저앉았다.

"잘도 이런 방법을 떠올렸네."

"유나 님께 배운 게 떠올랐거든. 어떻게 해도 못 도망치고 싸워야 하는 상황이 된다면 되도록 이쪽이 유리하도록 상황을 만들라는 말이 말이야."

"그래서 바위산을 등지고 양쪽에 호른의 벽을 세운 거구나."

"호른이 연습하는 걸 봤었으니까."

호른이 유나 님의 흉내를 내며 벽 만드는 연습을 하고 있는 건 알고 있었다. 하지만 공격을 막을 정도의 벽이 아니라는 것도 알고 있었다.

"고블린이 지능이 낮아서 다행이야. 만약 벽을 부쉈다면 위험했을 거야."

유나 님이 가르쳐 주는 걸 잘 들어놓길 잘했다.

그 후, 우리는 바위산을 떠나 안전한 장소에서 쉬었다. 그리고 마을로 돌아가 헬렌 씨에게 보고를 하고 의뢰를 마쳤다. 모든 장소를 확인할 수는 없었지만 고블린 무리가 발생해 있을 가능성을 보고할 수 있었다.

근시일 내에 재조사가 이루어진다는 모양이다.

이번에는 힘들었지만, 조금 더 강해져서 언젠가는 유나 님과 길 씨처럼 강한 마물을 토벌할 수 있게 되고 싶다.

■작가 후기

『곰 곰 곰 베어 7권』을 구매해 주셔서 감사합니다. 벌써 1권이 발매된 지 2년이 지났습니다. 권수가 늘어날 때마다 중단되는 건 아닌지 불안해지기도 하지만, 꿈에 그리던 두 자리 숫자까지 앞으로 세 권 남게 되었습니다. 이것도 응원해 주시는 여러분 덕분입니다. 처음엔 곰 월드가 이렇게까지 이어질 줄은 몰랐습니다. 유나는 기본적으로, 자신을 위해서라고 하면서도 타인을 위해 애쓰는 여자아이입니다. 유나가 즐기는 것으로 그 주변도 행복해져 간다면 그것으로 족하다고 생각합니다.

연말에는 8권이 발매될 예정입니다. 앞으로도 곰 월드가 이어질 테니 잘 부탁드리겠습니다.

7권에서는 엘레로라 씨에게 부탁을 받아 광산에 나타난 골렘을 토벌하러 갑니다. 하지만 갱도라는 좁은 공간에서 곰 치트 능력을 발휘할 수 없었습니다. 힘이 너무 강력하면 갱도는 무너지고, 큰일이 나게 될 테니까요. 유나는 해결 방법을 찾아 어려움을 극복합니다.

그리고, 새롭게 모린 씨의 친척 여자아이인 네린이 등장합니다. 모린 씨 오빠의 딸이 되겠습니다. 예전부터 아버지가 일로 멀리 출장을 갔을 때, 모린 씨네 집에 맡겨졌습니다. 그로 인해 빵 만드는 것에 흥미를 가지게 됐고, 열다섯 살이 되면 모린 씨네 가게에서 일하기로 약속을 했습니다. 그런 네린이 유나의 가게에서 케이크를 만드는 담당을 맡게 되었고, 가게도 날로 번창해갑니다.

8권은 곰 인형에 관한 이야기가 될 것 같습니다. 기대해 주세요.

마지막으로 책을 발매하기 위해 애써주신 모든 분들께 감사 인사를……

029 선생님이 용사 유나, 피나 공주, 마녀 엘레로라와 전설 이야기풍의 일러스트를 그려 주셨습니다. 작가의 리퀘스트를 들어 주셔서 감사합니다. 감사할 따름입니다.

편집자님께는 오탈자로 항상 신세를 지고 있습니다. 그리고『곰 곰 곰 베어 7권』을 출판하는 데 관련되신 많은 분들, 고맙습니다.

여기까지 책을 읽어주신 독자 분들께 감사의 마음을 보냅니다.

그럼, 8권에서 만날 수 있기를 마음속 깊이 기다리고 있겠습니다.

2017년 7월 좋은 날, 쿠마나노

■역자 후기

안녕하세요. 드디어 7권이 나왔네요!

작가 후기에도 나와 있듯이 두 자리 숫자가 정말 얼마 안 남았습니다!

앞으로 어떤 이야기가 전개될지! 앞으로 어떤 장르의 요리에 도전을 할지도 기대가 많이 됩니다! 여러분들도 기대가 되시나요? 여러분들은 어떤 전개를 상상하시나요? 앞으로의 전개를 예상해 보는 것도 흥미를 증폭시키는 것 중에 하나라고 생각합니다~(웃음).

여전히 시크하고 귀여운 유나의 모습을 앞으로도 기대해 주세요!

항상 읽어 주셔서 감사합니다~! 편집자님께도 항상 신세를 지고 있습니다.

항상 재미있는 책을 발매하기 위해 열심히 노력해 주시는 편집자님께도 감사 인사를 드리며! 다음 권에서 또 봬요~!

역자 김보라 올림